Nancy Holder & Debbie Viguié

Witch

Hexentraum

Nancy Holder & Debbie Viguié

Witch
Hexentraum

Roman

Deutsch von Katharina Volk

PENHALIGON

Die Originalausgabe erschien 2003 unter dem Titel
»Wicked – Spellbound« bei Simon Pulse,
an imprint of Simon & Schuster Children's Publishing Division, New York

MIX
Papier aus verantwortungsvollen Quellen
FSC® C014496

Verlagsgruppe Random House FSC-DEU-0100
Das FSC®-zertifizierte Papier *Super Snowbright* für dieses Buch
liefert Hellefoss AS, Hokksund, Norwegen.

1. Auflage

Published by arrangement with Simon Pulse,
an imprint of Simon & Schuster Children's Publishing Division
Satz: KompetenzCenter, Mönchengladbach
Druck und Bindung: GGP Media GmbH, Pößneck
Printed in Germany
ISBN: 978-3-7645-3088-4

www.penhaligon.de

Für diejenigen, die mich stets aufs Neue verzaubern:
Elise und Hank, Skylah und Belle,
Teresa und Richard, Sandra und Belle …
und für immer unserem David.
Wir vermissen dich, Schatz.

Nancy Holder

Meiner Mutter Barbara Reynolds,
die mich immer geliebt,
ermuntert und an mich geglaubt hat.
Danke für alles.

Debbie Viguié

Teil eins

Erde

Aus dieser Erde kommen wir
Und leben stets an ihrer Brust
Wir nähren sie mit unserem Tod
Unser Leib unsere einzige Gabe

Asche zu Asche und Staub zu Staub
Auf Mutter Erde vertrauen wir
Im ewigen Kreislauf unserer Jahre
Gießen wir sie mit Tränen und Blut

Eins

Isis

Wir haben ihre Gebeine zerstreut
Ihr Leben und ihr Heim zerstört
Niemand entkommt der Deveraux' Zorn
Alle brennen im nächtlichen Feuer

Göttin, hört uns in der Nacht
In der die Cahors auf Rettung hoffen
Helft uns, dass wir nicht verzagen
Wenn wir die Verluste zählen

Seattle: Amanda und Tommy

Die ganze Welt stand in Flammen. Bäume explodierten zu Funkenschauern, brennende Laubfetzen flatterten zu Boden. Sie fielen auf Amanda Andersons Schultern, und sie rannte so schnell, dass sie keine Zeit hatte, sie auszuschlagen. Sie wurde gehetzt wie ein wildes Tier und fühlte sich so klein und unbedeutend wie das Eichhörnchen, das an ihr vorbeilief und auf der Flucht vor Rauch und Flammen einen Baum hinaufflitzte.

Hinter ihr hallte unirdisches Heulen durch die Nacht, und sie hätte nicht sagen kommen, ob die Schmerzensschreie von Tieren oder Menschen kamen. Sie drehte sich nicht um. Menschen starben dort, und sie konnte sie nicht retten.

Neben ihr rannte ihr Seelengefährte Tommy Nagai keuchend um sein Leben. Der gleiche beißende Rauch, der ihre Lunge versengte, brannte auch in seiner. Durch den Qualm hatte sie Philippe, die wahre Liebe ihrer Schwester Nicole, aus den Augen verloren. Sie hoffte, dass er noch neben Tommy lief, oder zumindest hinter ihnen.

Göttin, halte uns zusammen. Sie schluchzte vor Trauer und Angst und fragte sich, ob es irgendeinen Ort auf dieser Welt gab, an dem ein solches Gebet erhört werden könnte. Von Seattle über Paris nach London und wieder zurück waren Amanda und die anderen Mitglieder des Cahors-Covens vor den Deveraux-Hexern geflohen. Michael Deveraux war wahrscheinlich für den Tod von Hollys Eltern verantwortlich, und er hatte auch deren Freundin Barbara Davis-Chin angegriffen, so dass Holly als verwaistem Teenager nichts anderes übrig geblieben war, als zu Amandas und Nicoles Familie nach Seattle zu ziehen. Dann hatte er eine Affäre mit Amandas Mutter angefangen, und Amanda war sicher, dass er auch ihren Tod arrangiert hatte. Er attackierte Holly von allen Seiten.

Michaels Sohn Eli mit seinem finsteren Böser-Junge-Charme war zwei Jahre lang Nicoles Freund gewesen. Doch dann hatte er James Moore, dessen Vater den Obersten Zirkel regierte, dabei geholfen, Nicole zu entführen. Die beiden hatten sie gezwungen, James zu heiraten.

Und jetzt haben sie sie ein zweites Mal entführt.

Und Jeraud Deveraux ... wer konnte schon sagen, wie viel von alledem seine Schuld war? Sein eigener Bruder und Vater hatten ihn mit Schwarzem Feuer verbrannt; er war von grauenhaften Narben entstellt. Er behauptete, Holly zu lieben, aber er war immer noch ein Deveraux, ein Hexer, und er diente Jean Deveraux als Kanal. Durch ihn konnte Jean versuchen, die alte Blutfehde zwischen den magischen Adelsgeschlechtern Deveraux und Cahors zu beenden, indem er Amandas Cousine Holly Cathers ermordete.

Michael Deveraux hatte die Schlacht gewonnen, ja den Krieg. Er und seine Mächte des Bösen waren zu stark gewesen. Selbst mit Hilfe des Mutterzirkels hatte Hollys Coven keine Chance gehabt. Jetzt war fast jeder, den Amanda auf dieser Welt liebte, entweder tot oder verschollen.

Als Michael sie mit seiner unirdischen Armee angegriffen und ihre Zuflucht in Brand gesteckt hatte, da hatte Amanda sämtliche Zauber und Gebete aufgeboten, die ihr nur einfielen. Währenddessen hatte sich der Coven zerstreut, alle waren aus der brennenden Hütte in die Nacht hinaus geflohen. Sie wusste nicht, ob die Magie der anderen sie und Tommy gerettet hatte oder ob es pures Glück war, dass sie beide relativ unversehrt in den Wald entkommen waren.

Was auch immer der Grund gewesen sein mag, ich bin dankbar dafür. Unendlich dankbar.

Während sie besiegt und voller Angst weitertaumelte, fragte sie sich, woran sie eigentlich noch glaubte. Sie hatte immer gedacht, dass die Göttin sie schützen würde, komme, was wolle, und dass die vereinten Kräfte ihres Covens es mit Michael Deveraux' Macht aufnehmen konnten.

Das war vor dieser Nacht gewesen. Nun hatten James Moore und Eli ihre Schwester Nicole mitten aus dem Schutz des Zirkels gerissen.

Sie hatte geglaubt, sie könne sich darauf verlassen, dass Holly schon wusste, was zu tun war, auch wenn es nicht immer das war, wofür Amanda selbst sich entschieden hätte. Das war vor dieser Nacht gewesen, bevor Dämonen aus der Traumzeit Besitz von Holly ergriffen hatten. Deshalb hatte Holly Jeraud Deveraux verloren. *Wir hätten ihn im Kampf gegen seinen Vater gut gebrauchen können,* dachte Amanda bitter. Jetzt wusste sie nicht einmal, ob er überhaupt noch lebte. *Genau wie bei allen anderen.*

Sie hatte geglaubt, zu mehreren seien sie sicher, doch trotz all der Verstärkung, die der Mutterzirkel ihnen geschickt hatte, waren sie den Mächten der Finsternis hilflos ausgeliefert gewesen. Soweit sie wusste, war es gut möglich, dass sie und Tommy jetzt allein waren, die beiden einzigen Überlebenden einer furchtbaren Nacht.

Wir haben uns so sehr bemüht. Wir haben so lange durchgehalten. Wie ist es möglich, dass wir versagt haben? Sollte das Gute nicht am Ende siegen?

Sie wünschte, sie könnte Tommy ein paar dieser Fragen stellen, aber sie konnte nichts von ihrer kostbaren Energie dafür opfern. Die Flammen waren ihnen dicht auf den Fersen und rasten durch die Magie, die sie anfachte, noch schneller durch die Nacht. Sie mussten weiterlaufen. Amanda konnte die Hitze spüren, die brennend über ihren Rücken strich. Sie warf einen Blick zu Tommy hinüber. Schweiß lief ihm über das gerötete Gesicht. Ihre Angst isolierte sie von ihm. Obwohl sie ihn liebte, wurde ihr nun bewusst, dass seine Liebe, wie alle Liebe auf der Welt, auch Grenzen hatte. Er konnte ihr das Leben nicht einfach dadurch retten, dass er sie liebte. Er konnte nicht alles wiedergutmachen.

Aber er kann mir helfen, all dem Bedeutung zu verleihen, dachte sie, während sie seinen starken Rücken betrachtete, der durch den Rauch gerade noch zu erkennen war. *Es gibt Menschen, für die es sich zu leben lohnt. Und zu sterben. Das ist der Segen, den die Göttin uns gegeben hat … und zugleich der Fluch. Er lässt uns durchhalten und zugleich wünschen, wir könnten aufgeben.*

Sie war erschöpft. Sie konnte sich nicht mehr erinnern, wann sie zuletzt richtig geschlafen hatte. Es kam ihr so vor, als hätte sie ihr ganzes Leben mit Kampf und Flucht verbracht. *Vor allem Flucht.* Vielleicht sollte sie einfach stehen bleiben und sich vom Feuer holen lassen, oder von Michael Deveraux, falls der noch irgendwo hinter ihnen war. Das wäre so viel leichter. Sie war müde und hatte alles so satt.

Doch das Seltsame war: Sosehr sie sich danach sehnte, einfach aufzugeben, sie konnte es nicht. Ein kleiner Funke glühte tief in ihrer Brust – sie fühlte ihn nicht nur, sie spürte ihn geradezu körperlich. Sie wusste nicht, ob das ihre Seele, ihr Bewusstsein, ihr Gewissen oder irgendein anderer magischer Teil ihrer selbst war.

Ich bin eine Lilienfürstin, dachte sie. *Eine der Drei Schwestern. Holly trägt den stärksten Anteil unseres magischen Blutes in sich, aber nicht alles. Ich bin eine Hexe aus dem Geschlecht der Cahors, auch wenn mein Nachname Anderson lautet. Nicole und ich sind Abkömmlinge der Cahors, genau wie Holly.*

Wenn Holly etwas geschieht … wenn Nicole nicht … wenn sie tot ist, dann bin ich die Einzige …

Sie erstickte ein Schluchzen und schüttelte heftig den

Kopf. Sie war von alledem überwältigt. Sie hatte schon ihre Mutter verloren. Daran, dass sie noch mehr geliebte Menschen verloren haben könnte, wollte sie nicht einmal denken.

Nicole und ich sind uns endlich richtig nahegekommen. Sie darf nicht tot sein. Sie muss leben, denn ich kann keinen weiteren Tod mehr ertragen.

Zweige griffen wie Skeletthände nach ihrem Haar und zerrissen ihre Kleider. Blut lief ihr über die Stirn in die Augen und verwandelte die Welt in ein Meer aus wogendem Rot. Trotzdem rannte sie weiter, und Tommy lief mit ihr. Allmählich hatte sie kaum mehr Hoffnung für Philippe.

Dann zerriss hinter ihr eine weitere Explosion die Nachtluft. Sie riskierte einen Blick über die Schulter. Die Wucht war gewaltig, sie ließ die Erde aufbrechen wie ein albtraumhaftes Erdbeben. Die hohen Bäume neben ihr standen sofort in Flammen, und brennende Zweige und Kiefernzapfen fielen vom Himmel.

Die magische Schockwelle der Explosion schleuderte sie mit solcher Gewalt zu Boden, dass ihre Rippen brachen, eine nach der anderen. Es fühlte sich an, als würden sie aus ihrem Rückgrat gerissen.

Irgendwo in der Nähe schrie Tommy schrill vor Qual.

Die Welt flog in Stücke. Alles brannte lichterloh, sogar der Boden. Sie blickte auf. Eine Schar Vögel ging im Flug in Flammen auf. Die Tiere kreischten wie aus einer Kehle und stürzten in die Flammenhölle des Waldes hinab.

Verzweifelt grub sie die Hände in die Erde und schrie: »Göttin, hilf mir!«

Obwohl der Brand um sie herum tobte, wurde ihr pochendes Herz von Ruhe erfasst, die sie ihre Mitte finden ließ. Während die Angst aus ihr wich, war ihr das plötzliche Nachlassen der Anspannung einen Moment lang ebenso unheimlich wie das Grauen zuvor. Gelassenheit breitete sich in ihr aus, aber so fühlte sie sich weiteren Angriffen hilflos ausgeliefert.

»Bleib ruhig«, ertönte eine Stimme, die Stimme einer Frau. *»Bleib ruhig. Ich werde dich nicht im Stich lassen.«*

»Göttin«, flüsterte sie. »Göttin.«

»Ich werde dich nicht verlassen.«

Amanda schloss erschöpft die Augen.

Verlassen wirst du mich vielleicht nicht, dachte sie, *aber wirst du mir auch tatsächlich helfen? Kannst du mich retten?*

Als sie sich der Dunkelheit überließ, galt ihr letzter Gedanke Tommy.

Wenn du mich nicht retten kannst, dann wenigstens ihn? Göttin, er ist mir so wertvoll wie mein Leben. Kannst du ihn retten? Ich werde alles tun …

Alles …

»Psst«, ermahnte die Göttin sie.

Und Amanda gehorchte.

London, Oberster Zirkel: Sir William

Sir William Moore, Nachkomme von Sir Richard Moore, dem berüchtigten australischen Gouverneur, der dem Arsenal seines Hauses die Nachtmahr-Traumzeit hinzugefügt hatte, saß auf dem Totenkopf-Thron und kicherte dumpf. Als Anführer des Obersten Zirkels, Herr und Diener des Bösen, jubelte er über den Tod und die Verzweiflung, die durch seine Adern strömten, während auf der anderen Seite der Welt in Seattle Hexen starben. Michael Deveraux hatte seine Sache gut gemacht.

Aber nicht gut genug. Obwohl viele Kräfte des Lichts ausgelöscht worden waren, lebten immer noch drei, die Sir William tot sehen wollte: Holly Cathers und die Zwillinge Amanda und Nicole Anderson.

Ich kann das ändern.

Und das werde ich auch.

Voll Zuversicht und grimmiger Entschlossenheit erhob er sich, und seine nachtschwarze Robe wirbelte um seine Beine. Es überraschte ihn nicht, dass Michael es nicht geschafft hatte, die drei Cahors-Hexen zu töten. Es war offensichtlich, dass der Hexer nicht mit ganzem Herzen dabei war. *Er glaubt immer noch, dass eine Allianz der beiden Häuser Deveraux und Cahors seiner Familie genug Macht verleihen würde, um mich zu stürzen.* Sir William kicherte erneut. Michael Deveraux würde ihm nicht mehr lange nützlich sein.

Seine Uhr ist ohnehin bereits abgelaufen – er lebt von geliehener Zeit, könnte man sagen. Ihm ist wohl nicht bewusst, dass die Fäden seines Schicksals schon immer durch meine Hände liefen … und dass mein Athame das Leben eines Mannes unglaublich schnell in Fetzen schneiden kann.

Sir William betrat eine kleine Kammer, leer bis auf eine steinerne Badewanne und einen Stuhl, auf dem ein schlichtes weißes Gewand ordentlich zusammengelegt war. Er entkleidete sich und stieg in das warme Wasser. Zauber, die eine rituelle Reinigung erforderten, durfte man nicht leichtfertig angehen, nicht einmal als Herrscher des Obersten Zirkels. Das Wasser für sein Bad war von einer Unschuldigen hereingebracht worden, einer jungen Dienerin, die nichts von den dunklen Absichten ihres Herrn ahnte. Das reinweiße Gewand hatte ein Botenjunge geliefert, mit der Anweisung, es hier abzulegen und keine andere Hand den Stoff berühren zu lassen.

Sobald sie den Raum verlassen hatten, hatte Sir Williams Günstling, ein gewisser Alastair, ihnen die Kehle aufgeschlitzt, und ihre Leichen waren in ein Verlies gebracht worden. Beim Obersten Zirkel wurde nichts verschwendet – sein Buch der Schatten enthielt Zauber, für die man alle möglichen interessanten Teile menschlicher Körper benötigte … und der Totenkopf-Thron konnte immer den einen oder anderen zusätzlichen Schädel gebrauchen.

Die steinerne Kammer und alles darin war sauber und rein und der übrigen Welt unbekannt. Jetzt musste auch Sir William sich darin läutern.

Er verbannte alle Gefühle, alle Absichten und bewussten Gedanken aus seinem Geist, schöpfte eine Handvoll Wasser und wandte sich nach Osten. Er goss es sich über den Kopf, eine Verhöhnung der christlichen Taufe, und erlaubte seinen Muskeln, sich zu entspannen. In der spirituellen Version eines freien Falls ergab er sich demütig dem Dunklen Gott, der ihn liebte und für ihn sorgte.

Während er sich in diesem Schwebezustand befand, konnten die dunklen Mächte ihn durchdringen und ihm einen weiteren Bruchteil seiner Seele nehmen. Er spürte ihre Präsenz, spürte, wie sie einen Teil seiner Essenz ergriffen. Ganz kurz fühlte er einen stechenden Schmerz wie von einer Nadel, dann war es vorbei.

Von seiner Seele war nur noch wenig übrig, doch bisher hatte er sie kaum vermisst. Ja, nach allem, was er von jenen gesehen hatte, die keine Kinder des Gehörnten Gottes waren, wogen Seelen schwer und entzogen ihren Wirten viel von deren Freude und Genuss.

Der Hexer kehrte in den bewussten Zustand zurück und brachte dieselbe Ehrerbietung dem Westen, dem Norden und dem Süden dar, den vielen Aspekten des Gottes: dem Grünen Mann, Pan, dem Gehörnten, dem Verstoßenen Sohn des Lichts.

Als das Ritual der Reinigung und Weihung vollendet war, legte Sir William das weiße Gewand an. *Interessant, dass beide Seiten Weiß auf ganz ähnliche Weise nutzen,* stellte er beiläufig fest, *nämlich als Negierung vorheriger Beschränkungen.* Er machte eine gebieterische Geste.

Ein Teil der Wand verschwand und enthüllte einen weiteren Raum dahinter. Dieser war vollkommen rein und leer, bis auf ein Dutzend lebensgroßer Tonfiguren. Sie lagen jeweils zu dreien in vier Reihen hintereinander auf dem Steinboden.

Meine Golems, dachte er voller Vorfreude. *So nützlich, so professionell. Wie gern ich mich ihrer bediene.*

Er verschloss die Wand und trat vor die Statuen. Obwohl sie im Augenblick reglos auf dem Rücken lagen, erinnerten sie ihn an die gewaltige Terrakotta-Armee der Qin-Dynastie, die man gut drei Jahrzehnte zuvor in China entdeckt hatte. Den modernen Archäologen war das natürlich nicht klar, aber Sir William wusste, dass diese Tonkrieger einem ähnlichen Zweck gedient hatten wie das Dutzend, das hier vor ihm lag: die Befehle derjenigen auszuführen, die sie zu lenken verstanden.

Jede Statue war etwa einen Meter achtzig groß und unterschied sich deutlich von ihren Kameraden. Die Gesichter wirkten wild und kampfeslustig und drückten mit ihrem hässlichen Grinsen Brutalität, Bosheit und die Liebe zur Jagd aus. Sie trugen das Wort *emet* auf die Stirn eingraviert, was in der Sprache der Ahnen »Wahrheit« bedeutete.

Sir William schob die Hand in das weiße Gewand. In einem eingenähten Beutel lagen zwölf Stücke eines Pergaments aus der Kathedrale von Notre-Dame in Paris. Der Oberste Zirkel hatte sie bei einem der vielen Überfälle auf den Mondtempel des Mutterzirkels aus der Kathedrale gestohlen.

Er legte jedem Golem einen Pergamentstreifen in den Mund. Die Geschöpfe hatten keine Zähne und atmeten nicht. Wenn er sie zum Leben erweckt hatte, würden die Pergamentstücke dennoch an Ort und Stelle bleiben, denn Golems hatten keine Stimme und konnten nicht sprechen. Das war der einzige Makel dieser ansonsten perfekten Kreaturen.

Während die Häuser Deveraux und Cahors sich jahrhundertelang gegenseitig bekämpft hatten, hatte das Haus Moore die Zeit genutzt, jede Form der Magie zu studieren, die der Menschheit bekannt war. Das war ein kluger und gereifter Weg gewesen… der obendrein Sir William persönlich sehr zupasskam, denn all dieses Wissen war an ihn vererbt worden. Er kannte die Geheimnisse der australischen Aborigines, die heiligen Worte des Vorderen Orients, die Rituale der Schamanen von zahllosen verschiedenen Stämmen… und die Geheimnisse der kabbalistischen Schulen.

Dieser Tradition entstammten die Golems: der Verehrung des Wortes. Alle Schöpfung entsprang dem Gedanken durch das Wort – die Erde, der Himmel und Leben in Tonfiguren.

Sir William ging langsam im Kreis um sein unheiliges Dutzend herum und murmelte Zauber auf Hebräisch. Er nannte die zweiundsiebzig Namen Gottes, die im Talmud verzeichnet waren. Er sprach sie sehr sorgfältig und deutlich aus, denn ein kleiner Fehler würde jetzt seinen sicheren Tod bedeuten. Jeder Name war einem Glied oder Organ der Geschöpfe zugeordnet, die auf dem Boden lagen. Jeder Name erweckte einen Teil der Tonfiguren zum Leben. Wenn er einen Namen falsch aussprach, würde dadurch ein Glied oder Organ seines eigenen Körpers an eine falsche Stelle rücken.

Er gab den Tongeschöpfen seinen Geist und seinen Willen ein, während er die Worte des Lebens über sie hauchte. Rabbiner der Antike hatten Golems zu heiligen Zwecken geschaffen. Hexer der Antike hatten gelernt, wie sie diesen Schöpfungsakt für ihre eigenen finsteren Zwecke missbrauchen konnten. Der Golem wurde zu einer Art Erweiterung seines Schöpfers, und jede Sünde, die er womöglich beging, galt als Sünde seines »Vaters«. Sir William konnte sich ein Lächeln nicht verkneifen. *Nur gut, dass ich mich um Sünden nicht schere.*

Endlich war der letzte Name genannt. Mit großer Geste trat Sir William zurück. »*Abrakadabra*«, sprach er – dieses machtvolle Wort wurde so oft benutzt, dass es zu einer abgekürzten Parodie von Zauberformeln geworden war. Kaum einer, der es im Spaß aussprach, war sich bewusst, dass in jeder Silbe gewaltiges Potenzial lag, zu zerstören … oder zu retten.

Die zwölf Statuen auf dem Boden schauderten und erwachten zu grausigem Leben. Langsam erhoben sich die Golems, einer nach dem anderen, hässliche Gestalten mit leerem, geistlos starrem Blick. Sie waren wahrhaftig wie leere Gefäße, die darauf warteten, mit Befehlen gefüllt zu werden, einen Daseinszweck zu erhalten.

Sir William wies mit einer Hand auf die vier zur Linken. »Ihr, geht und sucht die Hexe aus dem Geschlecht der Cahors, die Nicole Anderson genannt wird. Vernichtet sie.«

Die vier Geschöpfe nickten, und in ihren Augen glomm ein Funken Intelligenz auf, als sie ihre Pflicht erkannten. Treue Diener, die sie waren, würden sie ihm in jedem Fall gehorchen.

Er wandte sich den vieren auf der rechten Seite zu. »Ihr vier geht und sucht die Hexe aus dem Geschlecht der Cahors, die Amanda Anderson genannt wird. Vernichtet sie.«

Auch diese vier nickten. Auf ihren Gesichtern spiegelte sich der Drang, ihm zu gefallen, wie bei Hunden, die bereit sind, für ihren Herrn zu töten oder zu sterben.

Er sah die vier direkt vor ihm an. »Und ihr vier geht und sucht die Hexe aus dem Geschlecht der Cahors, die Holly Cathers genannt wird. Vernichtet sie. Zermahlt ihre Knochen zu Staub und zerstreut ihn im Wind.«

Sie nickten begierig und rollten erwartungsvoll die Schultern. Sir William betrachtete befriedigt, was er geschaffen hatte. Sie würden ihre Sache gut machen, niemals aufgeben, niemals ruhen. Sie würden absolut unerbittlich vorgehen, nur auf ein einziges Ziel fixiert. Und wenn sie es erreicht hatten, würden die drei Hexen tot sein.

Langsam hob er den Arm in die Luft. »Jetzt geht, meine Kinder, und befolgt meine Befehle.«

Er tippte jedem Golem auf die Brust und versah sie so

mit magischer Macht. Nun besaß jeder von ihnen die Fähigkeit der Teleportation. Langsam verschwanden die Geschöpfe aus der Kammer. Als das letzte fort war, lächelte er in sich hinein. *Das sollen mir die Rabbis erst mal nachmachen.*

Vier der Golems brauchten nicht weit durch den Raum zu reisen. Doch die Insel Avalon wurde von starken Bannen geschützt. Die Magie von Jahrhunderten bewahrte diesen Ort vor neugierigen Blicken und Eindringlingen. Es war kein Zufall, dass an ihrer Küste noch nie ein Schiff gestrandet war. Die Zauber, die die Insel schützten, waren stark und machten keinen Unterschied zwischen absichtlicher und versehentlicher Störung.

Als die Golems also versuchten, sich dorthin zu teleportieren, wurden sie zurückgeworfen – und zwar heftig. Die vier Geschöpfe standen daraufhin an einem fernen Ufer, nur ein wenig benommen, und schüttelten sich kurz. Dann machten sie sich mit einer Einigkeit, die nur ein klares gemeinsames Ziel hervorbringen kann, auf die Suche nach einem Boot.

Seattle: Richard

Ich bin wieder im Dschungel, stecke knietief in der Sch…, und es regnet Höllenfeuer.

Das waren Richard Andersons Gedanken, während Rauch in seinen Augen brannte und donnernde Explosionen die Luft zerrissen. Er duckte sich, und die Jahre schienen einfach von ihm abzufallen, während er im Zickzack durchs Unterholz floh, die bewusstlose Barbara Davis-Chin über den Schultern. Sein Blick huschte hin und her und erforschte die Dunkelheit.

Ehe Dan Carters Hütte explodiert war, hatten Dutzende von Hexen, die Richard noch nie zuvor gesehen hatte, tapfer gekämpft, um Amanda, Nicole und alle anderen zu schützen, die in der Falle saßen. Die Hexen und ihre Kämpfer waren unterlegen, und viele waren gestorben, während er sich noch zum Waldrand durchgeschlagen hatte. Einer der ausländischen Männer in der Hütte war einen grausigen Tod gestorben, von den Scheren eines Monsters in zwei Hälften zerteilt. Richard war sicher, dass der Feind noch mehr von ihren Leuten abgeschlachtet hätte, wenn diese Hexen ihnen nicht zu Hilfe gekommen wären.

Gott sei Dank, dass ihr da aufgetaucht seid, dachte er. *Gott sei Dank dafür, dass ihr gekämpft habt. Ich werde verdammt noch mal dafür sorgen, dass ihr euch nicht umsonst geopfert habt.*

Ohne einen Moment lang zu zögern, hatte er sich Barbara über die Schultern geworfen. Einer der Europäer hatte Kari Hardwicke auf die Arme genommen und war davongerannt, ohne sich noch einmal umzudrehen.

Richard hatte gesehen, wie Amanda und Tommy in Richtung Norden entkommen waren. Er selbst bewegte sich nach Osten, damit der Feind seine Truppen aufteilen musste. Seine Strategie war einfach: Er wollte die Anzahl der Ziele erhöhen, um die ihre Angreifer sich kümmern mussten, wer immer sie auch sein mochten. Wenn sich alle in einer großen Gruppe bewegten, wäre es für den Feind umso leichter, sie zu treffen.

Wo ist Nicole?, fragte er sich jetzt. *Wo ist mein anderes Mädchen?*

Links von ihm explodierte ein Baum mit einem Funkenschauer, und er riss den Kopf herum und schützte die Augen mit der Hand. In einiger Entfernung hinter ihm schrie eine Frau, hoch und schrill. Ihre Stimme erstarb ganz plötzlich mit einem röchelnden Krächzen.

Oh Gott, lass das keines meiner Mädchen gewesen sein.

Er zwang sich weiterzulaufen und trat auf einen Zweig, der krachte wie ein Schuss. Wilde Tiere, vom Feuer aufgescheucht, kreischten vor Panik.

Richard stolperte über eine qualmende Baumwurzel, und als er sich abfing, fegte Feuer über den Boden. Ein glühend heißer Stein traf ihn an der Wange. Er zuckte zusammen, lief aber verbissen weiter. Eine zweite Explosion schleuderte einen Baum wie eine Rakete senkrecht in die Luft. Aus dem klaffenden Loch, das er hinterließ, sprang ein geschuppter Dämon mit langen ebenholzschwarzen Klauen hervor.

Richard verlagerte Barbara zur Seite und versetzte der Bestie einen so heftigen Tritt gegen den Kiefer, dass deren Kopf zurückflog. Der nächste Tritt brach ihr das Genick. Mit einem Kreischen sackte das Ding zu einem Haufen Knochen und Hörner zusammen. Richard setzte darüber hinweg und lief weiter.

Ein weiterer Dämon sprang ihm in den Weg und heulte wie eine Banshee. Mit der freien Hand zog Richard ein Messer mit einer Zehn-Zentimeter-Klinge aus dem Gürtel. Er stürzte vor und führte das Messer in einem gnadenlosen Bogen, der auf die Kehle der Kreatur zielte. Sie taumelte zur Seite. Richard wusste nicht, ob er sie tatsächlich verletzt oder nur erschreckt hatte. Aber er blieb nicht stehen, um nachzusehen, sondern rannte weiter.

Lautes Fauchen, durchsetzt von scharfen Knallgeräuschen, trieb ihm heiße Luft in den Rücken. Saft und Harz in den brennenden Bäumen explodierten wie Schießpulver, und Richard duckte sich, als ein Ast über seinen Kopf hinwegflog. Er traf einen weiteren Dämon, der gerade auf Richard zusprang, mitten ins Gesicht.

Richard schlug einen Haken und lief in eine andere Richtung weiter.

Er wusste nicht, wo die anderen waren, ob sie überhaupt noch lebten. Später würde er genug Zeit haben, sich Sorgen zu machen. Hinter sich hörte er ein weiteres unirdisches Kreischen, und irgendetwas fuhr dicht an seinem Rücken vorbei. Etwas, das sich anfühlte wie eine Klaue, ritzte ihm die Haut auf. Er tat das Einzige, was er tun konnte: Er rannte weiter.

Seattle: Michael Deveraux

Holly Cathers war verrückt.

Michaels Überraschung ebbte ab, und eine Woge boshafter Freude stieg stattdessen in ihm auf.

Die stärkste Hexe auf Erden hatte den Verstand verloren. Und sie flehte ihren Todfeind um Hilfe an.

Das war zu köstlich. Aber tatsächlich wahr.

Sein Ahnherr Duc Laurent aus dem Hause Deveraux stand neben ihm auf den zu Asche verbrannten Überresten der Hütte, in der die Hexen sich verschanzt hatten. Er musterte Holly von oben bis unten, kicherte dann und schüttelte den Kopf. Er wechselte einen Blick mit Michael und genoss offensichtlich diesen Augenblick gemeinsam mit dem lebenden nominellen Oberhaupt seiner Dynastie. Sechshundert Jahre lang hatte Laurent auf einen Moment wie diesen gewartet.

Der Herzog sah gut aus für einen Mann, der seit sechshundert Jahren tot war. Es war ihm gelungen, sich einen neuen Körper aus Fleisch und Blut zu erschaffen, so dass er nicht länger als modernder Leichnam erscheinen musste.

»Sie ist besessen«, verkündete er mit seinem altfranzösischen Akzent. »Wie hast du das geschafft, mein Junge?«

Erstaunt schüttelte Michael den Kopf. »Das war ich nicht. Der Gott ist uns gewogen, Laurent.«

Holly brach in jämmerliches, hundeähnliches Geheul aus und fuhr sich mit den Fingernägeln ins Gesicht. Sie schlug sich auf die blutenden Wangen und riss an ihren Haaren. Dann sackte sie nach vorn und begrub das Gesicht in der qualmenden Erde und der Asche ihres Covens. Abrupt fuhr sie wieder hoch und wedelte schluchzend mit den Händen.

»Halte dich von ihr fern«, warnte Laurent seinen Nachfahren. »Es wirkt ansteckend. Sie könnte dich infizieren.«

Michael kniete sich vorsichtig neben Holly hin und achtete darauf, sie nicht zu berühren oder in Reichweite ihrer wild flatternden Hände zu geraten.

»Mach, dass es aufhört«, wimmerte sie und starrte ihn mit wilden Augen an. Es war offensichtlich, dass sie keine Ahnung hatte, wer er war. Haarsträhnen klebten im verschmierten Blut auf ihrem Gesicht. Aus ihren Mundwinkeln tropfte Speichel. »Mach, dass es aufhört, bitte.« Sie warf den Kopf zurück und kreischte: »Ich halte das nicht aus!«

»Wir können das«, versicherte Michael ihr. »Wir können machen, dass es aufhört.«

Sie schluchzte und begann vor sich hinzubrabbeln. Wie eine Kobra schwankte sie hin und her, rang die Hände und flüsterte: »Es soll aufhören, es soll aufhören, es soll aufhören …«

Tränen liefen ihr über die Wangen. Sie starrte vor Dreck, und sie stank.

»Ich soll sie eigentlich umbringen«, bemerkte Michael amüsiert. »Sir William wäre endlich zufrieden mit mir, wenn ich sie getötet habe.« Er beobachtete sie mit zur Seite geneigtem Kopf. »Wenn ich sie *heile* … würde ich damit nicht den Feind unterstützen?« Er lächelte. »Holly Cathers fleht mich um Hilfe an. Bettelt darum, dass ich irgendetwas tue.«

»*Oui*. Ein einmaliger Augenblick«, stimmte Laurent zu. »Aber wenn du sie tötest, *mon fils*, bist du bestenfalls Sir Williams treuer Gefolgsmann. Du würdest dir diese verlockende Gelegenheit entgehen lassen, unser Haus wieder an seinen rechtmäßigen Platz zu erheben.«

Laurent sagte Michael nichts Neues. Und Michael wusste bereits, was er tun würde. Trotzdem war es herrlich, diesen besonderen Augenblick zu erleben und ihn über Zeit und Raum hinweg zu teilen.

»Mach, dass es aufhört«, fauchte sie, »mach, mach, mach.«

Michael nickte ihr zu. »Das werde ich«, sagte er langsam und bedächtig in der Hoffnung, dass seine Worte irgendwie in ihr zerkochtes Gehirn finden würden. »Aber du musst alles tun, was ich dir sage. Du musst mir gehorchen, ohne Fragen zu stellen. Hast du das verstanden?«

Sie nickte heftig. »Ja, ich tue alles, was du sagst, alles. Nur mach, dass es *aufhört*!«

»Vielleicht ist in der Nachtmahr-Traumzeit irgendetwas in ihren Geist hineingekrochen. Oder sogar mehrere Wesen, so wie sie aussieht«, sagte er zu Laurent. »Wäre das möglich?«

»*Vraiment*. Das nehme ich doch an.«

Michael fragte sich beiläufig, ob sein Sohn Jeraud noch lebte. Jer und Holly waren zusammen in der Nachtmahr-Traumzeit gewesen und hatten versucht, eine von Hollys Freundinnen zu retten, als es Michael endlich gelungen war, das Schwarze Feuer erneut zu beschwören. Das war ein Augenblick des Triumphs gewesen … ganz ähnlich wie dieser hier.

Michael stupste Holly mit der Spitze seines teuren italienischen Stiefels an. Sie bemerkte es nicht einmal, sondern stöhnte nur vor sich hin und wiegte sich immer schneller vor und zurück. So etwas hatte er wirklich noch nie gesehen.

Langsam stand er auf und ließ den Blick über die Hölle schweifen, die sie umgab. Überall loderte Feuer, das auch den Wald erreicht hatte. Eigentlich schade um die Bäume – sie waren recht hübsch gewesen. *Weitere Opfer des Krieges der Deveraux und Cahors*. Er senkte in gespielter Ehrerbietung kurz den Kopf und bat den Gott mit einem gemurmelten Gebet darum, dass der Wald sich rasch erholen möge.

Dabei grinste er hämisch in sich hinein. *Was hat Baumbart gleich wieder in* Der Herr der Ringe *gesagt? Ach ja: Ein Zauberer müsste mehr Verstand haben.* Im Gegensatz zu Saruman wollte Michael nicht den Zorn der Götter und Wächter des Waldes auf sich ziehen.

Doch aus der Asche würden neue Bäume sprießen. Das war die Schönheit der Natur: Der Kreislauf setzte sich ewig fort. Er blickte auf Holly hinab, und ein Lächeln kräuselte seine Lippen. Für Holly und ihre Freunde würde es keine Erneuerung geben, keine Wiedergeburt – nur den Tod.

Soll mir recht sein.

Seattle: Amanda

Endlich brach der neue Tag an. Der Sonnenaufgang troff vor leuchtenden Farben – schillernde Orange- und Rottöne brachen sich im Rauch wie in Edelsteinen.

Amanda war überrascht. Sie hatte geglaubt, dieser Moment würde nie kommen, oder sie würde ihn nicht mehr erleben. Doch die Sonne war da und tauchte die verkohlten Knochen des ehemals prächtigen Waldes in wässriges Licht. In ihrem Schein konnte Amanda jetzt auch ein kleines Motel hinter dem Waldrand erkennen. Erschöpft, verletzt und gebrochen humpelte sie darauf zu.

Tommy schleppte sich mit schmerzhaften, schlurfenden Schritten neben ihr her. Er war die ganze Nacht lang bei ihr geblieben, und sie wusste, dass sie ihm deshalb ihr Leben verdankte. Ohne ihn wäre sie einige Male einfach liegen geblieben, um zu sterben. Seine Kraft hatte sie gestützt, sie gerettet. Jetzt hörte sie, wie er bei jedem Schritt vor Schmerz keuchte, und sie wusste, dass sie das Gleiche für ihn tun musste.

Sie nahm seine Hand und befahl ihrer Energie, sich mit seiner zu verbinden. Ihr geschundener Körper sollte seinem helfen, so dass sie ihren Schmerz teilen und einander ein wenig heilen konnten. Ein ersticktes Schluchzen von Tommy sagte ihr, dass es funktionierte, und ihr selbst traten Tränen in die Augen, als sein Schmerz sie durchfuhr. Auch er war verletzt und gebrochen, und ihre angeknacksten Rippen stöhnten vor Mitgefühl mit den seinen.

Er hat für mich so viel auf sich genommen, weil er mich liebt. Tommy hätte nicht hier sein müssen, aber er war da. Plötzlich breitete sich die vollkommene Überzeugung in ihr aus, dass er immer da sein und noch mit seinem letzten Atemzug ihren Namen rufen würde.

Irgendwie machte das alles ein bisschen besser. Nicole war fort, entführt von Eli und James. Holly war wahnsinnig geworden und inzwischen vielleicht tot. Cecile, die für Amanda fast wie eine Tante gewesen war, hatte Holly retten wollen und war dabei umgekommen. Die Göttin allein wusste, wo die anderen waren, darunter auch Amandas Vater, und ob sie noch lebten. Aber Tommy war bei ihr.

Und die Göttin ebenfalls. Amanda hatte stundenlang auf dem Boden gelegen und dabei die leise, ruhige Stimme gehört, die angeblich so viele andere hören konnten. Die sanfte Frauenstimme hatte Amanda Ermunterungen zugeflüstert und ihr befohlen, nicht aufzugeben.

Sie hatte immer daran geglaubt, dass es die Göttin gab. *Man kann auch kaum daran zweifeln, wenn man plötzlich Sachen in der Luft schweben lassen kann und tote Ahnen durch seine Cousine sprechen hört.* Doch trotz der Beschäftigung mit all dem übernatürlichen Zeug war die Göttin ihr nie erschienen oder hatte zu ihr gesprochen. Sie war nur Holly erschienen. Anfangs war Amanda neidisch gewesen und später, als alles immer schlimmer wurde, eher erleichtert. Manchmal war es leichter, nicht mit so viel … Wirklichkeit fertig werden zu müssen.

Amanda war nie eine Anführerin gewesen, doch sie

wusste, dass sich das ändern musste. Die Göttin hatte ihr das ins Herz geflüstert, sie hatte zu Amanda gesprochen und ihr in dem brennenden Wald wieder auf die Füße geholfen, als sie nur noch im Schmutz liegen bleiben wollte. Amanda wusste nicht, ob ihr nach Lachen oder Weinen zumute war. Sie war nicht gerade die geborene Anführerin, denn der Einzige, der ihr je irgendwohin gefolgt war, war Tommy.

Sie wandte sich zu ihm um. Sie waren vermählt, durch eine magische Hochzeit aneinandergebunden, Fürstin und Fürst, und darüber war sie sehr, sehr glücklich. Alle Magie und Kraft, die einem von beiden zur Verfügung stand, konnte man nun mit dem anderen teilen. Tommy sah aus, als würde er gleich vor Erschöpfung zusammenbrechen. Ihr selbst erging es nicht anders. Sie mussten sich ausruhen, und zwar bald.

Sie drückte seine Hand. Das Motel schien nicht allzu weit weg zu sein. Wenn sie noch fünf Minuten durchhielten, so glaubte sie, müssten sie es erreichen können.

Er wandte sich ihr zu und sagte: »Einverstanden.«

Sie riss den Mund auf. »Hast du meine Gedanken gelesen?«

Tommy lächelte schwach. »Ich konnte schon immer deine Gedanken lesen, Amanda. Auf meine eigene Art.«

»Ich hatte keine Ahnung, was in dir vorging«, gestand sie.

»Ich weiß. Aber jetzt …«

»Jetzt.« Sie neigte sich ihm zu, damit er sie küsste. Es war ein besonderer, lieblicher Augenblick.

Sie gingen weiter, und Amanda fühlte sich ein wenig gestärkt, während sie den Rest des Weges schweigend dahinstolperten. Bald war sie nur noch damit beschäftigt, durch schiere Willenskraft einen Fuß vor den anderen zu setzen. Ihre Gedanken an die Göttin und Tommy traten immer mehr zurück und waren bald nichts weiter als ein sanftes Summen in ihrem Hinterkopf. Nur noch ein paar Schritte, sie würden es gleich geschafft haben.

Sie blickte auf und entdeckte eine einsame Gestalt, die sie anstarrte. Trotz der zerrissenen Kleidung, dem rußgeschwärzten Gesicht und den versengten Haaren kam ihr die Person bekannt vor. Sie taumelten hinüber, und ihr Herz machte einen Satz. Es war Pablo, das jüngste Mitglied des Zirkels der Weißen Magie. Der Junge sah elend aus, und sein linkes Auge starrte ihr mit glühendem Blick entgegen. Das rechte war völlig zugeschwollen.

Sie war unendlich erleichtert, noch jemanden lebend wiederzufinden. Die letzten paar Schritte rannte sie beinahe und zerrte Tommy hinter sich her.

Schließlich standen sie einander gegenüber. Einen Moment lang sprach niemand ein Wort.

Dann traten Pablo Tränen in die Augen. »Ich konnte euch spüren«, sagte er in scharfem, beinahe vorwurfsvollem Tonfall. »Da hinten im Wald habe ich euch gespürt. Ich konnte euch nicht erreichen, aber ich wusste, dass ihr hierherkommen würdet, also habe ich auf euch gewartet.«

»Wie lange denn?«

»Ein paar Stunden.«

Amanda starrte ihn an. Pablo besaß eine Gabe, die sonst keiner von ihnen hatte: Er konnte Gedanken lesen, den Geist von Menschen spüren und auf diese Weise sogar jemanden orten. Es schnürte ihr die Kehle zu, doch sie musste fragen: »Und die anderen?«

Er schüttelte langsam den Kopf. »Ich weiß es nicht. Einmal dachte ich, ich könnte Philippe spüren, aber seine Lebenskraft hat geflackert.« Er holte tief Luft. »Seit wir aus der Hütte geflohen sind, habe ich sonst niemanden gespürt.«

Sie nickte langsam.

»Wir sollten uns waschen und versuchen, ein bisschen auszuruhen«, schlug Tommy vor. Seine Stimme war heiser, kaum mehr als ein Flüstern, und ihr Klang erschreckte Amanda.

»Du hast recht«, sagte sie und schaute nervös zum Eingang des Motels hinüber. »Aber ich habe nichts dabei – keinen Ausweis, keine Kreditkarte.«

»Gut.« Tommy nickte mit grimmiger Befriedigung. »Wir sollten auch nichts benutzen, womit man uns aufspüren könnte.«

»Aber ich habe auch kein Geld dabei. Du vielleicht?«, fragte sie.

Er zuckte mit den Schultern. »Nein.«

»Wie sollen wir dann ein Zimmer bezahlen?«, erwiderte sie und schlang die Arme um den Oberkörper, damit ihre Rippen sich beim Sprechen nicht so viel bewegten.

Tommy wandte sich ihr zu und sah sie liebevoll an. »Ms Anderson, ich war immer ein ehrlicher Kerl, oder?«

»Ja«, antwortete sie verwundert.

»Du hast noch nie erlebt, dass ich gestohlen, betrogen oder gelogen habe, richtig?«

»Nein, nie.«

»Denk bitte daran, wenn du hörst, was ich dir jetzt sagen werde. Wir haben kein Geld? Kein Problem. Du bist eine Hexe. Also hexe, verdammt noch mal.«

Beinahe hätte sie vor schockierter Verlegenheit laut gelacht. Natürlich hatte Tommy recht. Sie hatten gerade einen Krieg überlebt, und sie brauchten eine Zuflucht. Sie reckte das Kinn, machte auf dem Absatz kehrt und ließ die beiden jungen Männer zurück.

Sie marschierte zur Rezeption und sah dem verblüfften Hotelangestellten fest in die Augen. »Ich möchte ein ruhiges Zimmer mit zwei Betten.«

»Dann ... bräuchte ich bitte Ihre Kreditkarte und Ihren Ausweis«, stammelte der Mann.

»Die habe ich Ihnen schon gezeigt«, sagte sie und senkte die Stimme. Sie stellte sich vor, wie ihre Worte über ihn und durch ihn hindurchflossen, und verlieh ihnen die Macht, seine Wahrnehmung zu verändern.

Seine Augen wurden ein wenig glasig. »Verzeihung, Sie haben ganz recht. Wie lange möchten Sie bleiben?«

»Ich gebe Ihnen Bescheid«, sagte sie beruhigend.

Er nickte geistesabwesend und reichte ihr einen Zimmerschlüssel. Sie nahm ihn, versetzte dem Mann zur Sicherheit einen letzten geistigen Schubs und spazierte zur Tür hinaus. Ihre Knie wackelten ein bisschen, aber sie ging weiter.

Sie holte Tommy und Pablo, und zu dritt betraten sie das Zimmer. Es war sauber und viel größer, als Amanda erwartet hatte.

Sie wandte sich um und sah Tommy zum ersten Mal richtig an, seit der Angriff begonnen hatte. Er starrte sie mit weit aufgerissenen Augen an, und sie verspürte den seltsamen Drang zu lachen.

Tommys Augenbrauen waren weg, ein Opfer der Flammen, die sie alle hatten verschlingen wollen. Ohne sie sah sein Gesicht beinahe ulkig aus. Reflexhaft hob sie die Hand und tastete nach ihren eigenen Brauen. Es fühlte sich an, als seien sie noch da.

Mit verwunderter Miene machte Tommy ihre Bewegung nach. Seine Augen weiteten sich, als er erkannte, warum sie ihn so angestarrt hatte. Er drehte sich um und betrachtete sich im Spiegel. »So kann's gehen, wenn man mit dem Feuer spielt«, scherzte er.

In Amanda stieg eine Woge der Liebe zu ihm auf. Tommy hatte schon immer gewusst, wie er sie aufheitern konnte. Langsam wandte sie den Kopf, bis sie ebenfalls in den Spiegel schaute.

Sie erkannte sich nicht wieder. Aus dem Spiegel starrte ihr eine junge Frau in zerfetzter Kleidung entgegen. An mehreren Stellen war der Stoff von getrocknetem Blut getränkt, vor allem über ihren Rippen auf der rechten Seite. Was nicht mit Blut verklebt war, war mit Schmutz verkrustet. Ihre Augen glänzten wild unter strubbeligem, angesengtem Haar hervor. Die linke Seite ihres Gesichts war mit geronnenem Blut bedeckt.

Kein Wunder, dass der Kerl am Empfang so erschrocken dreingeblickt hat.

Wortlos trat Pablo zu ihnen, und alle drei betrachteten ihr ramponiertes Äußeres im Spiegel. Amanda schnürte es die Kehle zu. *War's das? Sind wir alles, was von unserem Coven übrig ist?* Sie verbot sich, in neue Tränen auszubrechen. Ihr Gesicht war schon mit genug Dreck verschmiert; sie brauchte ihn wirklich nicht obendrein nass zu machen, so dass er sich auch noch verteilte.

Im Spiegel sah sie, dass Pablo Tränen übers Gesicht liefen. Sie legte ihm einen Arm um die Schultern und konnte sich nun doch nicht mehr beherrschen. Tommy schlang einen Arm um sie. Einen Moment lang starrten die drei so in den Spiegel. Der Anblick war wie das Zerrbild eines Familienporträts. Ein Schaudern erfasste die kleine Gruppe, und dann brachen sie zusammen, sanken auf den Boden, umarmten sich und weinten gemeinsam.

Zwei

Hekate

Dornen bohren sich ins Fleisch
Halten die Wunden blutig und frisch
Wir zählen die Opfer von eins bis zehn
Und lassen alle von Neuem bluten

Wir beweinen unsere Toten
Mit Herzen schwer von Grauen
Göttin, schenkt uns Eure Macht
In unserer dunkelsten Stunde

Avalon: Nicole Anderson

Da wären wir wieder, dachte Nicole bitter, als sie sich im Schlafzimmer umschaute. In den vergangenen Tagen war so viel passiert, und doch war sie wieder hier, in James' Schlafzimmer, als wäre nichts geschehen. Zumindest befand sich das Schlafzimmer diesmal woanders. Sie wusste nicht genau, wo sie war, aber im Hauptquartier des Obersten Zirkels ganz sicher nicht.

Vor Frustration traten ihr Tränen in die Augen. Sie hatte

ihre Schwester und ihren Vater wiedergesehen, ihre Cousine war einem besessenen Wahn verfallen, und sie selbst war mit Philippe vermählt worden. *Philippe.* Sie wusste nicht einmal, ob er noch lebte, geschweige denn, ob sie ihn je wiedersehen würde.

Miau!

Sie blickte auf Astarte hinab. Die Katze starrte aufmerksam zu ihr empor, peitschte mit dem Schwanz und schlang ihn um Nicoles linken Knöchel. Die Katze war ihr mit einem Satz in das Portal gefolgt, als James und Eli Nicole aus der Hütte bei Seattle entführt hatten. Sie hob die Katze hoch und schmiegte die Wange an ihr Fell.

»Als ich Seattle letztes Mal verlassen habe, musste ich meine Katze Hecate zurücklassen. Sie ist gestorben. Du bist jetzt *meine* süße Katze, und du sorgst dafür, dass ich dich nicht verlasse, nicht wahr?«

Die Katze schlug ihr sacht mit einer Pfote auf die Nase und schnurrte zufrieden. Nicole küsste sie auf den Kopf. Astarte war in Spanien zu ihr gekommen, irgendwo auf dem Land, als Nicole vor den Deveraux geflohen war. Philippe hatte sich um die Katze gekümmert, nachdem Eli und James Nicole zum ersten Mal entführt hatten.

Eli und James. Sie hatten sie durch das Portal gezerrt und waren mit ihr hier gelandet. Dann war Eli wortlos gegangen, und James hatte sie in sein Schlafzimmer gebracht und hier eingeschlossen. Diesmal hatte er die Tür nicht nur mit einem Schloss, sondern auch mit Bannen gesichert.

Der Türrahmen ist neu, stellte sie beiläufig fest. Es schien der gleiche zu sein, den sie bei ihrer ersten Flucht zerstört hatte. *Oder James hat ihn durch Magie repariert …*

Astarte wand sich in ihren Armen, und Nicole setzte sie auf den Boden, richtete sich matt wieder auf und hockte sich aufs Bett.

Sie musste doch irgendetwas tun können. *Ich bin eine Hexe, verdammt noch mal. Ich sollte mir irgendwie selbst helfen können.* Sie schloss die Augen und zwang sich, tief und langsam zu atmen.

»Göttin, höre mich weinen und flehen, schütze mich, lass mich nicht vergehen. Zum Mond erheb ich das Gesicht und bitte dich, erlöse mich.«

Die Worte erfüllten sie mit Kraft oder doch zumindest neuem Mut. Sie wandte sich um und öffnete das Geheimfach im Kopfteil des Bettes. Es war leer. James war zu schlau, als dass er seinen Ring und die anderen Sachen wieder da hineingelegt hätte, nachdem Nicole sie schon einmal aus diesem Versteck gestohlen hatte. Sie drehte sich um und entdeckte in der Ecke einen kleinen Tisch, der ihr nicht bekannt vorkam. Sie ging hinüber und zog die einzige Schublade heraus. Darin lagen ein paar Blatt Papier, ein Stift und eine Handvoll Kerzen. *Immerhin etwas.*

Sie nahm den Stift und zeichnete langsam und sorgfältig ein Pentagramm auf den Fußboden. »Erde, Wind, Feuer, Wasser, Geist«, segnete sie jede Spitze des Sterns, den sie zeichnete.

Sie trat zurück und begutachtete ihr Werk. Der Kreis um den Stern war eher ein Oval, doch wenn man die Mittel bedachte, die ihr zur Verfügung standen, würde die Göttin ihr das wohl nicht übel nehmen.

Als Nächstes suchte sie fünf weiße Kerzen heraus und stellte jede auf eine Spitze des Pentagramms. Dann setzte sie sich in die Mitte. Sie schloss die Augen und wanderte rückwärts durch ihren Geist, vorbei an all dem Schmerz und Grauen. Wenn sie mit Amanda und Holly Magie praktizierte, fühlte sich das so gezwungen an, als ließe sie alles durch schiere Willenskraft geschehen.

Sie rang darum, sich an früher zu erinnern, an unschuldigere Zeiten, ehe die Dunkelheit zu ihnen gekommen war. Früher, als sie noch nichts von ihrem Hexenerbe gewusst hatte. Früher, als ihre Mutter noch gelebt hatte.

Zaubern war ihr damals so leichtgefallen, als sie noch nicht gewusst hatte, was sie da tat. Sie saß ganz still da und bemühte sich, die Magie zu nichts zu zwingen, sondern sie nur durch sie hindurch und um sie herum fließen zu lassen. Sie spürte Astartes warmen Körper, als die Katze zu ihr kam und sich auf ihrem Schoß zusammenrollte.

Langsam öffnete sie die Augen. Sie legte den Zeigefinger auf die Kerze direkt vor ihr. Feuer manifestierte sich. Langsam bewegte sie den Finger von einer Kerze zur nächsten, bis alle hell brannten.

»Mein Wille ist stark, meine Absicht gerecht, verberge mich vor des Bösen Gesicht. Liebliche Göttin, ich rufe dich, hör mein Gebet und behüte mich. Sei der Feind ein Tier oder Mann, der Jungfrau vertrau ich mein Schicksal an.«

Ein Windstoß brauste durch den Raum, so dass die Kerzenflammen flackerten, doch sie erloschen nicht. Nicole schnappte nach Luft, als der Wind durch sie hindurchströmte und sie binnen eines Augenblicks mit Frieden erfüllte, wie sie ihn noch nie gefühlt hatte.

Tief unten im Schloss auf einem Tisch in des Zauberers Werkstatt begann sein spitzer Hut zu leuchten.

Michael legte den Kristall mit einem dumpfen Knall beiseite. Er hatte versucht, damit seinen Sohn Eli und James Moore zu finden. Es hatte nicht funktioniert. *Sie müssen sich gegen mich abschirmen,* dachte er zornig. Da Holly ihm jetzt unterwürfig gehorchte, war dies der perfekte Zeitpunkt, um den Totenkopf-Thron, die Herrschaft über den Obersten Zirkel, für sich zu beanspruchen. Bedauerlicherweise brauchte er dazu Elis und James' Hilfe.

»Wenn ich das Schwarze Feuer doch nur allein beschwören könnte«, sagte er seufzend, mehr zu sich selbst als zu dem Wichtel, der in seinem Wohnzimmer auf der Sofalehne hockte und vor sich hin schnatterte.

Er wandte sich um und starrte Holly lange an, ehe er den Kopf schüttelte. Das Mädchen saß zusammengekauert in einer Ecke, die Knie bis unters Kinn hochgezogen, und brabbelte vor sich hin. Selbst wenn er ihr hätte erklären können, wie sie ihm helfen sollte, das Schwarze Feuer zu beschwören, wäre das zu gefährlich gewesen, solange sie in einem solchen Zustand war. Nein, er würde schon seinen Sohn finden müssen.

Er betrachtete Holly schweigend. Ihre Magie und ihr Potenzial waren beinahe grenzenlos. Wenn er nur eine Möglichkeit finden könnte, diese mit seiner eigenen Macht zu verbinden. Sie war in ihrem Wahnsinn nicht nur unberechenbar und gefährlich, sondern auch so verwirrt, dass sich ihre Macht zerstreute und die Zauber schwächte, die sie hin und wieder willkürlich aussandte. Es war beinahe sicherer für ihn, sie in diesem Zustand zu belassen. *Auch wenn meine Lampen das sicher anders sehen,* dachte er und lachte grimmig. Sie war offenbar wild entschlossen, Licht zu meiden. *Ist das die Hexe in ihr, oder sind es die Dämonen?* Er wusste es nicht. Sie hatte es geschafft, mehrere wertvolle antike Lampen zu zerstören, ehe er sie unter Kontrolle gebracht hatte. Dabei hatte er noch Glück gehabt. Wenn der Wahnsinn ihre Energie nicht so zerstreuen würde, hätte sie das gesamte Gebäude vernichtet, in dem sie sich befanden. *Und uns gleich mit.*

Wenn ich mich ihrer Macht bedienen könnte, wäre ich unbezwingbar. Es wäre nicht schwierig, sie mir hörig zu machen – da ist kein Wille, den ich umgehen müsste. Er wusste, dass Jer eine Chance, sich mit Holly zu verbinden, nicht genutzt hatte. *Idiot. Ihm war nicht klar, auf welche Macht er da verzichtet hat. Gemeinsam hätten sie mich vernichten können.*

Er ging halb in die Knie und näherte sich ihr langsam mit ausgestreckter Hand, als sei sie ein wildes Tier. Sie wich vor seiner Hand zurück, sobald sie ihn bemerkte, und verkroch sich noch tiefer in ihre Ecke. Er blieb still vor ihr hocken und wartete. Er konnte sehr geduldig sein, wenn er wollte. Auf genau diese Art und Weise hatte er schon viele wilde Tiere angelockt und ihr Vertrauen gewonnen, bis sie zu ihm kamen.

Die Blutflecken auf seinem Altar bewiesen es.

Der Mutterzirkel: Santa Cruz, Kalifornien

Die Leute kamen in die Santa Cruz Mountains, weil sie Ruhe und Frieden suchten, Verbindung zur Natur oder ein Versteck. Hier wohnten Manager aus Silicon Valley, die einen gehobenen Lebensstil schätzten, und alte Hippies, die nicht glauben wollten, dass die Sechziger vorbei waren, oder sich vor einer Regierung versteckten, der die Suche nach ihnen längst nicht mehr wichtig war – und Hexen.

Am höchsten Punkt der Summit Road bog ein schmaler Feldweg ab, der noch weiter den Berg hinaufführte. Er wand sich durch die Bäume, Hunderte Meter über den letzten Weihnachtsbaum-Plantagen, die die Bergflanken bedeckten. Am Ende dieses Feldwegs befand sich eine Einfahrt, die von zwei riesigen steinernen Katzen bewacht wurde. Wie die Katzen da mit langen Hälsen in aufmerksamer Haltung saßen, wirkten sie ägyptisch. Am Ende der Auffahrt, die von Katzen, Bannen und der Göttin selbst geschützt wurde, lag ein Haus.

Falls ein Besucher zu diesem wilden, abgelegenen Ort finden sollte, überkäme ihn ein überwältigendes Gefühl von Frieden und Vitalität. Die Geister der Wälder und Bäche waren hier lebendig. Selbst den Atem der Bäume meinte man zu spüren und als silbrigen Dunst zu sehen, der das Land einhüllte.

Die friedliche Ruhe außerhalb des Hauses war unirdisch. Das Leid im Innern war unglaublich.

Am ehesten glich es einem Feldlazarett in einem Kriegsgebiet. Dieses Hospital gehörte dem Mutterzirkel, und die Frauen darin litten, weil sie gegen Michael Deveraux und seine Familie gekämpft hatten, um Holly Cathers und ihren Coven zu retten.

Anne-Louise lag in einem Bett in einem der oberen Stockwerke und konnte sich glücklich schätzen, dass sie noch lebte. Dutzende ihrer Schwestern hatten nicht so viel Glück gehabt. Doch sie lag hier mit dreißig Knochenbrüchen und war keineswegs glücklich. Nein, sie war wütend. Die Heilerinnen des Zirkels arbeiteten rund um die Uhr; dennoch würde es Wochen dauern, bis sie und ihre Schwestern wieder ein halbwegs normales Leben führen konnten.

Sie funkelte die Hohepriesterin des Mutterzirkels an, die am Fußende ihres Bettes stand. Die Hohepriesterin sah ziemlich nervös aus. Sie war bei dem Massaker nicht dabei gewesen. Ja, von all den Hexen des Mutterzirkels war nur ein winziger Teil da gewesen, und fast ausschließlich die schwächeren Mitglieder.

Und da stand die Hohepriesterin vor ihr und murmelte nichtssagende Floskeln. »Wir haben unser Bestes getan …«

»Tatsächlich?«, brachte Anne-Louise heraus. Ihre Stimme war ein heiseres Flüstern. Ihre Stimmbänder waren vom heißen Rauch versengt und würden sich vielleicht nie erholen – auch nicht durch die Heilkräfte ihrer Hexenschwestern.

»Die Mächte, die sich gegen uns verbündet haben, waren zu stark. Wir müssen jetzt unsere Kräfte schonen und uns besser auf den Kampf vorbereiten …«

»Während der Feind immer stärker wird?«

Die Hohepriesterin schwieg, und ihr Blick huschte zur Tür und wieder zurück.

»Wollt Ihr wissen, was ich glaube?«, fragte Anne-Louise und fuhr fort, ohne eine Antwort abzuwarten. »Ich glaube, der Mutterzirkel hat nicht die Absicht, diese drei Mädchen und ihren Coven zu retten. Ich glaube, Ihr hofft einfach darauf, dass Michael Deveraux sie alle umbringt. Dann kann der Mutterzirkel weitermachen, als sei nichts geschehen. Wenn der Mutterzirkel den Obersten Zirkel wahrhaftig als Gegner betrachten würde, wären wir schon vor Jahren gegen die Hexer vorgegangen.«

Die Hohepriesterin wirkte empört. »Der Mutterzirkel hat sich immer gegen den Obersten Zirkel gestellt«, fauchte sie.

»Tatsächlich? Warum ist der Oberste Zirkel dann immer noch so mächtig? Wie kommt es, dass sowohl der Mutterzirkel als auch der Oberste Zirkel überhaupt noch da sind, wenn sie es so sehr darauf anlegen, einander zu zerstören? Nein, ich glaube, dass ein äußerer Feind, auf den man verweisen kann, für beide Seiten sehr nützlich war. Das hält uns von inneren Streitigkeiten ab, und davon, unsere Führung in Frage zu stellen.«

Die Hohepriesterin erbleichte, und wenn Anne-Louise nicht alles täuschte, schlich sich ein ängstlicher Ausdruck in die Augen ihres Gegenübers. Sie bohrte weiter.

»Warum sonst hättet Ihr nur die Schwächsten aus unserem Zirkel in die Schlacht schicken sollen? Dazu jene, die den Mädchen eine gewisse Sympathie entgegenbringen, und *alle, die Eure Entscheidungen je in Frage gestellt haben?*«

Schweigen so still wie der Vollmond senkte sich über den Raum. Anne-Louise starrte ihre Anführerin an. Wahrscheinlich hatte sie die Hohepriesterin schockiert. Anne-Louise war sehr jung zur Waise geworden und im Zirkel aufgewachsen. Sie war immer die brave kleine Hexe gewesen, die stets tat, was man ihr sagte, ging, wohin man sie schickte, und nur das studierte, was man ihr zu lernen vorgab.

Jetzt war ihr das gleichgültig. Vielleicht lag es an den Schmerzen, vielleicht auch daran, dass sie das Massaker an ihren Freundinnen und Schwestern mit angesehen hatte, oder an den nie gestellten Fragen eines ganzen Lebens, die endlich nach Antworten verlangten. Aber woran es auch liegen mochte, sie wusste, dass sie bei der Hohepriesterin einen empfindlichen Punkt getroffen hatte. Die Frau lief Gefahr, ihre Machtposition im Zirkel zu verlieren. Anne-Louise war nicht die Einzige, die seit der Schlacht an ihren Entscheidungen zweifelte.

Sie starrte die Hohepriesterin weiterhin an, obwohl sie es noch vor einer Woche kaum gewagt hätte, ihr in die Augen zu blicken. Aber die Welt hatte sich verändert. *Ich habe mich verändert*. Sie hatte die Hohepriesterin stets als von der Göttin geweiht betrachtet, ja beinahe selbst als eine Gottheit. Jetzt sah sie nur eine müde Frau, die noch verängstigter wirkte als die jungen Frauen, die zwei Nächte zuvor dem Tod ins Auge geblickt hatten.

Anne-Louise wusste nur, dass sie nicht als Erste den Blick abwenden würde. Die Hohepriesterin hob leicht das Kinn und schien ihren mystischen Nimbus zu sammeln, um sich darin einzuhüllen. Aus ihren Augen blitzten Glut und Macht, *wahre* Macht.

Die Tür ging auf, drei Hexen traten ein, und der Augenblick war zerstört. Sie schlossen die Tür hinter sich, und die Hohepriesterin wandte sich zu ihnen um und grüßte sie förmlich. Alle drei neigten den Kopf.

»Ihr sollt euch weiter um Anne-Louise kümmern.« Das war eine Feststellung, keine Frage. Die drei nickten und traten ans Bett.

»Dann überlasse ich dich jetzt den Heilerinnen«, informierte die Hohepriesterin Anne-Louise. Sie lächelte kühl und verließ den Raum, indem sie durch die geschlossene Tür hindurchglitt. Das war eine schlichte Machtdemonstration, aber ziemlich effektvoll, wie Anne-Louise sich eingestehen musste.

Sie schloss die Augen, als die Heilerinnen die Hände auf ihren vielfach gebrochenen Körper legten. Sie spürte Hitze, die sie mit qualvoller Intensität durchdrang. Abgesplitterte Knochenstückchen begannen sich in ihrem Körper an den rechten Platz zu bewegen, wobei sie noch mehr Muskeln und Gefäße zerrissen. Bald würden die Heilerinnen anfangen, ihre Knochen wieder zusammenzufügen, aber heute noch nicht. Erst mussten sie sämtliche Knochensplitter finden.

Anne-Louise lag still da. Die Heilerinnen waren wieder gegangen, nachdem sie ihr Bestes getan hatten, zumindest eine Weile den Schmerz zu betäuben. Trotzdem tat ihr jede Bewegung, ja sogar das Atmen weh.

Miau!

Sie öffnete die Augen und sah eine graue Katze neben sich aufs Bett hüpfen. Die Katze starrte sie mit großen runden Augen an, ohne zu blinzeln. »Wo kommst du denn her?«, fragte sie mit gequälter Flüsterstimme.

Die Katze begann zufrieden zu schnurren und starrte sie weiterhin an.

»Hast du einen Namen?«

Wisper.

»Wisper, ja, das passt zu dir«, sagte sie und spürte, wie ihre Lider schwer wurden.

Die Katze rollte sich dicht an sie geschmiegt zusammen und wärmte sie mit ihrem kleinen Körper. Ein behagliches Gefühl breitete sich in Anne-Louise aus, und sie schlief mit einem Lächeln auf den Lippen ein.

Amanda wachte auf, weil ihr die Sonne in die Augen schien. Sie drehte sich stöhnend auf die Seite, setzte sich aber hastig auf, als ihre angeknacksten Rippen schmerzhaft protestierten. Sie erstickte ein Schluchzen. Neben ihr regte sich Tommy. Sie sah auf die Uhr. Es war neun Uhr morgens. Sie hatten fast vierundzwanzig Stunden lang geschlafen.

Sie schaute zu dem anderen Bett hinüber und sah Pablo dort sitzen. Sein Gesicht war verzerrt, als litte er Schmerzen.

»Alles in Ordnung?«, fragte sie, und ihr Herz begann vor Angst zu pochen.

Er sah sie mit glasigem Blick an. Langsam nickte er. »Jemand ist ganz in der Nähe, jemand von uns. Ich bin nicht …« Er verstummte kurz. »Ich bin nicht sicher, wer. Sie fühlen sich … irgendwie nicht richtig an.«

»Woher weißt du dann, dass es jemand von unseren Leuten ist?«, fragte sie, und ihr Herz pochte schneller.

Er schüttelte den Kopf. »Das ist das Einzige, was ich deutlich spüren kann.«

Sie nickte und musste es akzeptieren. Glücklich war sie darüber nicht, aber sie verstand nichts von Pablos Gabe. Zumindest war er sicher, dass es keine Feinde waren. Ein Hoffnungsschimmer flackerte in ihr auf. Vielleicht war es ihr Vater, oder Nicole, die hatte entkommen können. *Es könnte auch Holly sein.* Sie schauderte und schämte sich gleich darauf für ihre Gedanken. Sie wollte Holly nichts Böses, aber sie war nicht sicher, ob sie ihrer Cousine in deren augenblicklichem Zustand gegenübertreten wollte. *Noch nicht.*

»Wie nahe sind sie?«, fragte sie Pablo und betete zur Göttin, dass es nicht weit sein möge. Sie wollte lieber bald wissen, wer es war, statt stundenlang warten zu müssen.

»Etwa anderthalb Kilometer von hier.« Er stand auf. »Ich werde nachsehen.«

Sie stand ebenfalls auf und bemühte sich, die brennenden Schmerzen in ihrer Seite zu ignorieren. »Ich komme mit.« Sie blickte auf Tommy hinab. »Lassen wir ihn schlafen. Er hat es sich verdient.«

Pablo nickte verständnisvoll. »Das haben wir alle, *señora,* wir alle.«

Sie wollte ihn gerade korrigieren und ihm sagen, dass sie nicht verheiratet, sondern eine *señorita* war. Dann schaute sie wieder auf Tommy hinab. Sie waren aneinandergebunden, durch die heiligste Zeremonie zwischen Mann und Frau, die die Hexenwelt kannte. Auf einmal hatte sie einen Kloß in der Kehle. Pablo hatte auf gewisse Weise recht. In seinen Augen, den Augen eines jungen Mannes, der in der Coventry geboren und groß geworden war, war sie eine *señora.*

Sie schrieb hastig eine Nachricht für Tommy auf dem Briefpapier des Hotels – für den Fall, dass er aufwachte, während sie weg war. Dann gingen die beiden hinaus und schlossen die Zimmertür hinter sich ab. Amanda belegte die Tür mit einem Bann, was sie eigentlich schon gestern hätte tun sollen. *Aber alle Banne der Welt haben uns nichts genützt,* dachte sie und sah wieder die Dämonen vor sich, die in die Hütte eindrangen.

Sie schauderte und wollte auf einmal nicht mehr gehen. Panik breitete sich in ihr aus. Was, wenn sie nie zurückkehrte? Oder, schlimmer noch, wenn sie zurückkam und feststellen musste, dass Tommy tot oder verschwunden war? Sie war nicht sicher, ob sie das verkraften könnte. Vor quälenden Zweifeln liefen ihr Tränen über die Wangen, und sie langte nach dem Türknauf.

Pablo ergriff sacht ihr Handgelenk und hielt sie auf. »Wenn etwas passieren sollte, dann passiert es, ob du hier bist oder nicht«, erklärte er. »Vielleicht ist er ohne dich sogar sicherer.«

Sie starrte Pablo an. Er war ein paar Jahre jünger als sie, doch die Weisheit eines viel älteren Mannes strahlte aus seinen Augen. Sie wusste, dass er recht hatte.

Gemeinsam wandten sie sich von der Tür ab und gingen auf den Wald zu, aus dem sie sich tags zuvor hierhergeschleppt hatten. Als sie den Waldrand erreichten, blieben sie stehen.

»Kannst du spüren, wo sie sind?«, fragte Amanda.

Pablo schloss kurz die Augen, öffnete sie dann wieder und nickte. »Sie sind näher als vorhin. Etwa einen halben Kilometer weit weg.«

Sie versuchte, den eisigen Schauer zu ignorieren, der ihr über den Rücken lief, doch es gelang ihr nicht ganz. Pablo ging zwischen den ersten Bäumen hindurch in den Wald. Sie starrte mit zusammengekniffenen Augen in die Richtung, in die er lief, konnte aber nichts sehen. Das Herz schlug ihr bis zum Hals, als sie ihm folgte.

Pablo bewegte sich wie ein Schweißhund. Alle paar Schritte blieb er stehen, als nehme er Witterung auf. Sein ganzer Körper war angespannt vor Aufmerksamkeit, und sie kam nicht umhin, ihn zu bewundern. Er hatte einen besseren Zugang zu seinen Instinkten als jeder andere Mensch, den sie je erlebt hatte. Plötzlich blieb er stehen, hob die Hand und forderte sie mit einer Geste auf zu lauschen.

Sie konnte nichts hören. Sie schloss die Augen und versuchte, etwas zu *fühlen*. Da war nichts. Sie öffnete die Augen. »Wo?«, flüsterte sie schließlich.

Pablo schüttelte den Kopf. »Hier.«

Amanda sträubten sich die Haare im Nacken. »Wo denn?«

»Na hier«, sagte eine Stimme beinahe direkt an ihrem Ohr.

Sie schrie, machte einen Satz in Pablos Richtung und drehte sich dabei halb um.

Ein mächtiges Geschöpf mit mattschwarzer Haut und leuchtenden Augen stand vor ihr. Es war über einen Meter achtzig groß, mit einem Buckel auf dem Rücken und hervortretenden Muskeln. Um die Mitte trug es einen gewickelten Lendenschurz.

Es öffnete den Mund und sprach sie erneut an. »Hallo, Schätzchen.«

Amanda blinzelte. »Daddy?«

Das Geschöpf nickte, und sie sah es sich näher an. Es war tatsächlich ihr Vater. Er trug irgendetwas auf dem Rücken und war von Kopf bis Fuß mit Ruß und Matsch bedeckt. Erleichterung wallte in ihr auf.

»Daddy!«, schrie sie und warf sich an seine Brust. Er schlang einen Arm um sie und drückte sie an sich. Einen Moment lang war sie wieder fünf Jahre alt. Ihr Daddy war da, und er würde alles wiedergutmachen und sie vor der bösen Welt beschützen.

»Prinzessin«, sagte er schließlich und holte sie damit in die Gegenwart zurück. »Wir müssen in Bewegung bleiben.«

Sie trat langsam zurück und erkannte erst jetzt, dass die Last, die er auf dem Rücken trug, Barbara Davis-Chin war. Erschrocken sah sie ihren Vater an. »Ist sie …«

»Sie lebt.«

»Kommen Sie mit – wir haben einen Unterschlupf«, sagte Pablo. Er machte sich in Richtung des Motels auf.

Sie folgten ihm. Amanda ging neben ihrem Vater her und berührte ihn hin und wieder am Arm, um sich zu vergewissern, dass er echt war. Binnen zehn Minuten hatten sie es zum Motel geschafft.

Als sie ihr Zimmer betraten, war Tommy wach, und ein breites Grinsen trat auf sein Gesicht, als er sie sah.

Richard ließ seine menschliche Last langsam auf ein Bett sinken und richtete sich auf. Er blickte Tommy fest in die Augen und streckte dann die Arme nach ihm aus. »Ich bin froh, dich zu sehen, mein Junge.«

Als die beiden einander umarmten, begann Amanda zu weinen. Sie trat zu ihnen, und sie nahmen sie in den Kreis auf. Herzenswärme floss so reichlich wie ihre Tränen. Die drei schufen ein Band, das sie zu einer neuen Art Familie vereinte.

Das ist dein Geschenk, Göttin, dachte Amanda. *Ich danke dir.*

Richard löste sich schließlich von ihnen, und Amanda und Tommy sanken neben Barbaras regloser Gestalt auf die Bettkante.

Pablo kümmerte sich bereits um sie. Die drei sahen zu, während er seine Untersuchung zu Ende führte. »Es geht ihr gut. Ihrer Seele.«

Richard nickte. »Ein paar Mal ist sie zu sich gekommen, und seit etwa drei Stunden ist sie wieder bewusstlos. Aber sie wirkt entspannter.«

»Sie braucht Ruhe. Sie auch«, fügte Pablo streng hinzu.

»Ich brauche zuallererst eine Dusche, wenn ihr nichts dagegen habt«, entgegnete Richard schon auf dem Weg zum Bad.

Amanda saß die nächsten zwanzig Minuten still da. Zwei Mal hörte sie, wie die Dusche abgestellt wurde, um gleich darauf wieder zu rauschen. Schließlich verstummte das Plätschern und blieb auch stumm. Gleich darauf erschien ihr Vater, ein Handtuch um die Hüfte gewickelt.

Narben glänzten auf seiner Brust. Manche waren klein und kaum zu sehen. Andere waren groß, ein paar rund, gut zwei Fingerbreit im Durchmesser. Eine fiel ihr besonders ins Auge. Die lange, gezackte Narbe reichte von seiner Brust über dem Herzen bis zur Mitte seines Bauchs. Plötzlich fiel ihr auf, dass sie ihn noch nie mit nacktem Oberkörper gesehen hatte. Selbst früher im Familienurlaub, als sie noch klein gewesen war, hatte er sogar zum Schwimmen immer ein Tank Top getragen.

Er lächelte grimmig, als spürte er ihre Gedanken. Er setzte sich auf das andere Bett und legte sich ein zweites Handtuch über die Schultern, so dass es seine Brust teilweise bedeckte. »Die stammen aus dem Krieg, Schätzchen. Sie sind ein Teil von mir, den ich vergessen wollte. Ich habe viel zu lange versucht, das alles hinter mir zu lassen.« Er senkte kurz den Blick und sah sie dann mit einem versonnenen Ausdruck in den Augen wieder an. »Wenn ich das nicht getan hätte, hätte deine Mutter vielleicht …«

Abrupt verstummte er, schüttelte den Kopf und setzte ein gezwungenes Lächeln auf. Amanda verzog das Gesicht. Sie wusste, dass er die Affäre ihrer Mutter mit Michael Deveraux meinte, die sie schließlich das Leben gekostet hatte. Damals war ihr Vater ein Mann gewesen, den man nur als »langweilig« bezeichnen konnte. Marie-Claire, Amandas aufregende, extravagante Mutter, hatte anderswo nach prickelnder Erregung gesucht. Amanda selbst hatte sich oft gefragt, ob ihre Mom noch am Leben wäre, wenn ihr Dad nur ein bisschen aufregender gewesen wäre – oder sich zumindest mehr ins Zeug gelegt hätte, um seine Frau vor anderen Männern zu schützen.

Sie schüttelte ebenfalls den Kopf. Es war zu spät, die Vergangenheit ließ sich nicht ändern. Vielleicht war der Tod ihrer Mutter ohnehin Schicksal gewesen, unausweichlich. Sie hätte seither ein Dutzend Male sterben können, auf unterschiedlichste Art und Weise, wie so viele andere erst vor zwei Tagen gestorben waren.

Sie warf Pablo einen Blick zu. Die übrigen Mitglieder seines Covens, Philippe, Armand und Alonzo, waren immer noch verschwunden. Sie fragte sich, ob er irgendetwas von ihnen spüren konnte. Falls sie tot waren, wäre Pablo ganz allein auf der Welt. *Abgesehen von uns.* Sie verzog das Gesicht. *Wir könnten sehr bald auch alle tot sein.*

Ihre Gedanken schweiften zu den anderen weiter, die sie noch vermissten: Sasha, Silvana, Kari, Holly, Dan und Tante Cecile. *Nein,* korrigierte sie sich. *Tante Cecile ist tot. Die Dämonen, von denen Holly besessen ist, haben sie umgebracht.* Diese Realität traf sie schwer, aber sie durfte ihr Herz nicht gegen die Trauer verschließen. *Sonst wäre ich nicht besser als Michael Deveraux.*

Dann gab es noch zwei, die definitiv als vermisst gelten konnten. Jer Deveraux war in der Traumzeit gefangen, wohin er mit Holly gereist war, um Barbara zu retten. Die Göttin allein mochte wissen, ob er noch lebte, aber Amanda betete darum. Die andere Vermisste, Amandas Zwillingsschwester Nicole, war von Eli Deveraux und James Moore entführt worden, unmittelbar vor der Schlacht. Amanda ballte die Hände zu Fäusten. *Ich schwöre dir, dass ich dich finden und vor diesen Ungeheuern in Sicherheit bringen werde.*

Richard ergriff das Wort und riss sie aus ihren Gedanken. »Also dann. Immer der Reihe nach.« Er holte seine Brieftasche aus Barbaras Jackentasche und nahm mehrere Geldscheine heraus. »Tommy, du siehst von uns allen noch am präsentabelsten aus. Geh und kauf etwas zum Anziehen für alle, auch für die, die noch fehlen. Außerdem brauchen wir Verbandsmaterial und so weiter und etwas zu essen.«

Tommy nahm das Geld und salutierte. »Bin schon unterwegs«, erklärte er und eilte zur Tür hinaus.

Amanda spürte einen Anflug von Panik, als er ging, doch ihr Vater lenkte ihre Aufmerksamkeit auf sich. »Amanda, du musst dich um Barbara kümmern. Vielleicht kannst du irgendetwas tun, um ihr zu helfen, einen Heilzauber versuchen oder so etwas. Wir brauchen sie gesund, geistig und körperlich. Und kannst du so eine Art magischen Bewegungssensor erschaffen, der Alarm gibt, falls jemand kommt?«

Sie nickte. »Ich glaube, so etwas kann ich.« In ihrem Magen kribbelte es unangenehm. Sie war ganz und gar nicht sicher, ob sie tun konnte, worum er sie bat. Holly war die Stärkste von ihnen. Trotzdem würde sie es versuchen.

»Gut, dann los«, wies Richard seine Tochter an. Er sah die Angst in ihren Augen aufblitzen, aber auch Entschlossenheit. Das war gut. Er hielt es für das Beste, ihr eine Aufgabe zu stellen, die sie so in Anspruch nahm, dass sie sich nicht ständig um Tommys Sicherheit sorgen konnte.

Er wandte sich Pablo zu und beäugte den jungen Mann. »Soweit ich weiß, kannst du andere Leute spüren?«

Der Junge nickte. »So habe ich Sie gefunden.«

»Dachte ich mir. Nicole hat etwas erwähnt, woraus ich schließe, dass du auch andere daran hindern kannst, uns zu finden?«

Er nickte. »Ich kann sie daran hindern, uns zu finden, wenn sie mit magischen Mitteln nach uns suchen, ansonsten nicht.«

Richard nickte. »Das war der Fehler, den wir bei der Hütte gemacht haben. Die war als mögliches Versteck allzu offensichtlich. Das ist hier zumindest weniger wahrscheinlich. Wir hätten überall aus dem Wald kommen können, viel näher an der Hütte als dieses Motel. Selbst wenn sie nach uns suchen, dürften wir hier noch eine Weile sicher sein.«

»Ich glaube nicht, dass er schon nach uns sucht.«

»Gut. Also, hast du irgendetwas von den anderen gespürt?«

Pablo schüttelte niedergeschlagen den Kopf.

Richard streckte die Hand aus und drückte seine Schulter. »Versuch es noch einmal, Pablo. Bitte.«

Er sagte dem Jungen nicht, dass er ein Mitglied seines Covens hatte sterben sehen. Solange Richard nicht genau wusste, wer das gewesen war, wollte er Pablo nicht zusätzlich aufregen.

Kaum hatte er das gedacht, blickte Pablo scharf und mit schmalen Augen zu ihm auf. Richard spürte einen Druck – es fühlte sich an, als ob jemand stoßend und schubsend versuchte, in seinen Geist einzudringen. Er schubste zurück. *Lass es sein, Junge.*

Mit verblüffter, schuldbewusster Miene senkte Pablo den Blick. Richard drückte ein letztes Mal seine Schulter und stand dann auf. Er rückte so weit von den anderen ab, wie es in dem Motelzimmer möglich war.

Tommy kehrte schneller zurück, als Richard erwartet hatte. Amanda rief eine Warnung, und gleich darauf klopfte es an der Tür. Während Richard Tommy aufmachte, überlegte er, dass sie eine viel längere Vorwarnzeit brauchen würden, falls der nächste Besucher nicht so freundlich sein sollte.

Der junge Mann ließ seine Beute auf das freie Bett fallen. Er hatte mehrere Jogginganzüge mit dem Aufdruck WASHINGTON mitgebracht, außerdem Socken, eine Zeitung, einen Verbandskasten und eine große Einkaufstüte voller Vorräte. »Direkt neben der Lobby ist ein Laden für die Touristen«, erklärte er.

Richard nickte, schnappte sich einen Jogginganzug und ein Paar Socken und ging ins Bad, um sich anzuziehen. Sauber und jetzt sogar wohlig warm, fühlte er sich wie ein neuer Mensch, als er wieder ins Zimmer trat. Amanda war als Nächste dran, und während sie sich im Badezimmer umzog, nahmen sich auch Tommy und Pablo saubere Kleidung.

Als Amanda zurückkam, schlang sie die Arme um Tommy und drückte ihn fest an sich, und Richard tat höflicherweise so, als bemerke er es nicht. Amanda war immer sein kleines Mädchen gewesen. Nicole war wild und flamboyant, eher wie ihre Mutter. Aber Amanda war schon immer stark und verständig gewesen. Jahrelang hatten sie beide gegen den Rest der Welt zusammengehalten. Obwohl er sich sehr für sie freute, fiel es ihm immer noch schwer, sein kleines Mädchen als Frau zu sehen.

Pablo unterbrach seine Gedanken. »Ich fühle jemanden!«, sagte er, und seine Stimme überschlug sich vor Aufregung.

»Wie viele?«, fragte Amanda.

»Zwei. Es sind Armand und Kari.«

Kari taumelte voran, von Armands starkem Arm gestützt. Die vergangenen sechsunddreißig Stunden bestanden für sie nur noch aus Schmerz und Verwirrung. Sie konnte sich nicht einmal daran erinnern, die Hütte verlassen zu haben. Armand hatte nur wenige Worte zu ihr gesagt. Sie wusste eigentlich bloß, dass die Hütte gebrannt hatte, dass er sie hinausgetragen hatte und die anderen möglicherweise tot waren. Mehrmals war sie hingefallen und versucht gewesen, einfach liegen zu bleiben, doch jedes Mal hatte er ihr aufgeholfen und ein paar ermunternde Worte gesagt.

Also marschierte sie weiter, einer unsicheren Zukunft entgegen, sofern es für sie überhaupt eine Zukunft geben würde. Wie hatte sie sich bloß in diesen Schlamassel hineingeritten? Sie war doch nur Doktorandin – sie studierte Magie und Okkultismus, sie nahm nicht daran teil. Aber all das hatte sich geändert, als Jer Deveraux seine gefährliche Welt in ihr Leben gebracht hatte. Worauf sie selbst allerdings ganz versessen gewesen war.

Sie wagte es nicht, Armand zu fragen, ob er wusste, was mit Jers Körper geschehen war, als die Hütte zu brennen begonnen hatte. Jers Geist war auf einer Astralebene, in der Traumzeit, gefangen. Zumindest hoffte sie, dass er nur gefangen war und nicht tot. Aber wenn sein Körper nicht mehr existierte, wäre das praktisch ein und dasselbe. Wenn er keinen Körper hatte, in den er zurückkehren konnte, würde sein Geist auf ewig verloren umherwandern. *Oder vielleicht auch augenblicklich erlöschen*, dachte sie.

Sie bemühte sich, solche Gedanken zu verbannen, aber das war nicht leicht. Die Liebe war die Hölle, und sie war die Königin der Verdammten.

Seattle, 1904: Peter und Ginny

Ginny stand auf dem Bahnsteig, und Tränen liefen ihr über die Wangen. Ihr Mann, George Morris, war bereits eingestiegen und wartete auf sie. In wenigen Augenblicken würden sie in Richtung Los Angeles aufbrechen und alle zurücklassen, die sie liebte.

Ihr Vater Peter schloss sie in die Arme. Sie hatten gemeinsam so viel durchgemacht: den Tod ihrer Mutter bei der Überflutung von Johnstown, die Reise nach Westen, den Neuanfang in Seattle. Und die Tränen, den Kummer und die unerwartete Freude, als er die liebe Jane gefunden hatte, die nun seine zweite Frau war.

Ginny trat zurück und fuhr sich mit dem behandschuhten Handrücken über die Nase. Eine wenig damenhafte Geste, aber das war ihr gleichgültig. Peter legte die Hand an ihre Wange, und sie schloss die Augen und stellte sich vor, sie sei wieder klein, und er würde immer an ihrer Seite sein.

»Los Angeles ist nicht so weit weg«, versuchte er sie zu beruhigen, doch seine Stimme brach.

Das war eine Lüge, und keine sonderlich überzeugende. Los Angeles lag praktisch am anderen Ende der Welt, und die Vorstellung, ihn und ihre Halbschwester hier zurückzulassen, war unerträglich. Als hätte Veronica ihre Gedanken gespürt, ergriff sie das Wort.

»Ich komme euch besuchen, wenn ihr euch erst eingerichtet habt, versprochen.«

Ginny sah ihre Schwester an und erkannte ihren eigenen Schmerz auf dem Gesicht des Mädchens wieder. Veronica hatte die Augen eines Kindes und den Körper einer erwachsenen Frau. Es war so leicht, den Altersunterschied von einigen Jahren zu vergessen.

Dann stürzte Veronica sich in ihre Arme, und sie klammerten sich aneinander. Beide fürchteten sich vor dem Augenblick, da sie wieder loslassen mussten. Schließlich flüsterte Ginny Veronica ins Ohr: »Ich weiß, du bist noch sehr jung, aber Vater wird Charles akzeptieren und dir erlauben, ihn zu heiraten, wenn du ihm nur eine Chance gibst, zu erkennen, wie gut Charles zu dir ist.«

Veronicas schlanker Körper begann zu beben, geschüttelt von heftigem Schluchzen, das sie an Ginnys Schulter erstickte. So blieben sie noch einen Moment lang stehen, bis der Schaffner mit einem Ruf die Abfahrt ankündigte.

Ginny löste sich widerstrebend und küsste rasch ihren Vater auf die Wange, ehe sie den Zug bestieg. Sie hielt sich mit einer Hand am Geländer fest und winkte mit der anderen wie verrückt, während der Zug sich ächzend in Bewegung setzte.

Ihr Vater und Veronica winkten ebenfalls, und Ginny winkte immer weiter, bis sie den Bahnsteig nicht mehr sehen konnte. Tränen rannen ihr übers Gesicht, als sie sich abwandte und den Waggon betrat. Ihr Mann George wartete schon auf sie und streckte die Arme nach ihr aus. Sie sank auf den Sitz neben seinem und weinte an seiner Brust. Er strich ihr zärtlich übers Haar und murmelte Worte der Liebe und des Trostes, die sie kaum vernahm.

»Ich freue mich darauf, mit dir ein neues Leben in Los Angeles anzufangen, aber ich habe Angst, Vater nie wiederzusehen«, flüsterte sie.

»Unsinn. Er kann uns jederzeit besuchen kommen, und wir werden auch bald einmal nach Seattle fahren«, versuchte George sie zu beruhigen.

Doch seine Worte brachten ihr keinen Trost, denn sie hatte etwas gesehen, als sie ihren Vater auf die Wange geküsst hatte: einen Grabstein mit seinem Namen darauf. Er würde bald sterben, das fühlte sie.

Nur ruhig, meine Schwester. Die Stimme, die in ihrem Kopf diese sanften Worte flüsterte, war Veronicas. *Alles wird gut, und wir werden bald wieder zusammen sein.*

Das hoffte Ginny inständig, und sie spürte, wie ihre Anspannung ein wenig nachließ. Seit Veronicas Geburt hatte Ginny die Gedanken ihrer Halbschwester hören können. Allerdings nicht immer, sondern nur, wenn Veronica sich darauf konzentrierte und Ginnys Geist offen dafür war. Umgekehrt ging es leider nicht. Veronica hatte niemals Ginnys Gedanken hören können.

Sie seufzte und blickte zu ihrem Mann auf. Sie war erst seit vier Monaten mit George verheiratet, doch es kam ihr so vor, als hätten sie sich schon immer gekannt. *Ich wünschte, ich könnte seine Gedanken lesen,* dachte sie besorgt. Sie legte die Hand auf ihren Bauch. *Ich wüsste zu gern, was er sagen wird, wenn ich ihm von dem Baby erzähle.*

»Ist alles in Ordnung?«, fragte er sie so unvermittelt, dass sie zusammenfuhr.

Forschend sah sie ihm in die Augen. War es möglich, dass er sie gehört hatte? Aber sein Blick war fragend und ahnungslos, es verbarg sich kein geheimes Wissen darin. Nein, das war nur Zufall gewesen. Sie zwang sich zu lächeln. »Solange wir nur zusammen sind, ja.«

Er drückte sie kurz an sich, und sie spürte Wärme in sich aufflackern. Es war schön, verliebt zu sein.

Der Mutterzirkel: Santa Cruz

Luna, die Hohepriesterin des Mutterzirkels, steckte in Schwierigkeiten, und das wusste sie auch. Eine nach der anderen hatten diejenigen Frauen, die das Massaker überlebt hatten, ihr unangenehme Fragen gestellt *oder daran gedacht*. Anne-Louise äußerte ihre Kritik besonders offen, aber alle fragten sich, was schiefgegangen war, und begannen an den Motiven ihrer Hohepriesterin zu zweifeln.

Und die Wahrheit lautet, dass sie recht haben, dachte sie. *Holly Cathers und ihr Coven sind lästig, um das Mindeste zu sagen. Aber das Haus Cahors hat sich ja noch nie an irgendwelche Regeln gehalten, außer an die eigenen. Dennoch – vielleicht habe ich zu hart über sie geurteilt. Amanda scheint nicht so zu sein wie der Rest ihrer Sippe. Sie ist sanft und sehr bemüht, der Göttin und auch anderen zu gefallen.* Luna seufzte. Um Amandas willen, wenn schon aus keinem anderen Grund, sollte sie handeln. Außerdem waren ihre Hexen unruhig, und das war nie gut.

Deshalb saß sie nun allein in ihrem Gemach, umgeben

von violetten Kerzen und dem Rauch von Beifuß und Wermut. Sie musste Holly Cathers finden, und dazu würde sie Magie brauchen.

Sie saß still da. Weitere violette Kerzen umstanden die Wasserschüssel vor ihr. Sie summte leise vor sich hin, während sie sich mit einer Nadel in die Spitze des Zeigefingers stach und drei Tropfen Blut in die Schüssel fallen ließ.

»Einen für Holly, einen für mich und einen für die Göttin«, murmelte sie dabei.

Sie starrte die scharlachroten Flecken im Wasser einen Moment lang an und schloss dann die Augen. Sie atmete tief durch.

»Göttin, ich rufe dich an, zu finden, was verloren scheint, eine Hexe aus dem Hause Cahors muss irgendwo verborgen sein. Gewähre mir die Gabe, zu sehen, wo soll ich auf die Suche gehen?«

Vor ihrem geistigen Auge erschien ein Gesicht, und sie keuchte überrascht auf. *Das ist nicht Holly.*

Drei

Deichtire

Wir tanzen im Feuer und singen im Spott
Wir opfern reichlich unserem Gott
Entzündet die Feuer, lasst Glocken schellen
Wir rufen die Unholde aus allen Höllen

Hüllt uns in den Mantel der Nacht
Wider des Gehörnten Macht
Wir sind der Tod, den wir euch leise
Bringen aus geweihtem Kreise

Veronica Cathers-Covey: Los Angeles,
21. September 1905, 11 Uhr

»Musst du wirklich schon morgen früh abreisen?«, fragte Ginny und umarmte ihre Schwester in der Lobby des Coronado Hotel. Der Raum war großzügig und elegant und der Gehweg vor dem Eingang sogar gepflastert. Ginny und Veronica waren in wesentlich bescheideneren Verhältnissen im verregneten Seattle aufgewachsen, wo selbst einfache Plankenwege eine Seltenheit darstellten …

Veronica versuchte, die Stimmung mit einem Lachen aufzuheitern, doch es klang eher wie ein Schluchzen. »Du weißt, dass ich noch bleiben würde, wenn ich könnte. Aber ich muss nach Hause zu Charles und dem Baby.«

»Aber Seattle ist so weit weg!«

Veronicas Tränen tropften auf die dunklen Locken ihrer Schwester. Es kam ihr so vor, als hätten sie sich seit einer Ewigkeit nicht gesehen, und wer konnte wissen, wie lange es dauern mochte, bis sie wieder vereint sein würden? »Wir werden uns bald wiedersehen, das verspreche ich.«

Ginny nickte und ließ sie los. Mit tränennassem Gesicht drehte sie sich um und ging hinaus. Sie blickte ein letztes Mal über die Schulter zurück und winkte, ehe sie in die Kutsche stieg.

Veronica winkte der Kutsche nach, bis sie nicht mehr zu sehen war. Dann wandte sie sich matt der Rezeption zu. *Zumindest werde ich bald zu Hause sein, bei Charles und unserem kleinen Joshua.* Sie lächelte, denn dieser Gedanke munterte sie auf. Sie ging zur Treppe.

»Madam?«

Sie drehte sich um und sah den Nachtportier mit einem Telegramm in der Hand auf sich zukommen. Verwundert nahm sie es entgegen. Er nickte ihr zu und kehrte dann an den Empfang zurück. Sie drückte die Botschaft an sich und eilte die Treppe hinauf.

In ihrem Zimmer setzte sie sich auf das Sofa gegenüber der Waschgelegenheit. Ihr Blick fiel auf den Absender: Amy. Ihre Schwägerin.

Beklommen und mit zitternden Händen riss sie das Telegramm auf und las, wobei sie die Worte leise mitflüsterte.

»LIEBE VERONICA. STOP. KOMM SOFORT NACH HAUSE. STOP. CHARLES HEUTE MORGEN ERTRUNKEN. STOP. JOSHUA WOHLBEHALTEN BEI MIR. STOP. ICH BETE FÜR DICH. STOP. AMY.«

Ein Schrei entrang sich ihrem tiefsten Herzen. Sie sprang auf und schleuderte das Telegramm von sich. Es flatterte in der Luft wie ein hilfloses Papierschiffchen, das schließlich unterging. »Nein«, flüsterte sie.

Es klopfte leise an der Tür, und eine Männerstimme rief: »Madam, ist alles in Ordnung bei Ihnen?«

Wie betäubt öffnete sie die Tür und starrte den Mann an. Ihre Lippen bewegten sich, doch ein paar Sekunden lang brachte sie keinen Laut heraus. »Nein«, sagte sie schließlich. Dann sank sie zu Boden.

Veronica spürte ein Brennen in Augen und Nase. Sie schrak hoch und fand sich auf dem Sofa wieder, umringt von einer Menschentraube. Ein Mann mit Schnurrbart und weißem Schopf klopfte auf ihr Handgelenk. Eine stämmige Frau neben ihm zog ein Fläschchen Riechsalz unter Veronicas Nase weg, sobald sie sah, dass Veronica wieder zu sich gekommen war.

»Mein Mann …«, stammelte sie.

Die Frau nickte mitfühlend. »Ich habe Ihr Telegramm gelesen. Hoffentlich haben Sie nichts dagegen.«

Wie kann er tot sein? Wir hatten noch so viel zu tun, so viel zu erleben. Wir wollten ein zweites Kind …

»Trinken Sie das. Laudanum. Damit Sie schlafen können«, sagte der Mann mit dem Schnurrbart, nachdem die Frau

Veronica ins Bett geholfen hatte, und hielt ihr ein Glas mit einer milchigen Flüssigkeit hin. Mit sanfterer Stimme fügte er hinzu: »Ich bin Arzt. Und ich möchte Ihnen meine Frau vorstellen, Mrs. Kelly.«

In Mrs. Kellys Augen glänzten Tränen. »Sie armes Mädchen«, sagte sie. »Sie armes, liebes Mädchen.« Sie wies auf das Glas. »Trinken Sie. Ruhen Sie sich aus. Ich bleibe bei Ihnen, bis Sie eingeschlafen sind.«

In ihrem geschockten Zustand trank Veronica das Gebräu. Dann lehnte sie sich wie betäubt in die Kissen zurück und schloss die Augen.

Als sie viel später wieder erwachte, stellte sie fest, dass die Kellys gegangen waren. Schwindelig richtete sie sich auf und schwang die Beine über die Bettkante. Sie fand ihre Hausschuhe, schlüpfte hinein und stand auf.

Das Zimmer drehte und neigte sich, und sie hielt sich am Bettpfosten fest. Dann zog sie ihren Frisiermantel über und ging lautlos zur Tür.

Etwas flüsterte ihr zu, sie solle sie öffnen. Veronica runzelte die Stirn, denn nur in Nachthemd und Morgenmantel mitten in der Nacht durch die Flure eines Hotels zu spazieren gehörte sich nicht. Das wusste sie, doch die flüsternde Stimme drängte sie beharrlich dazu.

Ehe sie es recht bemerkte, hatte ihre Hand schon den Türknauf herumgedreht. Wie in Trance ging sie den leeren Flur entlang. Es war, als liefe jemand neben ihr her, der sie führte und ihr flüsternd den richtigen Weg wies.

Nach einer Weile stellte sie fest, dass sie irgendwie in den dritten Stock gelangt war. Ein eiskalter Schauer überlief sie, und sie wandte sich zitternd um. Die Tür am Ende des Flurs schien kurz vor ihren Augen zu flimmern.

Veronica wollte davonlaufen, zurück zur Treppe, doch sie tat es nicht. Stattdessen glitt sie weiter auf die Tür zu, wie gegen ihren Willen dorthin gezogen. Schließlich stand sie davor und spürte jemanden, *etwas*, auf der anderen Seite.

Wie von selbst hob sich ihre Hand. Veronica versuchte, sie daran zu hindern, aber sie hatte die Kontrolle über ihren Körper verloren. Angst überkam sie, ihr Magen verkrampfte sich, und ihr zitterten die Knie.

Berühre die Tür, befahl eine Stimme in ihrem Kopf.

»Nein«, flüsterte sie. Doch sie konnte sich nicht dagegen wehren.

Ihre Finger streiften das Holz, und bei der Berührung schoss Energie wie von einem Stromschlag durch ihren Arm. Sie presste die Handfläche an die Tür und fühlte einen Moment lang das Ding dahinter. Da waren Wut und Hass und … Neugier.

Plötzlich hatte sie wieder die Gewalt über ihren Körper und ihren Willen, und mit einem Aufschrei riss sie die Hand zurück. Sie warf sich herum, raffte das Nachthemd und floh den Flur entlang. Als sie die Treppe erreichte, hörte sie, wie die Tür aufging. Das Geräusch schien ihren Füßen Flügel zu verleihen.

Blindlings rannte sie die Stufen hinunter, bis sie das Erdgeschoss des Coronado Hotels erreichte. Sie schaute zu den Türflügeln des Haupteingangs hinüber. *Nein.* Es war mitten in der Nacht, und draußen wäre sie vollkommen schutzlos.

Sie brauchte ein Versteck. Sie war beinahe außer sich vor Angst und fragte sich kurz, ob es an dem Laudanum liegen könnte, doch das bezweifelte sie. Ihre Cathers-Intuition war voll erwacht, und jede Faser ihres Wesens schrie ihr zu, dass sie wirklich in Gefahr schwebte.

Eine Tür fiel ihr ins Auge, und sie rannte dorthin, riss sie auf und stand vor einer weiteren Treppe. Mit gerafftem Nachthemd eilte sie die Stufen hinunter. Ihr Herz hämmerte, und ihre Lunge brannte.

Sie schoss hinab in den Keller. Das Licht einer einzelnen Laterne versuchte, die Dunkelheit zu verdrängen, versagte aber kläglich. Veronica blieb stehen, atmete ein paar Mal tief durch und sah sich um. *Ich muss mich doch hier irgendwo verstecken können.*

Aber warum denn? Das war wieder die sanfte, beharrliche Stimme, die schon oben vor der Tür zu ihr gesprochen hatte … doch diesmal war sie so laut, dass Veronica auch das Timbre hören konnte. Es war eine Frauenstimme.

»Wer bist du?«, flüsterte sie. »Engel oder Dämonin?«

Ich bin Isabeau.

»Isabeau?« Sie kostete den Namen auf der Zunge. Er kam ihr vertraut vor, obgleich sie sich nicht erinnern konnte, ihn je zuvor gehört zu haben. »Aber … wer bist du?«

Ehe die Stimme antworten konnte, ging die Tür am Kopf der Treppe auf. Schritte so laut wie Donner hallten zu ihr herab.

Auf dem Boden lag ein Haufen Lumpen – vielleicht könnte sie sich darunter verstecken. Doch noch ehe sie einen Schritt darauf zu getan hatte, dröhnte eine Stimme: »Halt!«

Sie drehte sich um, und ihr sträubten sich die Haare im Nacken. Ein Paar glimmende Augen ließ sie erstarren. Der Feuerschein der Lampe schimmerte auf seinem Haar, und sein Gesicht war zu einer dämonischen Fratze verzerrt.

Und doch war irgendetwas an diesem dunklen Mann mit den harten Gesichtszügen merkwürdig anziehend …

»Na so etwas. Da habe ich doch tatsächlich eine Cahors-Hexe gefangen«, sagte er. »Eine von zweien, die noch übrig sind, wenn mich nicht alles täuscht. Und der Vater der beiden natürlich.«

»S-sie irren sich, Sir«, stammelte sie. »Ich heiße Veronica Cathers, und ich bin ganz sicher keine Hexe. Und … und mein Va… auch sonst niemand, den ich kenne.«

Einen Moment lang huschte ein Anflug von Zweifel über sein Gesicht. Dann schüttelte er den Kopf. »Dein Name bedeutet mir gar nichts. Mir geht es darum, wer du bist, nicht, wie du dich nennst. Und, meine Liebe, du bist eine Hexe.«

»Ich bin keine Hexe«, rief sie aus und wich vor ihm zurück. *Ich bin eine Witwe,* schrie sie in Gedanken. *Eine Witwe. Oh Gott, meine Familie ist tot! Mein Liebster …*

Mein Liebster …

Jean …

Der unheimliche Mann lächelte und hob die rechte Hand. Eine Kugel aus Feuer flackerte darin, und er warf sie locker in ihre Richtung. Veronica öffnete den Mund, um zu schreien, doch stattdessen kamen Worte heraus, die in ihren Ohren fremdartig klangen, und der Feuerball zischelte und löste sich mitten in der Luft einfach auf.

Sie war so verblüfft, dass ihre Knie nachgaben. Sie hielt sich an einem alten Stuhl fest und keuchte vor Entsetzen. Kalter Schweiß brach auf ihrer Stirn aus, und ihr war schrecklich heiß, obwohl sie nur ihr Nachtgewand und den Frisiermantel trug.

Der Mann kicherte grausam. »Siehst du? Eine Hexe.«

Ihre Gedanken rasten. Sie wich noch weiter zurück. »Gehen Sie weg. Bitte.«

Er lächelte. »Um nichts auf der Welt, meine Liebe. Gestatte mir, dass ich mich vorstelle. Ich bin Marc Deveraux aus dem Hause Deveraux, ein Hexer und dein Erzfeind.«

»Mein … Feind?«, fragte sie verwirrt.

Hatte er etwas damit zu tun, dass Charles ertrunken war? Hat er ihn getötet … ist er … ein Mörder …?

Non, er ist Jean, mein Geliebter, mein Feind, mein Gemahl, wisperte die Stimme. *Jean kommt durch ihn zu mir. Du wirst hierbleiben. Du wirst ihm erlauben, dich zu berühren, dich zu küssen, dich zu liebkosen.*

Und dann … wirst du ihn töten.

Für mich.

Marc Deveraux neigte den Kopf zur Seite, und ein verträumter Ausdruck trat in seine Augen, als hörte auch er irgendeine Stimme. »Isabeau«, flüsterte er.

»Jean«, antwortete sie.

Seine Miene wurde weich. Er streckte die Hand aus. »Meine Liebste. *Mon amour, ma femme, tu es ici, chez moi …*«

»*Oui,* ich bin hier … *je suis là, mon homme, mon seigneur …*«

Sie bewegte sich wie im Traum auf ihn zu. Ihre Hände hoben sich ihm entgegen.

»Nein«, flüsterte sie. Und dann, entschiedener: »Nein!«

Der Schrei zerriss die Luft, und Marcs Gesicht war wieder unverkennbar seines. »Dann stirb!«, brüllte er.

Er hob die Hand, und diesmal schleuderte er den Feuerball mit ganzer Kraft. Sie schrie auf und duckte sich zur Seite. Die Flammenkugel landete in dem Haufen Lumpen, unter dem sie sich hatte verstecken wollen. Binnen weniger Augenblicke brannten sie lichterloh.

Tief aus Veronicas Gedächtnis stieg eine vage Erinnerung empor, in den Nebel ihrer frühen Kindheit gehüllt. Es war die Erinnerung an eine schöne Frau mit wallendem Haar, die in einer fremden Sprache vor sich hinmurmelte. Veronica öffnete den Mund, und die gleichen Worte sprudelten aus ihr hervor, während die Erinnerung lebhafter wurde. Ein Feuerball erschien vor ihr in der Luft, und sie stieß ihn mit ihrem ganzen Willen vorwärts.

Marc sprang zur Seite, doch das brennende Geschoss streifte den Ärmel seines Jacketts, und der Stoff fing Feuer. Wütend brüllte er etwas auf Französisch und schälte sich hastig aus dem Jackett.

Sie sahen einander lange an, umkreisten sich argwöhnisch. Veronica spürte die Hitze des Feuers, das sich auf andere Teile des Kellers ausbreitete. In einer Ecke des Raums leckte es schon an der Decke. Sie versuchte, sich in Richtung der Treppe, dem einzigen Fluchtweg, voranzuarbeiten. Ein lauter Knall war zu hören, gefolgt von einem fernen Aufschrei.

Vielleicht findet uns jemand, hoffte sie. Plötzlich rief Marc etwas, und der Raum, in dem sie sich befanden, flog förmlich auseinander, verwandelte sich in einen Wirbelsturm aus Werkzeug, Dosen und gesplittertem Holz. Sie duckte sich, und die Laterne sauste über ihr durch die Luft, wo eben noch ihr Kopf gewesen war.

Sie trat einen Schritt zurück und stieß mit den Waden an die unterste Stufe. Er kam langsam auf sie zu. Von oben waren laute Schreie zu hören.

Ein Teil der Decke in der brennenden Ecke brach ein und ließ Funken hochstieben. Die Tür zum Keller ging auf, und sie hörte einen Mann rufen: »Das Feuer ist hier unten!«

Sie wandte sich um und rannte, so schnell sie konnte, die Treppe hinauf, Marc ihr dicht auf den Fersen. Er streckte die Hand aus und packte den Saum ihres Nachthemds, und sie hörte Stoff reißen. Dann war sie wieder frei und raste an dem Mann oben auf der Treppe vorbei.

Der fluchte leise und brüllte dann: »He, Lady, was ist hier los?«

Sie ignorierte ihn und rannte weiter. Sie prallte gegen die Eingangstür und platzte hinaus an die frische Luft. Ihre Lunge brannte, und sie hatte das Gefühl, ihr Herz würde gleich ihre Brust sprengen. Weitere Rufe erhoben sich aus dem Hotel hinter ihr, doch sie schaute nicht zurück.

Sie rannte weiter, bis die Nacht sie verschluckt hatte.

Marc Deveraux wehrte sich gegen die Arme, die ihn zurückhielten, während die Leute ihm Fragen über das Feuer stellten. Er schäumte vor Wut und ignorierte sie. Die Hexe war entkommen. Er hielt das Stück Stoff in der Hand, das er von ihrem Nachthemd abgerissen hatte, und rieb es langsam zwischen Daumen und Zeigefinger.

Er wurde von einer Hitze erfüllt, die nichts mit den Flammen zu tun hatte, die allmählich das ganze Hotel erfassten. *Veronica Cathers, wir werden dich finden. Isabeau,* schluchzte die Stimme in seinem Kopf. *Komm zurück, meine Liebste. Komm zurück.*

Der Dreifache Zirkel: Seattle

Die Gruppe ließ Barbara im Hotel zurück, um die Überreste der Hütte zu inspizieren. Sie hofften zwar, mehr Überlebende zu finden, doch der Tod hing wie ein Sargtuch über der verkohlten Landschaft. Das Zwielicht sog das letzte bisschen Farbe auf, und sie gingen durch eine unirdische Landschaft, die Amandas Gefühl der Unwirklichkeit spiegelte.

Amanda fand Silvana am Waldrand. Sie lag auf dem Boden, die starren Augen weit aufgerissen, das Gesicht vor Grauen verzerrt. Amanda fiel neben ihr auf die Knie. Silvana war viele Jahre lang ihre beste Freundin gewesen. Sie und ihre Tante waren Amanda zu Hilfe gekommen, als dieser Irrsinn begonnen hatte. Jetzt waren sie beide tot. *Sie sind meinetwegen gestorben.*

Sie ballte die Hände zu Fäusten. Nein, nicht ihretwegen – Michael Deveraux war schuld daran. Seine Bösartigkeit hatte Kummer und Tod über sie alle gebracht.

Amanda konnte nicht erkennen, was Silvana getötet hatte. Sie bettete Silvanas Kopf auf ihren Schoß. Etwas Klebriges bedeckte ihre Hände. Sie begann zu würgen, als sie begriff, was es war. Silvanas Hinterkopf war nicht mehr da.

Wut erfasste sie. Silvana hatte den Tod nicht verdient. Ein Ruf von Tommy drang durch den Nebel ihrer Trauer und brachte sie auf die Füße.

Er stand inmitten der qualmenden Ruine, die einmal die Hütte gewesen war. Reglos starrte er auf etwas hinab, das sie nicht sehen konnte. Sie bahnte sich vorsichtig einen Weg durch Schutt und Asche und trat neben ihn. Er stand vor einem Bücherregal, das mittendurch gebrochen und umgekippt war, so dass es nun einem Zelt ähnelte.

Zwischen und unter den beiden Hälften lag jemand eingeklemmt. Amanda streckte die Hand nach dem Regal aus, wurde jedoch schmerzhaft zurückgewiesen. Auf dieser Stelle lag ein starker Bann. »Lebt – es – noch?«, fragte sie, denn sie konnte nicht einmal erkennen, ob »es« ein Mensch war, geschweige denn Mann oder Frau.

»Ich weiß es nicht«, antwortete Tommy hastig. »Ich konnte es auch nicht berühren. Wir brauchen Hilfe.«

»Hast du sonst jemanden gefunden?«

Er schüttelte den Kopf. »Und du?«

»Ich habe Silvanas Leiche entdeckt – was von ihr übrig ist.«

»Hatte einer von den anderen mehr Glück?«

»Ich weiß nicht. Sollen wir …«

Ein lauter, klagender Schrei unterbrach sie – es klang wie das Heulen eines Tieres. Tommy warf ihr einen grimmigen Blick zu, und sie eilten in die Richtung, aus der das Heulen gekommen war.

Sie fanden Pablo ein Stück weiter. Er kniete vor einem flachen Haufen frischer Erde. Jemand hatte zwei Stöckchen mit einem Stoffstreifen zu einem Kreuz gebunden. Es steckte an einem Ende des länglichen Haufens im Boden. In die frische Erde war ein Pentagramm gezogen, und weitere Symbole, die Amanda nicht kannte. Sie legte Pablo eine Hand auf die Schulter. »Wer ist es?«, flüsterte sie.

»Alonzo.«

Das älteste Mitglied des spanischen Zirkels. Tränen brannten ihr in den Augen. Ein weiteres Todesopfer. Pablo senkte den Kopf und schluchzte.

Da kam ihr ein Gedanke: *Jemand hat Alonzo beerdigt – wer?* Ein Hoffnungsschimmer drang durch ihre Trauer. *Es muss Philippe gewesen sein.* Er war der Einzige ihrer noch vermissten Gefährten, der ein Grab sowohl mit magischen als auch mit christlichen Symbolen schmücken würde.

»Pablo!«

Der Junge blickte erschrocken auf.

»Kannst du Philippe spüren? Er muss Alonzo beerdigt haben.«

Der Junge schloss die Augen. Gleich darauf trat ein frustrierter Ausdruck auf sein Gesicht. Er streckte die Hand aus und berührte die Symbole, die in die Erde geritzt waren. Dann riss er die Augen auf und nickte eifrig. »Ja, und er ist nicht weit weg.«

Wie aufs Stichwort knackte hinter ihnen ein Zweig. Sie fuhren herum und sahen Philippe vorsichtig unter den Bäumen hervortreten. Pablo sprang auf und stürzte sich auf ihn. Philippe drückte ihn fest an sich. Amanda folgte ihm langsamer. Als sie die beiden erreichte hatte, ließ Pablo Philippe los, der nun Amanda umarmte.

»Es tut gut, dich zu sehen.«

»Dich auch«, erwiderte sie.

»Armand?«, fragte er.

»In Sicherheit. Kari hat er auch gerettet.«

Philippe seufzte tief, als sei ihm eine schwere Last von den Schultern genommen. »Und die anderen?«

»Von Dan, Holly und Sasha fehlt jede Spur. Silvana und Alonzo sind tot. Alle anderen leben noch.«

»Habt ihr irgendetwas von Nicole gehört?«

Sie schüttelte den Kopf. »Nein, nicht seit James und Eli sie entführt haben.«

Tommy ergriff das Wort. »Wir haben jemanden, oder etwas, im Schutt gefunden. Aber es ist mit Bannen geschützt, wir kommen nicht heran.«

»Zeigt mir die Stelle.«

Minuten später waren alle um das zerbrochene Bücherregal versammelt. Armand, Kari und Richard waren hinzugekommen, und alle spähten immer wieder in den Hohlraum. Schließlich erklärte Philippe: »Die Banne sind stark. Wir werden uns alle zusammentun müssen, um sie zu brechen.«

Amanda stimmte zu. Alle bis auf Richard bildeten eine Kette, mit Philippe am einen und Tommy am anderen Ende. Sie begannen leise zu murmeln, jeder auf seine Weise, aber mit einem gemeinsamen Ziel.

Philippe und Tommy legten jeder eine freie Hand auf Amandas Schultern. Sie spürte die Kraft der Gruppe, die sie durchströmte.

Sie holte tief Luft und griff durch den Bann, der von ihren gemurmelten Zaubern bereits geschwächt war. Sie packte die Arme des Geschöpfs unter dem Regal und zog. Der Körper bewegte sich nur ein wenig. Sie spannte alle Muskeln an und zerrte kräftig. Der Körper flog aus dem Schutt und direkt in ihre Arme.

Sie taumelte rückwärts, und die Gruppe fing sie auf. Tommy nahm ihr den reglosen Körper ab und legte ihn auf den Boden. Es war Sasha.

Sie drängten näher heran. Sasha riss die Augen auf, und alle sprangen erschrocken zurück. Sie blickte zu Amanda auf und fragte mit geradezu unheimlich normaler Stimme: »Was ist passiert?«

Amanda konnte nicht anders – sie brach in Lachen aus. Als sich direkt vor ihr ein Portal öffnete und vier graue Wesen daraus hervorstapften, wurde ihr Lachen zu einem Schrei.

Philippe schleuderte blitzschnell einen Feuerball. Der traf eines der Geschöpfe, hatte aber offenbar überhaupt keine Wirkung. Während die Gruppe rückwärtsstolperte, ließ Amanda vor ihnen eine Barriere entstehen. Das erste Wesen prallte dagegen und öffnete einfach auf der anderen Seite ein neues Portal.

»Was sind das für Dinger?«, kreischte Amanda.

»Ich weiß nicht, aber wir müssen hier weg!«, erwiderte Philippe.

»Alle in den Wald, schnell!«, brüllte Richard.

Sie drehten sich um und flohen, verfolgt von den grauen Biestern. Doch vor Amanda tat sich ein weiteres Portal auf, und die Geschöpfe schnitten ihnen einfach den Weg ab.

»Sie haben es auf Amanda abgesehen!«, rief Tommy und riss sie außer Reichweite eines grapschenden Arms.

»Armand, tu etwas!«, schrie Philippe.

Der nickte und hob die Arme. Plötzlich blieben die Geschöpfe stehen. Dasjenige, das Amanda am nächsten stand, drehte den Kopf hin und her, als suche es nach einer Spur, die es gerade verloren hatte.

»Was … was ist los?«, flüsterte sie.

»Armand verbirgt unsere Energien vor den Biestern, so dass sie dich nicht spüren können.«

»Aber sie wissen, dass Leute hier sind – sie sehen uns doch!«, zischte sie.

»Ja«, flüsterte Tommy. »Aber ich glaube, sie sind nur hinter dir her.«

»So ist es«, brummte Armand mit zusammengebissenen Zähnen. »Also, geht alle ruhig und leise weg. Bemüht euch, nicht ihre Aufmerksamkeit zu erregen, und lenkt mich nicht ab!«

Sie taten, was er gesagt hatte, und entfernten sich langsam von den Geschöpfen. Amanda spürte, wie heftig ihr Herz pochte. *Sie haben es auf mich abgesehen! Warum auf niemanden sonst?* Sie drehte sich um und blickte zurück, und die Geschöpfe standen immer noch da wie verlorene Hündchen.

»Die Banne um das Motel haben deine Signatur blockiert. Ich glaube, als wir ins Freie gegangen sind, konnten sie dich aufspüren und sich dorthin versetzen, wo du warst«, erklärte Philippe nach einer kurzen Unterhaltung mit Pablo.

Amanda schauderte. »Erinnert mich bitte daran, ohne Armand nirgendwo mehr hinzugehen.«

Sie warf Tommy einen Blick zu, der sie mit komisch hervorquellenden Augen ansah. »Nirgendwo?«, fragte er kläglich.

Sie griff nach seiner Hand und war wieder einmal dankbar für seinen Humor. »Na ja, ich bin sicher, dass er meine Energie auch vom Nebenzimmer aus wird blockieren können.«

Tommy lächelte. »Damit kann ich leben.«

»Hat jemand irgendwo eine der Katzen gesehen?«, fragte Amanda.

»Nein«, antwortete Philippe. »Aber ich habe ihre Spuren gefunden. Ich glaube, sie sind entkommen.«

Göttin, sei mit ihnen, betete Amanda. *Führe sie zu jungen Frauen, die ihre Kraft und Weisheit brauchen.* Tief im Herzen wusste sie, dass sie die Katzen nie wiedersehen würde, aber irgendwie wusste sie auch, dass sie in Sicherheit waren. Und das machte es ein wenig leichter.

Plötzlich sträubten sich ihr die Haare im Nacken, und

Amanda riss den Kopf herum. Mit offenem Mund blieb sie stehen wie erstarrt.

Dort, den Rücken an einen Baum gelehnt, saß Dan. Er war mit getrocknetem Blut bedeckt, und Fliegen umschwärmten ihn.

Ihr Vater ging rasch hinüber. »Tot«, verkündete er, ohne den Leichnam auch nur zu berühren.

Amanda kamen die Tränen. »Zu viel Tod«, murmelte sie.

»Er muss gekämpft haben wie ein Berserker«, bemerkte Richard.

»Aber das hat ihn auch nicht gerettet«, flüsterte sie.

»Komm, Amanda, wir müssen in Bewegung bleiben«, ermahnte Tommy sie sanft und schlang ihr einen Arm um die Schultern.

Wann wird das alles aufhören?, dachte sie voller Verzweiflung. *Und wie viele von uns werden noch sterben?*

Seattle: Michael Deveraux

Michael Deveraux schlug mit der Faust auf seinen Altar. Glassplitter bohrten sich in seine Haut. Er hob langsam die Hand und genoss den Schmerz und das Gefühl, wie sein Blut daran herabrann und auf den Altar tropfte. Langsam zupfte er die Splitter, die von seinem Opferritual in der letzten Nacht stammten, aus seiner Hand.

Er wusste, dass einige Mitglieder des Cathers-Covens das Feuer überlebt hatten, doch weder seine Kristalle noch sein Wichtel noch jedweder Zauber hatten sie bisher aufspüren können. Das durfte nicht sein. Was er vorhatte, würde nicht nur seine eigene Macht stärken, sondern ihm auch vollständigen Einblick in die Machenschaften der Familie Cathers-Anderson und ihres erbärmlichen kleinen Covens verschaffen.

Sein Wichtel betrat schnatternd den Raum. Michael beobachtete ihn einen Moment lang schweigend. Er war immer noch nicht dahintergekommen, was das Geschöpf dazu bewogen hatte, sich ihm anzuschließen. Aber bei Wichteln wusste man so gut wie nie, weshalb sie irgendetwas taten.

»Und?«, fragte er.

»Es ist alles bereit«, gackerte der Wichtel, offenbar sehr zufrieden mit sich.

Michael lächelte. Seattle war eine interessante Stadt, eine Brutstätte übersinnlicher Aktivität jeglicher Art. Es war nur natürlich, dass sowohl die Deveraux als auch die Cathers sich hier niedergelassen hatten. Manche Stellen waren so verwunschen und verflucht, dass sogar ihm die Haare zu Berge standen.

Einen dieser Orte würde er heute Nacht aufsuchen. Ein köstlicher Schauer rieselte seinen Rücken hinab, und er nahm sich einen Moment Zeit, dieses Kribbeln zu genießen.

»Ist Holly fertig?«

Der Wichtel hüpfte auf und ab und nickte voll hämischer Freude.

Michael grinste. »Dann sollten wir gehen.«

Holly saß auf dem Rücksitz, halb betäubt und leicht sabbernd. Der Wichtel sprang auf ihr herum, hopste sogar auf ihren Kopf und ließ sich dort nieder, und sie nahm keine

Notiz davon. Michael warf einen Blick in den Rückspiegel und lächelte grimmig. Der Nachthimmel war klar, die Sterne leuchteten hell. Der verfluchte Mond war nirgends zu sehen. Michael hatte eine mondlose Nacht für das Ritual gewählt – es war besser, wenn dieses Symbol der Göttin nicht dabei war. Noch lieber hätte er die Zeremonie abgehalten, während der Gott unangefochten über den Mittagshimmel herrschte, doch aus Gründen der Diskretion brauchte er den Schutz der Dunkelheit. Als er auf dem Parkplatz der Baptistenkirche hielt, war folglich niemand da, der ihn hätte sehen können.

Er stieg langsam, beinahe ehrfürchtig aus dem Auto. Das hatte nichts mit der derzeitigen Funktion der Kirche zu tun, sondern mit ihrer früheren Geschichte. Dies war einst eine Kirche der Freimaurer gewesen, und es hieß, dass dort sowohl Tiere als auch Menschen geopfert worden seien. Michael hatte die Identität jener, die diese Opfer dargebracht hatten, nie sicher bestimmen können. Doch an den Mauern und in den verborgenen Räumen unter der Kirche hatte er genug gesehen, um zu wissen, dass sich dort noch viel Schlimmeres als Menschenopfer zugetragen hatte.

Er öffnete die Fondtür und zerrte Holly vom Rücksitz. Sie schwankte, als er versuchte, sie auf die Beine zu stellen. Ungeduldig warf er sie sich über die Schulter und ging auf den Seiteneingang des Gebäudes zu. Der Wichtel tänzelte neben ihm her.

Die Tür war nicht verschlossen – *Christen können ja so vertrauensselig sein* –, und er schlüpfte hinein. Er schloss die Tür und ging zum Diakonieraum, wobei er sich bemühte, die Kirchenbänke nicht zu berühren. Die Tür zum Nebenraum war ebenfalls nicht abgeschlossen, und der Wichtel hielt sie auf, während Michael Holly hineintrug.

Er setzte sie an der Wand ab und lehnte sie so in die Ecke, dass sie hoffentlich nicht umkippen würde. Dann kniete er vorsichtig an der Rückwand nieder und fuhr mit den Fingern unter die Kante des Teppichbodens. Er hob ihn leicht an und löste ihn dann mit einem mächtigen Ruck, so dass sich der Teppich zur Hälfte auf die andere Seite des Raums faltete. Darunter kam der nackte Boden mit einer Falltür zum Vorschein.

Michael beschwerte den umgeschlagenen Teppich, damit er nicht zurückrutschte und die Falltür bedeckte. Er klappte sie hoch und legte sich Holly wieder über die Schultern. Der Wichtel nahm seine Taschenlampe und wankte ihm voran die Treppe hinunter, so dass der Lichtstrahl hin und her schwenkte.

Es ging hinab in so greifbar dichte Dunkelheit, dass Michael sich belustigt fragte, ob sie direkt in die Hölle stiegen. Üble Gerüche drangen ihm in die Nase, die feuchte, muffige Luft stank nach Blut und Tod. Dann hatten sie die letzte Stufe hinter sich und standen in einem Verlies, von dem in der kleinen Baptistenkirche da oben niemand etwas ahnte. Das Böse bedeckte die Wände und stieg aus dem Boden auf. Michael erschauerte, als es ihn erfasste, und ihm sträubten sich die Nackenhaare. Dies war ein finsterer Ort, ein böser Ort, der wesentlich schlimmere Dinge gesehen hatte als das, was er hier zu tun plante. Er machte ihm Angst, und da er das so selten erlebte, genoss er das Gefühl. Er war erst ein Mal hier gewesen, als Kind. Sein Vater hatte ihn mitgenommen, und das Erlebnis war ihm klar und deutlich in Erinnerung geblieben. Allerdings hatte er sich nicht getraut zu fragen, wie sein Vater diesen Ort gefunden hatte.

Er stellte Holly wieder auf die Füße und schlang einen Arm um sie, damit sie stehen blieb. Sie wandte ihm den Kopf zu, starrte ihn mit großen, wilden Augen an und begann, leise vor sich hinzusummen. Es klang beinahe wie ein Kinderlied. Dann lachte sie plötzlich laut und hohl, und das Geräusch hallte schauerlich von den Wänden wider.

Als er ihr forschend in die Augen blickte, zuckte er leicht zusammen. Sie sah … glücklich aus … als fände das Wesen, das Besitz von ihr ergriffen hatte, diesen Ort ganz nach seinem Geschmack. Michael war froh, dass es ihm hier zu gefallen schien. Der Wichtel huschte hierhin und dorthin und legte alles zurecht. Als er fertig war, stellte er sich neben Michael. Das seltsame kleine Geschöpf richtete sich zu seiner vollen Größe auf und verneigte sich langsam und so würdevoll, wie Michael es ihm nicht zugetraut hätte. Aber dies war wahrhaftig ein bedeutsames Ereignis.

Auf die Wand ihnen gegenüber war ein umgedrehtes Pentagramm gemalt. Das Symbol war mit frischem Blut aufgetragen – wessen Blut, wusste Michael nicht. Die Gestalt eines alten Mannes trat plötzlich aus der Wand hervor und ging durch das Pentagramm hindurch, so dass Blut von den fünf Spitzen auf seiner Kleidung klebte.

Michael hatte ihn damals gesehen, als er mit seinem Vater hier gewesen war. Der alte Mann war eine Art dunkler Priester – oder zumindest dessen Geist. Er führte für jeden, der ihn darum bat, Rituale durch, und in seiner freien Zeit geisterte er oben herum und quälte die Christen.

»Was ist dein Begehr?«, fragte er mit krächzender Stimme.

»Ich wünsche, diese Frau mir hörig zu machen.«

Der alte Mann glitt näher heran, und seine Augen glühten. »Du wünschst die magische Vermählung mit einer solchen Person?«, fragte er und hob mit einem langen, knochigen Finger Hollys Kinn an.

»Ja.«

»Große Vorsicht sei dir angeraten. Sie ist nicht von deiner Art.«

Michael lächelte dünn. *Ein Geist und ein Möchtegernyoda obendrein.* »Sie ist außerdem nicht bei Verstand.«

»Wie wahr. Doch du solltest dich hüten vor dem Tag, da sich das ändert. Was immer ich an dich binde, daran bist auch du gebunden.«

»Ich akzeptiere das Risiko«, erklärte Michael.

Der alte Mann nickte langsam, und Michael hörte das Knirschen morscher Knochen. Die bleichen Finger des Priesters glitten in sein uraltes Gewand und holten einen Athame hervor. Er schimmerte bösartig von innen heraus, und Michael konnte ferne Schreie hören, die aus dem Dolch drangen. *Andenken an vergangene Opfer,* dachte er.

Der alte Mann ritzte erst Holly, dann Michael die Handfläche auf. Michael konnte ein scharfes Zischen nicht unterdrücken. Er war daran gewöhnt, dass Zeremonien solche Schnitte verlangten, aber dieser Schmerz war irgendwie anders – wie verstärkt von dem Ort, dem Zeitpunkt und seiner Absicht.

Der alte Mann spähte unter buschigen Brauen hervor. »Fürst und Fürstin teilen die Macht des jeweils anderen … und seinen Schmerz.«

Michael zögerte und fragte sich kurz, was das bedeuten würde, wenn die Zeit gekommen war, Holly zu töten. Doch er zuckte mit den Schultern und verwarf den Gedanken. Tausende Hexen und Hexer hatten dieses Ritual schon vollzogen, und meist war es so wenig haltbar und bindend wie die Hochzeit der gewöhnlichen Menschen. Er war sicher, dass er irgendeine Möglichkeit finden würde, diesen magischen Vertrag zu brechen.

Der Priester ergriff ihre blutenden Handflächen und presste sie zusammen, bis Hollys Blut durch Michaels Adern floss und seines in ihren. Dann nahm der Priester eine Kordel aus schwarzer Seide von dem Wichtel entgegen und fesselte damit ihre Hände aneinander.

»Blut zu Blut, Magie zu Magie, so verdoppelt sich eure Macht. Wie Eva sich an die Schlange band, ist diese Frau nun an dich gebunden.« Der Priester ging langsam um sie herum und schlitzte ihnen mit dem Athame die Kleidung vom Leib. Immer noch aneinandergefesselt, standen sie schließlich nackt da und bluteten aus mehreren kleinen Schnittwunden, die der Dolch ihnen zugefügt hatte.

Michael starrte Holly an und spürte, wie Begierde seinen ganzen Körper ergriff. An diesen Teil der Zeremonie hatte er kaum einen Gedanken verschwendet – offensichtlich ein Fehler.

»Nimm sie, denn sie ist dein«, befahl der Priester.

Michael trat vor, um genau das zu tun, doch Holly schwankte und sackte ohnmächtig zusammen. Dabei löste sich die schwarze Schnur um ihre Handgelenke. Michael stand da und starrte auf sie hinab.

Sie gehörte ihm, und er würde sie nehmen … aber es würde ihm keinen großen Genuss bereiten, wenn sie dabei bewusstlos war. Diese unangenehme Erfahrung hatte er mit Hollys Tante Marie-Claire gemacht – der Mutter der beiden anderen Cahors-Hexen, Nicole und Amanda Anderson.

Er seufzte. »Bring mir die frische Kleidung«, befahl er seinem Wichtel und kehrte der reglosen Holly den Rücken zu.

Seattle: Der Dreifache Zirkel

Richard lief wie ein Tiger im Käfig auf und ab. Es fühlte sich an, als rückten die Wände immer enger um ihn zusammen. Er spürte den Blick seiner Tochter. Die Frau, die sie geborgen hatten, Sasha, starrte ihn ebenfalls an. Nur sie drei waren noch auf und hielten Nachtwache, während die anderen schliefen.

Da sie nun alle lebendig oder tot gefunden hatten außer Holly und Nicole, redeten sie ständig von Rettungsmissionen. Sasha beharrte besonders darauf, dass jemand versuchen müsse, in die Nachtmahrgebiete der Traumzeit zu reisen und nach ihrem Sohn Jer zu suchen. Falls er denn noch lebte. Sein Körper zumindest war noch am Leben. Sie hatten ihn mehrere Meter neben der verkohlten Hütte gefunden. Irgendjemand hatte ihn dorthin getragen.

Da Holly wahnsinnig und besessen aus der Traumzeit zurückgekehrt war, stimmte fast niemand mit Sasha überein. Aber Richard konnte sie verstehen. Falls Jer noch lebte, mussten sie zumindest versuchen, ihn zu retten. Wenn er tot war, würden sie Gewissheit haben und konnten ihre Energie auf andere Dinge konzentrieren.

Sasha unterbrach seine Gedanken. »Sie haben im Krieg viel Schmerz erlebt.«

Das war eine Feststellung, keine Frage, und er sah sie überrascht an. »Ist das so offensichtlich?«

Sie lächelte schwach. »Für mich schon. Aber ich bin ja auch mit Schmerz vertraut.«

Er starrte sie an. Amanda hatte ihm erzählt, dass Sasha mit Michael verheiratet gewesen war und ihre beiden Kinder hatte zurücklassen müssen, als sie vor ihm und seiner Bösartigkeit geflohen war. Also konnte er sich gut vorstellen, dass sie mit Schmerz vertraut war … und mit Verlust.

Er zog sich einen Stuhl heran und setzte sich langsam darauf, wenn auch nur auf die Kante. »Ja, das glaube ich gern.«

Amanda blickte mit verwunderter Miene zwischen ihnen hin und her.

Richard beugte sich vor. »Ich habe ein Jahr im Dschungel verbracht. Wenig zu essen, noch weniger Schlaf, und jeden Tag sind Freunde gestorben. Immer wenn wir dachten, wir hätten ein paar Stunden Frieden gewonnen, war der Vietcong plötzlich wieder da, und die ratternden Schüsse übertönten beinahe die Schreie der Sterbenden. Und wenn ich nachts nicht wusste, ob ich den nächsten Sonnenaufgang noch erleben würde, konnte ich mich nur an einem festhalten: der Hoffnung, es nach Hause zu schaffen und den Rest meines Lebens in Frieden und Ruhe mit meiner Frau zu verbringen.« Er sah Amanda an, der die Tränen übers Gesicht liefen. »Wir wissen ja alle, was aus diesem Plan geworden ist«, fügte er bitter hinzu.

»Mom hat das nicht verstanden«, flüsterte Amanda gebrochen.

»Nein, hat sie nicht. Aber ich glaube, du verstehst es«, sagte er und strich seiner Tochter über die Wange. »Es tut mir so leid, Kleines. Ich würde alles darum geben, wenn ich dir diesen Kummer und die Angst hätte ersparen können.«

»Ich weiß, Daddy«, entgegnete sie erstickt. Dann schlang sie die Arme um seinen Hals, und er hielt seine Tochter an sich gedrückt, während sie zusammen weinten, jeder um sich und um den anderen. Sasha legte ihm eine Hand auf den Arm, und er konnte auch ihren Schmerz spüren und die Traurigkeit, die sie mit ihnen teilte. In diesem Augenblick wusste er, dass er ihren Sohn finden musste.

Santa Cruz: Der Mutterzirkel

Luna, die Hohepriesterin des Mutterzirkels, war fassungslos. Sie hatte die Göttin um Hilfe bei der Suche nach Holly gebeten. Stattdessen hatte die Göttin ihr eine andere Cathers-Hexe gezeigt.

»Göttin, wie ist das möglich? Wen sehe ich da?«

Eine graue Katze mit gelben Augen huschte in den Raum und setzte sich vor sie hin. Dann öffnete die Katze das Maul, und eine hallende Frauenstimme drang heraus:

»Was du suchst, war hundert Jahre lang verloren. Zwei Schwestern wurden voneinander getrennt. Die eine lebte in der Stadt der Teufel, die andere blieb bei ihrem Vater. Beide ereilte der Tod, und die Söhne, die sie geboren hatten, konnten den Weg allein nicht finden. So vergaßen ihre Nachkommen, wer sie waren. Das Haus Cahors war beinahe verloren.«

Luna saß da wie vor den Kopf geschlagen und wagte kaum zu atmen, geschweige denn zu sprechen. Die Göttin war erst zwei Mal auf diese Weise zu ihr gekommen, vor vielen Jahren. Sie neigte den Kopf und fühlte sich zutiefst unwürdig.

»Meine Göttin, ich habe nach Holly gesucht.«

»Und um zu ihr zu gelangen, musst du zuerst ihr Gegenstück finden. Suche die andere Hexe in der Stadt, über die die Finsternis herrscht. Suche nach dem Namen, der wieder einmal verändert wurde. Du suchst nach einer Person namens Carruthers, der allein es gelingen könnte, Hollys Geist zu retten.«

Die Katze stand auf, blinzelte ein Mal und verließ den Raum. Luna blieb erschüttert und gedemütigt zurück. »In die Stadt der Teufel werde ich gehen, ja«, schwor sie.

Und sie glaubte, die Göttin zur Antwort seufzen zu hören.

Vier

Artemis

Im Triumph die Deveraux herrschen
Nichts wird je sein wie zuvor
Stöhnt und weint nur, ihr Cahors
Sterbend unter samtblauem Himmel

Alle Reinheit ist nur Trug
Liebe nichts als Vorwand für
All die Dinge, die wir tun
Gutes ist selten, Wahrheit nur Lug

Seattle: Michael und Holly

Michael meinte, dass Holly schon ein wenig besser aussah. Andererseits war das schwer zu beurteilen. Ihre Augen glänzten … *Sie könnte Fieber haben, oder eine der Höllenbestien in ihr steigt gerade empor.* Sie sabberte nicht mehr … *Vielleicht ist sie dehydriert.* Sie hatte es sogar geschafft, selbstständig ein wenig zu essen … *Nun, sie hatte mehr davon im Gesicht als im Mund.* Er seufzte. Es gab nur eine Möglichkeit, sich Gewissheit zu verschaffen.

Sie saß auf dem Sofa, in die Betrachtung ihrer Knie versunken. Vorsichtig setzte er sich neben sie. »Holly, hörst du mich?«, fragte er.

Sie nickte knapp.

»Verstehst du mich?«

Sie sah ihn an und nickte erneut.

Ha, ein Fortschritt! »Holly, ich möchte, dass du mir sehr aufmerksam zuhörst.«

Ihr Blick war immer noch auf ihn gerichtet. Ein gutes Zeichen. »Holly, ich will, dass du Amanda und Nicole Anderson tötest.«

Er wartete kurz, während sie darüber nachzudenken schien. »Amanda und Nicole töten«, sagte sie langsam.

Beinahe hielt er den Atem an. Die Verbindung zu ihr war schwach, aber offenbar da. Er sandte seine Gedanken aus und drängte sanft in ihren Geist. *Mein Wille sei deiner.* So funktionierte die Hörigkeit.

Laut fragte er: »Holly, kannst du das tun?«

Sie hob die Hand. »Töten«, flüsterte sie. Sämtliche Glühbirnen im Raum explodierten.

In der plötzlichen Dunkelheit wusste Michael nichts anderes zu sagen als: »Sehr gut.«

Luna: Los Angeles

Luna, Hohepriesterin des Mutterzirkels, starrte aus dem Fenster, während das Flugzeug über dem Los Angeles International Airport kreiste. Schwerer, giftiger Smog hing über der Stadt wie ein Leichentuch über einem verwesenden Kadaver. Die Erde, das Meer, die Luft selbst waren dort reines Gift, die Menschen wandelnde Leichen, bloße Hüllen menschlicher Wesen, hohl und leer. Doch auch das erklärte nicht die Finsternis, die Luna sehen konnte, die meisten Leute aber nicht. Eine Düsternis lag über der gesamten Umgebung, die waberte wie zahllose schwarze Schatten. Das Böse, das aus den Gebäuden, den Leuten, ja selbst der Erde wallte, war überwältigend.

Sie bewegte die Lippen in stummem Gebet an die Göttin und bat um Schutz und Führung. Als die Maschine mit dem Landeanflug begann, bekam sie eine Gänsehaut. Das junge Mädchen neben ihr rutschte unbehaglich auf dem Sitz hin und her und rückte von Luna ab. *Sie hält mich für verrückt*, dachte Luna traurig. Sie betrachtete die freizügige Kleidung des Teenagers, den seelenlosen Blick und das von einem Schönheitschirurgen perfektionierte Gesicht. *In Wahrheit ist sie diejenige, die verrückt ist. Sie opfert ihre Jugend und ihre Seele dieser Stadt des Bösen, die schon so viele vor ihr verschlungen hat und noch viele nach ihr verschlingen wird.*

Luna wandte sich wieder dem Fenster zu. Das Flugzeug hatte noch nicht einmal den Boden berührt, doch sie fühlte sich jetzt schon müde, ausgezehrt und alt. Sie betete weiter, stärkte ihren Geist und versuchte die Zellen ihres Körpers zu beruhigen, die vor dem Grauen dort unten zurückscheuten.

Als das Flugzeug landete, fühlte sie sich elend, und ihr war schlecht. Es dauerte fünfzehn Minuten, bis sie das Gate erreichten, und sobald die kleine Leuchtanzeige ihnen erlaubte, die Sicherheitsgurte zu öffnen, sprang das Mädchen neben ihr auf und eilte den Gang entlang nach vorn. Die Tür ging auf, und die Luft von draußen rauschte herein und vermischte sich mit der im Flugzeug. Luna drehte es den Magen um. Sie blickte umher: Alle anderen mühten sich mit ihrem Gepäck ab, und niemand sonst schien die Veränderung zu bemerken. Sie seufzte tief und schloss die Augen. *Manchmal ist es wirklich die Hölle, eine Hexe zu sein.*

Sie brachte den Weg durch den Flughafen so rasch wie möglich hinter sich. Selbst hier gedieh die schäbige Schattenseite der Stadt. Bettler spazierten herum, verkauften Aufkleber und anderen Kleinkram und drängten sich den Passanten auf. Luna schüttelte langsam den Kopf, als jemand sie ansprach. Die junge Frau verdiente mit ihrer Bettelei mehr als die meisten Familien, die hier in den Urlaub flohen und ihr schuldbewusst ein paar Dollar schenkten.

Als die Frau Luna bedrängte, sah die Hohepriesterin ihr tief in die Augen. »Ich finde, du solltest nach Hause gehen. Sei keine Last für die Gesellschaft, sondern arbeite daran, sie zu verbessern.«

Benebelt nickte die junge Frau und wandte sich ab. Die Wirkung dieser Hypnose würde in ein paar Stunden verfliegen, doch zumindest hatte Luna damit dem jungen Paar aus Ohio, das die Bettlerin sich als Nächstes hatte vornehmen wollen, ein wenig Frieden erkauft.

Luna eilte weiter zum Ausgang und hielt ihre kleine Reisetasche gut fest. Los Angeles war ein gefährliches Pflaster, sogar für eine Hexe. Und irgendwo in all diesem Chaos und Irrsinn war ein junger Mann, den sie jetzt finden musste. Sie konnte nur beten, dass sein Herz noch nicht von dem Bösen um ihn herum verdorben worden war. Sie betete dafür, dass auch er der Göttin diente. Dass er zumindest nicht dem Gehörnten Gott diente … *oder einem schlimmeren.*

Draußen kämpfte ein Knäuel von Autos um die knappen Plätze am Bordstein. Lautes Hupen und Gebrüll mischten sich mit den schrillen Pfiffen der Polizisten, die den Parkverkehr zu regeln versuchten. Der misstönende Lärm war ohrenbetäubend.

Luna ergatterte ein Taxi und stieg ein. Sie brauchte ihre ganze Kraft, um dem Fahrer auch nur den Namen des Hotels mitzuteilen, zu dem sie wollte. Das Wilshire Grand war eines der berühmtesten Hotels von Los Angeles. Daher war es ihr ein Rätsel, warum sie solche Schwierigkeiten hatte, ihm das Ziel zu erklären. Seufzend sank sie auf dem Sitz zurück. Das würde keine einfache Reise werden.

Eine halbe Stunde später hielt das Taxi vor dem Hotel, und Luna zog die Fingernägel aus dem Rücksitz. *Das muss mich zehn Jahre meines Lebens gekostet haben,* dachte sie bitter. Die Fahrt war so haarsträubend gewesen, dass selbst ein gestählter Krieger seekrank und leichenblass vor Angst geworden wäre.

Luna checkte ein und wurde zu ihrem Zimmer begleitet. Sie hatte nicht viel auszupacken. Aber sie nahm sich die Zeit, das Zimmer mit Bannen zu schützen und diverse magische Arkana darin zu verteilen.

Sie ließ sich vom Zimmerservice ein leichtes Abendessen bringen und aß in aller Ruhe. Dann machte sie sich für den Abend zurecht. Sie zog ein schlichtes weißes Kleid an, dazu Silberschmuck in Mondformen. Ehe sie zur Tür ging, warf sie noch einen Blick in den Spiegel. Zeit fürs Theater.

Wenige Minuten später hatte sie das Ahmanson Theatre erreicht. Sie nahm ihr Programmheft entgegen und fand ihren Sitzplatz etwa zehn Minuten vor Beginn der Vorstellung. Diese Zeit nutzte sie, um in dem Heft zu lesen.

Das bedeutende Ahmanson Theatre war Schauplatz einer preisgekrönten Inszenierung von *Das Phantom der Oper* gewesen. Jetzt erlebte das Musical ein Comeback, und ein aufstrebender junger Star spielte das Phantom. Sie las seine Kurzbiographie mit einem belustigten Grinsen. Alex Carruthers hatte das Publikum im ganzen Land mit seiner Darstellung des gequälten Phantoms in seinen Bann gezogen. Alex spielte schon seit seiner Kindheit Theater. Seine erste Rolle war die des Winthrop in einer Aufführung des Musicals *The Music Man* auf einer lokalen Bühne gewesen. Nach der Highschool hatte er eine renommierte Schauspielschule in Los Angeles besucht. Mit dreiundzwanzig Jahren war er der jüngste Schauspieler in *Das Phantom der Oper.*

Das Licht im Theater wurde kurz gedimmt – das Signal für die Zuschauer, ihre Plätze einzunehmen. Fünf Minuten später hob sich der Vorhang. Bis zum Ende des ersten Aktes war Christine, die schöne Heldin der Geschichte, nicht die Einzige, die das Phantom in seinen Bann gezogen hatte.

Alex Carruthers hatte das gesamte Publikum hypnotisiert.

Er setzte sich in Szene, und die Leute hingen an seinen Lippen. Luna beobachtete seine Darbietung. Als er zu dem Song »Von nun an gibt es kein Zurück« kam, war die sexuelle Erregung, die jede Frau im Saal verströmte, geradezu überwältigend. Und am Ende des letzten Aktes weinten sogar die Männer.

Nachdem die Darsteller fünf Mal vor den Vorhang gerufen worden waren, um den tosenden Applaus entgegenzunehmen, ging das Licht an, und die Leute drängten zu den Ausgängen. Luna blieb noch einen Moment lang sitzen und wartete, bis sich ihre Reihe geleert hatte.

Der junge Mann war stark. Falls er weitere Fähigkeiten besaß, die an seine magnetische Ausstrahlungskraft heranreichten, besäße er wahrhaft gewaltige Macht. *Es ist an der Zeit, herauszufinden, wem er dient.*

Sie erhob sich und ging auf die Bühne zu. »Versteck mich vor aller Angesicht, wem ich begegne, der sehe mich nicht«, murmelte sie. Dann musste sie über sich selbst lächeln. Seit sie zur Hohepriesterin geworden war, brauchte sie ihre Zauber nicht mehr laut zu sprechen. Der Aufruhr im Zirkel machte ihr wohl mehr zu schaffen, als ihr bewusst gewesen war.

Sie betrat die Bühne, schlüpfte hinter den Vorhang und ging an Bühnenarbeitern vorbei, die schon für die Vorstellung am nächsten Abend aufräumten. Als sie an einer der Garderoben vorbeiglitt, blickte die Schauspielerin, die Carlotta darstellte, argwöhnisch auf. *Sie ist eine Hexe, und sie kann mich spüren. Sie ist zu Recht besorgt – sie hat eine Menge zu verbergen.* Eine köstliche Ironie, dass die Darstellerin der Primadonna, die das Phantom so verabscheute, in Wahrheit nicht gut singen konnte. Sie verzauberte ihre Stimme, so dass sie passabel klang. Luna hielt kurz inne, als ihr ein neuer Gedanke kam: *Oder vielleicht hat jemand ihre Stimme für sie verzaubert.*

Sie ging weiter, denn die Frau war es nicht, die sie suchte. Als sie vor einer der Männergarderoben stehen blieb, wartete Alex schon auf sie. Er stand von seinem Stuhl auf und kam auf sie zu. Nur er konnte sie sehen, für die anderen blieb sie unsichtbar. *Begleite mich.*

Sie ging neben ihm her. Nach ein paar Schritten hatten

sie seine private Garderobe erreicht. Sobald die Tür hinter ihnen geschlossen war, ließ sie den Unsichtbarkeitszauber fallen, damit er sie deutlich sehen konnte.

Er war groß, etwas über einen Meter achtzig. Er hatte hellblondes Haar und blaue Augen, die vor Energie sprühten. *Er sieht überhaupt nicht aus wie ein Cahors, und doch fühle ich ihr Blut in seinen Adern.* Äußerlich mochte er keine Ähnlichkeit mit den anderen seines Hauses haben, aber die magische Ausstrahlung war unverkennbar.

Er setzte sich und bedeutete auch ihr, Platz zu nehmen. Sie ließ sich nieder und begann, seinen Geist zu erforschen, so wie er ihren erkundete. Sie öffnete ihm bereitwillig Bereiche, die sie ihm zeigen wollte, und verstärkte ihre Barrieren um die Dinge, die er nicht sehen sollte. Er machte es genauso, und sie tänzelten vor und zurück, stießen in den Geist des jeweils anderen vor und parierten dessen Vorstöße.

Schließlich vereinbarten sie einen Waffenstillstand, und das gerade noch rechtzeitig. Er hatte ihre Schutzschilde beinahe niedergerissen. *Bei der Göttin, wie stark er ist!*

»Warum bist du gekommen?«, fragte er schlicht.

»Um dich zu sehen.«

»Wem dienst du?«, fragte er.

»Ich gehöre der Göttin. Ich bin Luna, die Hohepriesterin des Mutterzirkels.« Sie reckte das Kinn. »Und du?«

»Ich bin Alex Carruthers vom Zirkel der Luft. Auch ich diene der Göttin.«

Sie musterte ihn mit schmalen Augen. Aus irgendeinem Grund glaubte sie nicht, dass das stimmte. Es fühlte sich so an, als sei das nicht die erste Antwort gewesen, die ihm in den Sinn gekommen war. Sie blickte sich in dem Raum um.

An einem Türhaken hing ein Gewand aus dunkelblauer Seide mit einem großen Mond auf dem Rücken. Eine kleine Statue der Aphrodite stand auf dem Schminktisch. Abgesehen davon enthielt das Zimmer keine magischen Symbole.

Sie zwang sich, sich ein wenig zu entspannen. *Das sind beides Symbole der Göttin. Wenn er keine förmliche Ausbildung in der Hexerei erhalten hat, könnte er sie auf etwas abgewandelte Art verehren. Vielleicht ist es das, was mich stört.*

Sie lächelte grimmig. So, wie die Göttin viele Gestalten hatte, gab es auch vielerlei Arten, sie anzubeten, und verschiedene Kulturen fanden verschiedene Wege zu ihr. Letzten Endes waren die Gemeinsamkeiten aber größer als die Unterschiede, und sie verehrten dasselbe Wesen. *Das ist wie bei den Protestanten, die darüber streiten, ob sie nun Lutheraner oder Methodisten sind.*

Alex lächelte sie entwaffnend an. »Ich glaube, wir beten zu derselben Herrin?«

Sie nickte. »Die anderen in der Truppe – sind sie dein Coven?«

»Einige von ihnen«, antwortete er. »Wir, die den Künsten angehören, müssen zusammenhalten.«

»Und die Schauspielerin, die Carlotta darstellt – hast du ihre Stimme verzaubert?«

Er seufzte frustriert. »Ja. Sie ist eine wunderbare Schauspielerin und war immer wie eine Tante für mich. Sie kann nur nicht singen.«

»Das würde niemand im Publikum merken.«

»Außer dir«, erwiderte er.

»Außer mir«, gab sie ihm recht.

Er betrachtete sie lange. »Du hast gesagt, du wolltest

mich sehen, Luna vom Mutterzirkel. Was willst du von mir?«

Sie lächelte und beugte sich vor. »Ich möchte dir deine Wurzeln wieder näherbringen.«

Er runzelte die Stirn, und sie sah ihm an, dass sie ihn tatsächlich überrascht hatte. Gleich darauf sagte er: »Als ich fünf Jahre alt war, habe ich entdeckt, dass ich anders war, dass ich Dinge geschehen lassen konnte. Mit zehn wurde mir klar, dass ich eine Hexe bin und dass meine Mutter auch eine war. Ein Jahr später habe ich mich meinem ersten Zirkel angeschlossen, und mit fünfzehn wurde ich zum Anführer meines eigenen Covens. Ich kann hexen, und diese Tatsache musste ich immer vor einer Gesellschaft verbergen, die in dieser Hinsicht noch nicht weit über die Hexenprozesse von Salem hinausgewachsen ist. Was könntest du mir da noch zu erzählen haben?«

Sie lachte leise. »Alles.«

Der Dreifache Zirkel: Seattle

Holly, oder das, was von ihr übrig war, stand vor dem Hotel, in dem die anderen sich versteckten. Sie neigte den Kopf zur Seite und lauschte den vielen Stimmen dort drinnen. Sie sprachen vom Tod.

Um das Hotel waren Barrieren errichtet, aber sie waren schwach – zumindest fühlten sie sich schwach an. Holly hob die Hände und flüsterte: »Töte sie, töte sie alle.«

Feuerbälle erschienen vor ihr in der Luft, Hunderte leuchtender Kugeln, die vor tödlicher Energie pulsierten. Sie bebten vor Ungeduld, endlich entfesselt zu werden und ihr Ziel zu finden. »*Aggredior!*«, rief sie, und die Feuerbälle zischten durch die Luft wie ein Pfeilhagel.

Die erste Angriffswelle explodierte an den Bannen und schwächte sie. Die zweite schlug Löcher in die magischen Schutzwälle, die kurz aufschimmerten und sich dann auflösten. Die dritte Welle attackierte das Gebäude und setzte es augenblicklich in Brand.

Von drinnen waren Schreie zu hören, Türen flogen auf, und die Mitglieder des Covens stürmten heraus. Sie schleuderten ihrerseits Feuerbälle, während sie hektisch nach irgendeiner Deckung suchten. Holly lachte und hob die Arme, um ihnen eine weitere Salve zu verpassen.

Ehe sie dazu kam, prallte etwas von hinten so heftig gegen sie, dass ihr die Luft wegblieb. Einen Moment lang blieb sie wie betäubt auf dem Boden liegen. *Steh auf, steh auf,* zischte eine Stimme in ihrem Geist. War das ihre Stimme? Sie wusste es nicht. *Lauf, schnell. Nein! Stell dich dem Kampf, vernichte sie!*

Sie presste die Hände auf die Ohren und schrie. Die Stimmen stritten sich und drängten sie erst zu diesem, dann zu jenem.

»Was wollt ihr von mir?«, kreischte sie. »Lasst mich in Ruhe!«

»Holly!«, hörte sie eine Stimme rufen, fern und gedämpft wie unter Wasser. »Holly, pass auf!«

Was wollen die von mir?, dachte sie zornig, hob den Kopf und blickte hinter sich. Was sie da sah, war ihr unbegreiflich. Eine riesige, menschenähnliche graue Bestie beugte sich über sie.

Sie rollte sich zur Seite, und eine gewaltige Faust grub sich in die Erde, wo sie eben noch gelegen hatte. Sie hauchte auf ihre Hände, und Feuer schoss aus ihren Fingerspitzen hervor und hüllte das Geschöpf ein.

Die Flammen schienen ihm allerdings überhaupt nichts anhaben zu können. Es griff nach ihr, hob sie hoch und begann sie zu zerquetschen. Ihre Rippen ächzten. Sie ließ den Kopf zur Seite sinken, als ihr schwarz vor Augen wurde.

Nun ist es vorbei, endlich … der Göttin sei Dank.

Nein! Töte es. Vernichte es.

Ich weiß nicht, was das ist.

Golem. Lösche das erste Zeichen von seiner Stirn.

Holly hob die Hand und drückte den Daumen auf das erste *E* des Wortes *Emet* auf der Stirn dieses Dings. Sie rieb daran. Die Bestie heulte vor Qual auf, ließ sie fallen und schlug sich die Hände vor den Kopf.

Holly rappelte sich auf, bereit zu beenden, was sie begonnen hatte. Eine andere Stimme in ihr, beharrlicher als die erste, schrie: *Lauf!*

Sie gehorchte.

Amanda stand keuchend da und sah hilflos zu, wie Holly davonrannte, verfolgt von den vier riesigen, schwerfälligen Gestalten.

»Was … was sind das nur für Dinger?«, japste sie.

»Golems«, antwortete Sasha ernst. »Sie bestehen aus Ton und werden mit dem Willen ihres Schöpfers belebt.«

»Wer hat sie gemacht? Michael?«, fragte Philippe.

Sasha schüttelte langsam den Kopf. »Einen Golem zu erschaffen erfordert ein jahrelanges, gründliches Studium der kabbalistischen Lehre. Es ist einer der schwierigsten und gefährlichsten Zauber, die man überhaupt wirken kann. Michael besitzt nicht die Kenntnisse, um so etwas zu erschaffen.«

»Bist du da sicher?«, fragte Richard mit scharfer Stimme.

Sasha nickte. »Seine eigene Magie beruht nicht auf solchen Lehren, und nach allem, was ich weiß, hat er sich nie eifrig genug mit anderen Religionen beschäftigt, um so etwas zu lernen.«

»Wenn es nicht Michael war, wer dann?«, fragte Philippe.

»Ich weiß es nicht, und das macht mir Angst.«

»Der Anführer des Obersten Zirkels«, flüsterte Pablo so leise, dass sie ihn kaum verstanden.

Armand nickte. »Du sagst, diese Golems wären vom Willen ihres Schöpfers erfüllt?«

Sasha nickte.

Armand wandte sich Pablo zu. »Und du hast den Anführer des Obersten Zirkels gespürt, als sie hier waren.«

Pablo schauderte leicht. »Ja. Und sie haben nach Amanda gesucht.«

»Wenn sie hinter mir her sind, suchen bestimmt noch mehr von denen nach Holly und Nicole«, stöhnte Amanda.

Sasha legte ihr einen Arm um die Schultern. »Wir passen gut auf dich auf, Liebes. Aber dein Vater hat recht: Wir sind hier nicht mehr sicher. Wir müssen weg.«

»Wohin?«, fragte Amanda. Ihr Herz war schwer vor Sorge.

Lange herrschte Schweigen. Es wurde schließlich von Kari gebrochen, die seit dem Angriff noch kein Wort gesprochen hatte. »Ich kenne ein Versteck.«

Alex saß neben Luna im Flugzeug nach Sacramento. Eine Hexe aus ihrem Coven hatte sie angerufen, ehe sie L.A. verlassen hatten, und ihnen ihr neues Ziel genannt. Das Flugzeug war fast leer, und sie hatten die Business Class ganz für sich. Alex sah ... nervös aus. *Ich wäre auch nervös, wenn ich gleich einen lange verlorenen Zweig meiner Familie kennen lernen und mit in den Kampf gegen das Böse ziehen sollte.* Er wandte sich ihr zu und lächelte.

Der Rest seines Zirkels war in Los Angeles zurückgeblieben, aber unter heftigem Protest. Alex hatte ihnen nicht befohlen zu bleiben, sondern sie davon überzeugt. Sie hatten sich schließlich einverstanden erklärt – nicht weil das, was er vorhatte, gefährlich war, nicht weil sie ihm Gelegenheit geben wollten, seine Familie erst einmal allein kennen zu lernen, oder auch nur deshalb, weil es sein Wunsch war. Sie blieben, weil die Show weitergehen musste. Sie hatten eine zweite Besetzung, einen Schauspieler, der ein paar Tage lang die Rolle des Phantoms übernehmen konnte. Aber sie hatten nicht genug Ersatz für das halbe Ensemble. Also hatten sie ihn mit vielen Seufzern und Segen gehen lassen und zur Göttin gebetet, er möge bald zu ihnen zurückkehren. Das starke Band zwischen den Mitgliedern der Gruppe hatte Luna erstaunt.

Es machte sie nervös, dass dieser Coven jahrelang vom Mutterzirkel unbemerkt geblieben war. *Wie ist das möglich, wenn wir doch beide der Göttin dienen?* Es war ihr ein Rätsel, und sie wusste, dass sie von Alex keine Lösung erwarten konnte. Später würden die Priesterinnen genug Zeit haben, sich darüber den Kopf zu zerbrechen. Jetzt musste sie vor allem Alex mit seinen Cousinen zusammenbringen.

Sie waren noch nicht einmal eine halbe Stunde an Bord des Flugzeugs, als bereits schmerzlich deutlich wurde, dass eine der Stewardessen Alex unwiderstehlich fand. Er schien eine besondere Energie auszusenden, und sein Gesicht strahlte beinahe unnatürlich. Es überraschte sie nicht, dass sich junge Frauen zu ihm hingezogen fühlten.

Sie musste ihm zugutehalten, dass er die junge Stewardess nicht ermunterte. Ja, er schien sie kaum zu bemerken, beinahe, als existiere sie gar nicht. Luna beobachtete ihn mit schmalen Augen.

»Kann ich Ihnen etwas zu trinken bringen?«, fragte die Stewardess, die endlich den Blick Luna zuwandte.

»Ein Ginger Ale«, sagte sie und fügte unhörbar hinzu: »Vergiss ihn, Kind.«

Die Frau blinzelte und starrte sie einen Moment lang verständnislos an. Dann setzte sie wieder ihr munteres »Noch hat mich auf diesem Flug niemand geärgert«-Lächeln auf.

Der Flug kam Luna schrecklich lang vor, aber schließlich landeten sie. Luna und Alex gingen zur Gepäckausgabe. Luna zückte ihr Handy und rief ein Mitglied des Mutterzirkels an, das in Seattle geblieben war, als die anderen sich nach Santa Cruz zurückgezogen hatten. Die Hexe nahm beim ersten Klingeln ab und sagte nur drei Worte: *Unterwegs, Hütte* und *Winters*.

Luna legte wortlos auf. Nachdem sie Alex' Gepäck vom Band geholt hatten, verließen sie das Terminal und nahmen sich ein Taxi.

»Wohin?«, fragte der Fahrer und musterte sie rasch.

»Winters.«

»Woher kommen Sie denn?«, fragte der Fahrer um den Kaugummi in seinem Mund herum.

»Kanada«, antwortete sie knapp.

»Ah, Kanada. Schönes Land. Machen Sie hier Urlaub, ja?«

Mit einem Wink aus dem Handgelenk zerstreute Luna das Interesse des Fahrers an seinen Fahrgästen und lehnte sich zurück. Bei so viel Glück, wie der Cathers-Coven bisher gehabt hatte, würde sie all ihre Kraft brauchen, wenn sie ihm begegnete.

Der Dreifache Zirkel: Winters, Kalifornien

Richard hatte die Auseinandersetzung für sich entschieden: Sie hatten sich darauf geeinigt, dass er allein in die Traumzeit reisen und nach Jer Deveraux suchen würde. Er hatte damit argumentiert, dass er in hervorragender körperlicher Verfassung war und deshalb mit der feindlichen Umgebung am besten zurechtkommen würde. Armand hatte unbedingt mitkommen wollen, doch Richard hatte sich dagegen gesperrt: Falls diese Golems wieder auftauchten, wollte er Armand bei seinem kleinen Mädchen wissen.

Nun saßen sie in der Hütte, zu der Kari sie geführt hatte – sie gehörte ihrer Familie –, und Richard spürte, wie sich sein Puls beschleunigte, als bereite er sich auf den Kampf vor. *Was gut möglich ist,* dachte er. Er wünschte, die anderen hätten von Holly mehr über die Traumzeit erfahren, aber sie hatte nur etwas von Feuer gebrabbelt. Und von Dämonen natürlich. Er verzog das Gesicht. Barbara war auch keine große Hilfe gewesen. Sie hatte ihm nur sagen können, dass sie in einer Art Höhle gefangen gewesen war. Glaubte sie zumindest.

Er stand auf und ließ sich die schamanistischen Zeichen auf den Körper malen. Die anderen hatten ihm erklärt, dass in der Traumzeit sein Geist seine stärkste Waffe sei. Das war ihm nur recht. Er besaß keinerlei magische Fähigkeiten, aber sich ein Gemetzel ausmalen konnte er sehr wohl …

Er hatte gemischte Gefühle bei dieser Suche nach Jer, aber anscheinend ging es den anderen genauso. Allen außer Sasha und Barbara. Barbara hatte darauf beharrt, dass sie ihn unmöglich dortlassen konnten. Sie selbst war über ein Jahr lang in der Traumzeit gefangen gewesen, ehe Jer und Holly sie gerettet hatten. Sie konnte den Gedanken nicht ertragen, dass nun jemand anders dort in der Falle saß und die gleiche Hölle durchlitt wie sie.

Im Herzen gab er ihr recht. Er war immerhin ein Ranger gewesen, ein Elitesoldat. *Ranger lassen nie einen der ihren irgendwo zurück. Wir können es uns nicht leisten, dass jemand seine Leiche identifiziert.*

Er holte tief Luft und legte sich in dem Kreis auf den Boden. Er atmete langsam aus und konzentrierte sich vollkommen, während er seinen Geist leerte und alle äußeren Ablenkungen losließ.

Er schloss die Augen und schlug sie an einem anderen Ort wieder auf. Die Erde unter seinen Füßen war versengt. Ein heißer Wind pfiff an ihm vorbei, und seine Nackenhaare sträubten sich. Hier herrschte das Böse; es durchdrang die Luft wie Feuchtigkeit, so dass er beinahe glaubte, es würde sich als feuchter Moder auf seiner Haut ablagern.

Er schüttelte den Kopf, um solche albernen Gedanken zu vertreiben. Er hatte eine Mission zu erfüllen. Langsam drehte er sich im Kreis und betrachtete die Umgebung. Er lächelte. Nicht allzu weit entfernt erhob sich ein großer felsiger Berg. Das musste der Berg sein, in dem Barbara gefangen gewesen war, und somit Jers letzter bekannter Aufenthaltsort.

Er ging langsam darauf zu, alle Sinne in Alarmbereitschaft. In seiner Vorstellung umgab er sich mit schützenden, undurchdringlichen Mauern. Jenseits dieser Barrieren platzierte er Alarmsensoren, die ihn vor jedem nahenden Geschöpf warnen würden. Ein Jahr im Dschungel hatte ihn gelehrt, seinen Geist abzuschirmen und seine Gedanken vollkommen zu beherrschen, wenn er es wollte. Er hätte nie gedacht, dass er das noch einmal brauchen würde.

Er wusste, dass Marie-Claire diese geistige Beherrschung gehasst hatte. In der ersten Zeit, nachdem er aus dem Krieg zurückgekehrt war, hatte sie sich oft beklagt, er sei so verschlossen und ließe sie nicht »an sich heran«. Er hatte es versucht, bei Gott. Aber sie hatte das Warten irgendwann sattgehabt. Er hatte sich in letzter Zeit oft gefragt, ob sie sich darüber gefreut hätte, dass bei ihrem Tod alle schützenden Mauern um ihn zusammengebrochen waren und seinen Geist jedem preisgegeben hatten.

Aber diesen Gedanken räumte er jetzt keinen Platz ein. Er hatte die Scherben seines Lebens aufgesammelt, und es war an der Zeit, sich von seinem Überlebensinstinkt leiten zu lassen.

Den Berg erreichte er rasch. Sogar das Gestein war von

dem Feuer verbrannt worden, das hier gewütet hatte. Langsam und sorgfältig schritt er im Uhrzeigersinn um den Berg herum und suchte nach seiner Öffnung, einer Spalte, irgendetwas.

Er war erst ein paar Minuten lang gegangen, als er es entdeckte. Aus der steilen Wand ragte ein Stück Felsen hervor, das die Form einer menschlichen Hand hatte. Die Haare standen ihm zu Berge, als er näher herantrat.

Das sah nicht nur aus wie eine Hand, das *war* eine Hand. Es wirkte, als drücke sie von innen gegen das Gestein und versuche, nach draußen durchzubrechen. Richard streckte die Finger aus, berührte die Hand und schloss die Augen. Er griff mit seinen Gedanken hinaus, durch die Gesteinsschicht in den Felsen hinein.

Er fühlte Schmerz, Wut und … Überraschung. Er lächelte, denn er wusste, dass er Jer gefunden hatte. Nun schob er seine Gedanken aus seinem Kopf den Arm hinab in die Finger, durch den Fels und in Jers Hand, den Arm hinauf und in dessen Geist. Er spürte es ganz deutlich, als er eine Verbindung hergestellt hatte.

Alles in Ordnung?

Die Antwort erreichte ihn schwach, aber deutlich. *Bin nicht verletzt, aber bald drehe ich durch.*

Ich bin gekommen, um dir zu helfen.

Wer bist du?

Amandas und Nicoles Vater.

Die Überraschung, die er von drinnen empfing, wurde noch größer, und er konnte sich ein leises Lachen nicht verkneifen. *Den alten Vater sollte man nie unterschätzen.*

Den Fehler werde ich kein zweites Mal machen, entgegnete Jer.

Also, was ist hier passiert?

Hat Holly es dir nicht erzählt?

Wir konnten sie kaum verstehen.

Einen Moment lang herrschte Schweigen, und Richard wusste, dass Jer sich fragte, was er davon halten sollte. Aber er hakte nicht nach.

Na ja, der Berg hat sich in zwei Schlangen verwandelt, die miteinander gekämpft haben. Eine von den beiden hat mich verschluckt, und dann sind sie wieder zu Stein erstarrt.

Richard trat ein paar Schritte zurück und betrachtete den Fels noch einmal genauer. Das Ding sah aus wie ein Berg. Aber er schaute ja nur mit den Augen. Er schloss sie und versuchte, das Bild im Geiste zu sehen. Allmählich erkannte er zwei verschiedene Gestalten, Schlangen, die sich ineinander verbissen hatten. Jer war in einer von ihnen gefangen, kaum ein paar Schritte vom Maul entfernt.

Er trat wieder vor, berührte Jers Hand und spürte die Panik des jungen Mannes, der so plötzlich wieder allein gelassen worden war.

Ist schon gut. Ich lasse dich nicht im Stich, versicherte er ihm.

Das Feuer …

Jetzt brennt hier nichts. Ich muss mich einen Moment von dir lösen, aber ich gehe bestimmt nicht weg.

Jer reagierte nicht, doch Richard spürte sein widerstrebendes Verständnis. Er zog die Hand wieder zurück und musterte den Berg.

Jetzt konnte er die Schlangen auch mit den Augen erkennen. Er betrachtete sie genau, vor allem Jers Position im Schlund der einen Schlange. Er richtete den Blick auf das Gestein um Jers Hand. Dann stellte er sich vor, wie sich die Haut der Schlange dehnte und immer dünner wurde, bis sie schließlich aufriss und die Beute herausplatzte.

Der Felsen stöhnte qualvoll und begann sich dann mit einem durchdringenden Kreischen um Jers Hand zu teilen. Langsam wie bei einer Geburt schob sich die Hand durch einen Riss im Gestein. Sie war entsetzlich vernarbt, kaum als menschlich zu erkennen. Der Riss weitete sich, und der Arm kam zum Vorschein. Dann erschien die andere Hand, der zweite Arm.

Schließlich platzte der Kopf hervor, und Jer keuchte erstickt. Er sah grauenhaft aus, aber Richard war darauf vorbereitet. Der Junge war vom Schwarzen Feuer verbrannt worden, und Sasha hatte Richard erklärt, dass er nur dank unglaublich starker Magie überhaupt noch am Leben war. Jer schnappte ein paar Mal nach Luft und schrie: »Hilfe!«

»Hilf mir, dir zu helfen«, entgegnete Richard ruhig. »Stell dir vor, wie der Fels sich teilt, wie der Hals der Schlange aufreißt und dich freigibt.«

Jer schloss die Augen, und Richard konnte *spüren*, wie der Junge ihm half. Der Stein teilte sich schneller. Augenblicke später fiel Jer vor ihm auf den Boden und würgte.

Richard ließ ihm einen Moment Zeit, sich zu sammeln, ehe er vortrat und ihm hochhalf. Der junge Mann stand langsam auf, und seine Beine zitterten heftig.

»Wie lange habe ich da dringesteckt?«

»Nur ein paar Tage«, erwiderte Richard.

»Es kam mir vor wie eine Ewigkeit.«

»Das glaube ich gern. Kannst du gehen? Wir sollten von hier verschwinden«, sagte Richard. Wie aufs Stichwort schlug einer seiner Sensoren Alarm. Etwas kam auf sie zu.

Teil zwei

Feuer

Manche finden im Feuer den Tod
Manchen bringt ihn das Wasser
Luft kann Tod sein und nicht Leben
Doch kehren alle zur Erde zurück

Von den dreien wähl ich das Feuer
Tanz in den Flammen, begehrt vom Tod
Schmilzt die Haut mir von den Knochen
Hört mich stöhnen voller Lust

Fünf

Magog

Die Hexen sind nun auf der Flucht
Vom großen Gott der Sonne geschlagen
Sie schreien, und sie sterben vor Angst
Versinken wieder in der Nacht

Die Cahors kehren tanzend zurück
Wir werden die Deveraux verbrennen
Denn unseren Wächtern an den Feuern
Hat sich ein neuer Freund genaht

Der Dreifache Zirkel: Winters

Ich hasse Warten, dachte Amanda, während sie neben der reglosen Gestalt ihres Vaters wachte. *Aber anscheinend warte ich nur noch.*

»Dann solltest du vielleicht damit aufhören«, sagte eine männliche Stimme, die sie nicht erkannte. Sie fuhr zusammen, als die Hohepriesterin des Mutterzirkels plötzlich diesseits der geschlossenen Tür erschien, und mit ihr ein fantastisch aussehender Typ.

»Wir brauchen bessere Banne«, brummte Tommy.

Amanda stand hastig auf. »Hohepriesterin. Seid gesegnet.«

»Sei gesegnet«, entgegnete die ältere Frau feierlich.

Alle anderen stimmten in die Begrüßung ein.

»Amanda, darf ich dir Alex Carruthers vorstellen – deinen Cousin.«

Amanda blinzelte zwei Mal. »Meinen was?«

»Deinen Cousin.«

»Ich wusste gar nicht, dass du eine so große Familie hast«, scherzte Tommy. »In letzter Zeit hagelt es Cousinen und Cousins.«

Amanda stand nur da und starrte den jungen Mann an. *Noch ein Cousin? Wusste meine Mutter von ihm?*

Alex trat mit ausgestreckter Hand vor. Amanda riss sich zusammen, kam ihm entgegen und gab ihm die Hand. Bei der Berührung schoss etwas wie ein elektrischer Schlag durch ihren Arm, und ihre Handfläche brannte. Es fühlte sich an wie damals, als sie und Holly sich zum ersten Mal die Hand gegeben und sich gegenseitig durch den Raum geschleudert hatten.

Sie zog die Hand weg und trat einen Schritt zurück. »Tja, Alex, dann herzlich willkommen in unserer Welt. Das sind die anderen Mitglieder meines Covens: Tommy, Kari, Philippe, Pablo, Sasha und Armand. Barbara und mein Vater«, fügte sie hinzu und wies auf seinen reglosen Körper, »gehören nicht dem Coven an, aber sie kämpfen für uns.«

»Ich hätte mehr Leute erwartet«, bemerkte Alex.

»Wir waren mehr«, meldete Philippe sich zu Wort. »Aber einige von uns sind inzwischen ums Leben gekommen, und ein paar weitere werden vermisst.«

»Mein Beileid«, sagte Alex und schlug pietätvoll die Augen nieder.

»Danke, und du bist uns willkommen«, entgegnete Amanda. »Bitte setz dich. Wir warten auf meinen Vater. Er ist in der australischen Traumzeit, um einen der Vermissten zu suchen.«

Er nickte und setzte sich in einen Sessel vor dem gemauerten Kamin. »Wo sind meine beiden anderen Cousinen – Holly und Nicole?«

»Wir wissen es nicht«, sagte Tommy.

»Aha. Sieht so aus, als hätte ich eine Menge Familiengeschichte nachzuholen.«

»Erst wollen wir mehr über dich erfahren«, mischte Armand sich ein.

Amanda war verblüfft. Armand gehörte dem spanischen Coven an und hatte für das Priesteramt studiert. Er war sehr still und äußerte so gut wie nie Zweifel oder Misstrauen. Das war eine gute Warnung für sie alle.

»Ja«, sagte sie und nahm die Verteidigungsbereitschaft, die sie hatte fallen lassen, wieder auf. »Erzähl uns alles über dich.«

Er lächelte auf eine Art, von der sie eine Gänsehaut bekam. *Er kann tatsächlich meine Gedanken lesen. Seine Bemerkung, als er hereinkam, war nicht bloß ein Zufallstreffer!*

»Ich bin Schauspieler von Beruf und Hexe in Praxis und Glauben. Ich diene der Göttin.«

»Und du tauchst rein zufällig hier auf, als wir dringend Verstärkung gebrauchen können?«, bohrte Armand nach.

Alex hob abwehrend die Hände. »Bis vor ein paar Stunden hatte ich noch nicht mal von euch gehört. Dann ist

Luna zu mir gekommen und hat mir erzählt, dass ich Cousinen habe, die meine Hilfe bräuchten.«

»So ist es«, bestätigte Luna. »Ich habe die Göttin gebeten, mir die verlorene Cahors-Hexe zu zeigen. Ich hatte gehofft, dass ich Holly finden würde. Stattdessen hat sie mir Alex gezeigt. Sein Zweig der Familie hat sich zu Beginn des zwanzigsten Jahrhunderts von eurem Ast getrennt. Seine Familie hat ihre ursprüngliche Herkunft vergessen, genau wie deine. Und genau wie du, Amanda, und deine Schwester und deine Cousine, hat er seine magischen Fähigkeiten von allein entdeckt.«

»Ich bin sehr jung in meinen ersten Zirkel eingetreten«, gestand er. »Jetzt leite ich meinen eigenen.«

»Tja, ihr braucht nicht mehr zu zaubern, um Holly zu finden«, warf Kari mit zitternder Stimme ein.

»Ihr habt sie gefunden?«, fragte Luna.

»Eher sie uns«, sagte Philippe bitter. »Sie ist auf uns losgegangen.«

»Sie hat euch angegriffen?«

Pablo räusperte sich. »Ich muss euch etwas sagen. Euch allen. Ich habe mit den ... mit den Mächten kommuniziert, die mir sagen, was in den ätherischen und geistigen Welten vor sich geht.« Er zögerte kurz. »Holly ist Michael Deveraux hörig.«

Fassungsloses Schweigen senkte sich über den Raum. Die Hohepriesterin erbleichte sichtlich. Sie trat unbehaglich von einem Bein aufs andere und fragte schließlich: »Und da bist du dir sicher?«

Philippe wechselte einen Blick mit Pablo und nickte.

Philippe hat er es also schon gesagt. Aber Philippe traut Alex nicht, sonst hätte er der Hohepriesterin viel früher erzählt, was

Pablo gespürt hat. Hastig verbannte Amanda diese Gedanken aus ihrem Kopf. Wenn Philippe gewisse Informationen nicht mit anderen teilen wollte, durfte sie nicht darüber nachdenken, so dass Alex einfach ihre Gedanken lesen konnte.

Plötzlich sprang Pablo mit weit aufgerissenen Augen auf. »Sie ist hier.«

Kari rappelte sich hastig auf. »Wie hat sie uns gefunden? Ich habe nicht einmal Jer je von dieser Hütte erzählt!«

Amanda ignorierte sie und wandte sich Alex zu. »Willkommen in der Hölle. Ich hoffe, du bist bereit.«

»Was kann sie denn tun?«

Kaum hatte er das ausgesprochen, da krachte ein Skelettkrieger auf einem Geisterpferd durch die Wand. Das Vieh prallte gegen Lunas Schulter, die Hohepriesterin wurde gegen Amanda geschleudert, und beide gingen zu Boden.

Vom Boden aus konnte Amanda durch das Loch in der Wand nach draußen schauen. Sie sah Holly, umgeben von Dutzenden gespenstischer Krieger, mit ausgestreckten Armen und wüstem Haar, das ihr um den Kopf flatterte.

Dann griff die Geisterarmee an. Die Krieger preschten direkt auf sie zu. Eine Stimme erscholl, so tief wie Donner, und die Wände der Hütte bebten. Amanda blickte auf und sah Alex mit ausgebreiteten Armen dastehen.

»*Ego diastellomai anemos o apekteina eneka!*«, schrie er.

»Was?« fragte Amanda. Scharfer Wind, der plötzlich wie aus dem Nichts aufkam, riss ihr das Wort von den Lippen.

»Das ist Griechisch«, rief Armand. »Er befiehlt dem Wind, für uns zu kämpfen.«

Amanda beobachtete in furchtsamem Staunen, wie die Krieger förmlich auseinanderflogen, als kleine Tornados auf sie herabfuhren. Schließlich war nur noch Holly übrig. Sie öffnete den Mund und schien etwas zu rufen, doch ein Windstoß riss sie von den Füßen und schleuderte sie durch die Luft.

Sie blieb eine gute Minute lang still liegen, und Amanda stockte der Atem. *Ist sie …?*

Langsam stand Holly auf. Sie starrte herüber, und Amanda erkannte, dass sie Blickkontakt zu Alex aufgenommen hatte. Plötzlich wandte Holly sich ab und verschwand in den Schatten.

Der Wind legte sich augenblicklich, und Alex schien ein wenig in sich zusammenzusinken. Amanda rappelte sich zittrig auf und klopfte sich Staub von der Kleidung. »Ist jemand verletzt?«

»Nein«, antwortete Philippe. Dann drehte er sich um und starrte Alex an. »Wie hast du das gemacht?«

Alex zuckte mit den Schultern. »Luft – eines der vier Elemente. Jeder in meinem Zirkel neigt einem Element besonders zu. Ich konnte schon immer gut mit dem Wind.«

»Holly offenbar nicht. Ich glaube, wir haben eine Schwäche gefunden«, bemerkte Luna und stand ebenfalls auf. »Aber wir können nicht hierbleiben. Wir müssen uns an einem sicheren Ort verstecken, wo sie uns nicht finden kann.«

»Wir können hier nicht weg, ehe mein Vater aus der Traumzeit zurückkommt«, protestierte Amanda, und Panik stieg in ihr auf.

»Du hast gesagt, er sei dorthin gegangen, um jemanden zu retten – eine Hexe?«, fragte Alex.

Amanda zögerte. »Also, genau genommen ist er eher ein Hexer … die Sache ist … kompliziert.«

Alex zog eine Augenbraue hoch. »Offensichtlich. Ich könnte rübergehen und versuchen, sie zurückzuholen.«

»Wir haben schon zu viele Leute dorthin geschickt«, protestierte Philippe.

»Aber hatten sie auch Erfahrung mit Astralreisen?«, erwiderte Alex lächelnd.

Amanda schüttelte trübselig den Kopf. »Nein. Damit hat keiner von uns Erfahrung.«

Alex' Lächeln wurde breiter. »Dann ist es ja gut, dass ich hier bin, denn ich kenne mich zufällig damit aus. Das gehört zu den Attributen von Hexen, deren Element die Luft ist.«

»Aber natürlich«, brummte Tommy so leise, dass nur Amanda ihn hören konnte. Sie musste ihm insgeheim recht geben. Das waren einfach zu viele glückliche Zufälle. Trotzdem: Alles, was ihren Vater zurückbringen könnte, war einen Versuch wert.

»Also gut, du bist engagiert«, sagte sie und lächelte gezwungen. Sie spürte selbst, dass es nicht bis zu ihren Augen vordrang.

Richard und Jer: In der Traumzeit

Das Feuer brannte überall um sie herum und raste schneller auf sie zu, als Richard es zurückdrängen konnte. Die bösartigen schwarzen Flammen zuckten wie lebendige Wesen, und er spürte ihre Hitze an der Wange. Er stieß sie zurück, und die Flammen hielten dagegen und rückten immer näher, bis seine Haut Blasen warf. Jer neben ihm murmelte irgendeinen Spruch, doch das Brüllen des Feuers übertönte die Worte.

Ein Mann kam auf sie zu. Sein Körper schien einen Pfad durch die Flammen zu schlagen. Gleich darauf stand er vor ihnen. »Onkel Richard?«

Richard zögerte nur einen Augenblick, ehe er nickte. Der junge Mann hatte etwas Vertrautes an sich, obwohl er ziemlich sicher war, dass er ihn noch nie gesehen hatte.

Der Fremde hob die Arme und rief etwas in einer fremden Sprache. Plötzlich erhob sich ein so starker Wind, dass Richard und Jer taumelten. Der Fremde blieb offenbar unberührt davon. Wie die Flammen von tausend Kerzen auf einem Geburtstagskuchen wurde das Feuer plötzlich ausgeblasen.

Die Stille war beinahe ohrenbetäubend, bis der Fremde sagte: »Ich bin dein Neffe.«

Himmel hilf, dachte Richard und blinzelte den Neuankömmling ungläubig an.

»Mein Name ist Alex. Gehen wir. Deine Tochter wartet auf uns.«

Gleich darauf öffnete Richard die Augen und sah das Gesicht seiner Tochter über sich. »Schätzchen«, keuchte er.

»Daddy«, rief seine Amanda und schlang die Arme um ihn.

»Jer?«, fragte er.

Neben ihm krächzte eine Stimme: »Ich bin hier.«

»Und – dein Cousin?«

»Alles in Ordnung, danke, Onkel.« Der junge Mann trat in sein Blickfeld, ein freudiges, breites Lächeln auf dem Gesicht.

Richard richtete sich langsam auf, und all die Bilder aus der Traumzeit stürmten gleichzeitig auf ihn ein. »Niemand ist besessen, oder?«

»Sieht nicht so aus«, erwiderte Amanda.

»Gut.« Er wandte sich Jer zu. Jemand hatte ihm offenbar ein Handtuch gegeben, denn er trug eines um Kopf und Gesicht geschlungen.

»Ist irgendetwas passiert, während ich weg war?«

»Holly hat uns erneut angegriffen.«

»Holly … hat euch angegriffen?«, fragte Jer benommen.

Amanda kniete sich neben ihn und legte Jer eine Hand auf die Schulter. »Als sie aus der Traumzeit zurückkam, war sie nicht allein. Sie ist von irgendwelchen Dämonen besessen.«

»Nein!«, keuchte Jer.

»Da ist noch mehr«, sagte Philippe und legte ihm die Hand auf die andere Schulter. »Sie ist vermählt … mit deinem Vater.«

Der Schrei purer Qual, den Jer ausstieß, glich keinem Laut, den Richard je von einem menschlichen Wesen gehört hatte. Aus Respekt vor diesem Schmerz schlug er die Augen nieder – die einzige Möglichkeit, dem Jungen einen Moment zu gewähren, in dem er mit seinem Schmerz allein sein konnte.

Doch als Jer schließlich sprach, hörte Richard kalten Stahl in seiner Stimme. »Ich werde sie finden und sie befreien, selbst wenn ich meinen Vater und mich selbst dabei töten müsste.«

Wir wollen beten, dass es nicht so weit kommt.

San Francisco: 17. April 1906, 8 Uhr morgens

Veronica Cathers wartete in einem Hotelzimmer im Valencia auf Marc Deveraux. Sie konnte fühlen, dass er nahte – es war wie ein Fieber in ihrem Blut. Die Verabredung war eine Falle, es konnte gar nicht anders sein, und dennoch wartete sie auf ihn. Sie hatte Marc seit ihrem Kampf im Keller des Coronado Hotel in Los Angeles vor einem halben Jahr nicht mehr gesehen.

Veronica hatte in Los Angeles ihre Schwester Ginny besucht und war im Coronado abgestiegen. Marc Deveraux war ebenfalls Gast in dem Hotel gewesen, und es hatte nicht lange gedauert, bis sie sich gefunden hatten. Sie schauderte bei der Erinnerung daran.

Das Hotel war vollständig niedergebrannt, hatte sie gehört. Sie war nicht zurückgekehrt, um den Schaden zu begutachten. Sie war in die Nacht hinausgeflohen und rechtzeitig zu Hause angekommen, um ihren Mann zu begraben, der an jenem Tag gestorben war.

Jetzt war Veronica mit ihrem Sohn Joshua und ihrer Freundin Amy in San Francisco. Amy hatte darauf bestanden, dass Veronica Urlaub brauchte und endlich einmal von all dem Kummer fortkommen musste, der in ihrem kleinen Haus in Seattle herrschte. Es war durchdrungen von Erinnerungen an ihren verstorbenen Mann.

Marc Deveraux hatte sie um dieses Treffen gebeten und eine Art Waffenstillstand angeboten, damit sie sich unterhalten konnten – er hatte nicht geschrieben, worüber, doch sie konnte es sich vorstellen. Sein Telegramm war am Vormittag eingetroffen und hatte sie zutiefst erschüttert. *Wie hat er mich gefunden?* Nervös strich sie den Rock ihres hellrosa Kleides glatt. Die Spitze, die Dekolletee und Hals bedeckte, kratzte grässlich. Die dünnen, eng anliegenden Ärmel schränkten ihre Bewegungsfreiheit ein, und sie verfluchte sich dafür, dass sie dieses Kleid gewählt hatte.

Voller Angst hob sie die Hand und strich über das Medaillon, das sie um den Hals trug. In dem kleinen Schmuckstück bewahrte sie eine Locke von Joshua auf. In einem Monat würde er ein Jahr alt werden. Jetzt war er bei Amy, der Veronica gesagt hatte, sie solle nicht auf sie warten. Sie hatte Joshua versprochen, ihn morgen zu wecken. Sie hoffte nur, dass sie dieses Versprechen würde halten können.

Es klopfte an der Tür. Sie ging hinüber und öffnete sie rasch, ehe sie die Nerven verlor.

Er betrat den Raum, und sie schloss die Tür. Als er sich zu ihr umwandte, schlug ihr das Herz bis zum Hals und erstickte den Schutzzauber, den sie hatte flüstern wollen. Er starrte sie an, und der Blick seiner pechschwarzen Augen durchbohrte sie. Er sah aus wie ein Panther, voller Anspannung und bereit, sich auf seine hilflose Beute zu stürzen.

Und in ihrem Kopf hörte sie Isabeau flüstern: *Jean.*

Sie konnte den Blick nicht von seinen Augen losreißen – sie hielten sie fest wie gebannt und erforschten ihre Seele. Die Luft zwischen ihnen lud sich auf, bis die Haut an ihren Händen und Wangen kribbelte. *Spürt er das auch?*

Dann sprang er sie an. Sie riss die Hände hoch, um ihn abzuwehren, doch es war zu spät. Sie wurden an seine Brust gepresst, als er die Arme um sie schlang und sie küsste. »Moi, Isabeau, wie ich dich hasse«, hauchte er zwischen zwei Küssen.

Als sie zu ihm aufblickte, sah sie nicht mehr Marcs Gesicht, sondern ein anderes, wilder und härter. *Jean!*

Aus ihrem Mund sprudelten Worte in einer fremden Sprache. Dennoch versuchte sie, bei sich zu bleiben. Sie rang darum, sich nicht vollständig von Isabeau verschlingen zu lassen, so wie Jean offenbar Marc verschlang.

Er hob sie auf die Arme, trug sie zum Bett und flüsterte ihr Worte zu, die wild und zärtlich zugleich waren. Er legte sie nieder, setzte sich neben sie, ergriff ihre Hand und küsste ihre Finger. Dann erstarrte er, als er ihren Ehering bemerkte.

Es war Marc, der sie daraufhin ansah und fragte: »Du bist verheiratet?«

Veronica schüttelte den Kopf. »Ich bin verwitwet.«

Da presste er die Lippen auf ihre. Sie hörte Stoff reißen, als er ihr das Kleid vom Körper riss. Sie zerrte an seiner Kleidung. Schließlich legte er sich auf sie, Haut an Haut.

»*Mon* Jean«, flüsterte Isabeau.

Doch es war Veronica, die Marc in sich aufnahm.

Als ihre Leidenschaft ermattet war, ruhten sie innig umschlungen im Bett. Veronica hatte sich noch nie so lebendig, so ganz und vollständig gefühlt.

»Du bist meine einzige Liebe«, flüsterte er.

»Isabeau ist Jeans einzige Liebe. Du und ich, wir sind nur Figuren in ihrem Spiel.«

»Nein«, beharrte er. »Ich liebe und hasse dich so wie Jean seine Isabeau, aber die Gefühle, die ich empfinde, sind nicht allein seine, sondern auch meine. In Los Angeles wollte ich dich so sehr. Seither habe ich jede Nacht an dich gedacht und nach dir gesucht.«

Sie strich ihm über das schweißfeuchte Haar. »Ich empfinde das Gleiche für dich«, gestand sie ihm. »Ich habe versucht, damit aufzuhören, aber ich kann es nicht. Ich weiß nicht viel über meine Familie. Alles, was ich weiß, stammt von Isabeau. In der Nacht, als wir uns begegnet sind, hat sie zum ersten Mal zu mir gesprochen.«

»Und Jean zu mir.«

»Ich weiß, dass unsere Familien bittere Feinde waren.«

»Sie sind es noch immer«, erklärte er.

»Ich glaube nicht, dass das ewig so bleiben muss«, hauchte sie.

»Ich auch nicht. Ich schwöre dir, Veronica Cathers, dass meine Fehde mit dir und den deinen hier endet. Ich werde alles tun, was in meiner Macht steht, um die Deveraux von ihrer Rache abzubringen.«

»Und ich werde mich bemühen, Frieden zwischen unseren Familien zu stiften, für den Rest meines Lebens.«

Sie küssten sich und bissen sich gegenseitig in die Lippen, bis sich ihr Blut vermengte und den Schwur besiegelte.

»Für den Rest meines Lebens«, wiederholte sie.

»Für den Rest meines Lebens«, flüsterte er zurück.

Als sie sich erneut zu lieben begannen, ahnte keiner von beiden, wie kurz diese Spanne sein würde.

Die Erde stöhnte qualvoll, als läge sie in den Wehen. Ein Krampf durchlief sie, und sie gebar Schmerz, Pein und Trauer.

Das Erdbeben schlug ohne Vorwarnung zu und riss Veronica aus dem Schlaf. Ihre Glieder waren mit Marcs verschlungen. Auch er setzte sich auf. Ehe sie einen Zauber rufen konnte, waren Schreie und Explosionen zu hören. Ein gewaltiges Ächzen ging durch den Raum, und der Boden gab nach.

Brände wüteten nach dem Erdbeben in der Stadt. Tausende Menschen waren tot oder lagen im Sterben, und die Stadt hatte das Kriegsrecht verhängt. Das war ein hoher Preis, doch er war es wert.

Duc Laurent und Gregory Deveraux betrachteten die Ruinen des Valencia Hotels. Alle vier Stockwerke waren eingestürzt. Gregory stand da und hatte nicht einmal eine Träne für seinen Bruder übrig. Der geisterhafte Duc lächelte. »Es gab keine Überlebenden?«

»Keinen einzigen«, antwortete Gregory.

»Ausgezeichnet. Du hast deine Sache gut gemacht.«

Los Angeles: 18. April 1906, 11.50 Uhr

Ginny Cathers stand mit Hunderten von Leuten auf der Straße und las die riesigen Anschlagtafeln, auf denen die letzten Neuigkeiten aus San Francisco veröffentlicht wurden. *Gott schütze sie,* dachte sie. Tags zuvor hatte sie ein Telegramm von Veronica bekommen, in dem stand, sie sei in San Francisco und denke daran, für ein paar Tage nach Los Angeles zu Besuch zu kommen, sobald sie ihre geschäftlichen Angelegenheiten in der Stadt erledigt habe.

Alle paar Minuten wurden die Namen von Toten und Vermissten ausgehängt. Während immer mehr Gebäude den Nachbeben oder den Bränden zum Opfer fielen, die in San Francisco wüteten, wurden die Listen stetig länger.

So viel Tod. So viel Leid, dachte Ginny. Ihre Gedanken wandten sich ihrem Mann und ihrem kleinen Sohn zu, die mehrere Kilometer entfernt zu Hause und in Sicherheit waren. *Gott schütze sie.*

Das hier ist zwecklos. Ich weiß ja nicht einmal, in welchem Hotel sie abgestiegen ist, dachte sie. Plötzlich hob sich der Boden unter ihren Füßen. Schreie erschollen aus der Menschenmenge, als die Erde erbebte. Es war ein leichtes Beben, nicht schwer genug, um ernsten Schaden anzurichten, doch die Leute, die hier auf Nachrichten und die jüngsten Opferzahlen aus San Francisco warteten, wussten das nicht.

Die Menge geriet in Bewegung. Die Leute rannten fort, *als könnten sie einem Erbeben irgendwie entkommen.* Ginny wurde von der panischen Menschenmenge mitgerissen. Sie rannte, weil ihr gar nichts anderes übrig blieb. Ein schreiender Mann schlug sich wild durch das Gedränge und prallte gegen Ginny. Er rannte weiter, aber Ginny strauchelte. Jemand anders stieß sie von hinten, und sie stürzte und landete schmerzhaft auf dem Handgelenk. Sie versuchte sich aufzurappeln, aber jemand trat auf ihren Rücken und drückte sie in den Schmutz. Plötzlich rannte der Mob über sie hinweg. Sie versuchte zu schreien, doch ihre Stimme ging in der Panik unter.

Jemand trat sie im Vorbeilaufen, und sie spürte, wie ihre Rippen splitterten. Schmerz fuhr ihr wie ein Messer durch die Brust, und sie begann zu husten. Wieder lief jemand über ihren Rücken hinweg, ein anderer trat auf ihren heilen Arm.

Sie versuchte, sich aufzurichten, aber es war zwecklos – Knochen brachen, und Muskeln gaben einfach nach, während die Menge sie zertrampelte. *Ich werde sterben,* erkannte sie voller Grauen. Sie hob den Blick, und von einer Wunde an ihrem Kopf rann ihr Blut in die Augen. Vor sich sah sie eine Frau in Weiß ruhig im Gedränge stehen. Die Leute schienen einfach an ihr vorbeizulaufen, und Ginny blinzelte heftig, als sie ein Pärchen *durch sie hindurch* rennen sah.

»*Ma petite,* ich werde über dein Kind wachen«, sagte die Frau.

Ich glaube dir, dachte Ginny mit ihrem letzten Atemzug.

Sechs

Freya

Wir treiben unser tödliches Spiel
Das Böse, das einen Namen trägt
Wir müssen unsere Wahl nun treffen
Verrat beherrschen wir meisterlich

Göttin, hört uns in der Nacht
Helft uns, richtig zu entscheiden
Gebt uns Kraft, zu überdauern
Bannt der Cahors Ängste alle

Avalon: Nicole

Nicole schluchzte vor Schmerzen. Sie war mit schweren Ketten an eine Kerkermauer gefesselt.

James versuchte, den Bann zwischen Nicole und Philippe, ihrem Liebsten, zu brechen. Die beiden Männer hätten unterschiedlicher nicht sein können. James war böse, er hatte Nicole gegen ihren Willen geheiratet und sie nun schon zum zweiten Mal entführt. Philippe war gut und freundlich, und er war die magische Vermählung mit ihr voller Respekt und Ehrerbietung eingegangen. Diese Zeremonie war völlig anders gewesen als die finstere Hochzeit, die James arrangiert hatte. *Rette mich, Philippe,* flehte sie im Geiste und wünschte, er könnte sie hören.

Der Gedanke an ihn beruhigte sie, stärkte ihre Nerven und half ihr, den Schmerz auszuhalten. Dennoch spürte sie, wie ein Teil ihres Geistes ihr entglitt. Sie ließ ihn los, den Teil, der nur entsetzt darüber war, was James ihr antat. Den Rest ihres Verstandes versuchte sie intakt zu halten, denn sie würde ihn brauchen, wenn ihre Chance kam. *Kam. Kam, nahm, Scham. Kam, nahm ohne Scham,* dachte sie bei sich.

James vor ihr fluchte. Eli war ebenfalls da, er stand ein wenig abseits im Schatten und beobachtete alles.

Eli starrte sie mit schmalen Augen an, und sie konnte beinahe sehen, wie sich die Rädchen in seinem Kopf drehten. *Drehten, beten, flehten,* dachte sie, um sich von ihrem Schmerz abzulenken.

James ritzte eine Linie quer über ihren Bauch. Sie spürte, wie Blut hervorquoll und in ihre Jeans rann. *Nähten, mähten, säten.*

Als Nächstes schlitzte James ihr einen Strich in die Stirn. Blut lief ihr übers Gesicht, und sie schmeckte es auf den Lippen. *Jäten, verspäten, Gräten … aber* Gräten *ist kein Verb …*

»Weib!«, rief James schrill und ritzte einen Kreis um ihr Herz. *Weib, bleib, Leib.*

»Ich schneide ihn aus deinem Geist, deinem Herzen und deinem Leib.«

Wein, klein, mein.

»Ich werde ihn auch aus deinem Schoß schneiden.«

Ihre Augen wurden schmal, und sie konzentrierte ihren Blick auf den Dolch in seiner Hand.

Nein.

Sie trat zu, und der Dolch flog in hohem Bogen durch die Luft und landete vor Elis Füßen. Nicole rückte ein Stückchen von der Mauer ab. »*Libero!*«, sang sie beinahe, und die eisernen Schellen fielen von ihren Handgelenken.

Eli starrte auf den Dolch zu seinen Füßen. Er bückte sich, hob ihn auf und strich mit dem Daumen langsam über die Klinge. Sie war mit Blut befleckt, Nicoles Blut. Ehe Nicole Philippe oder James gehört hatte, hatte sie ihm gehört. *Sie war meine Freundin, und sie hat mich angebetet.* Er starrte James an, der mit Nicole rang. *Er hat sie sich genommen, weil ich mich von ihm habe einschüchtern lassen. Er hatte kein Recht auf sie, aber er hat sie sich trotzdem genommen. Er ist arrogant und hochmütig, und es ist ihm gleichgültig, wen er auf seinem Weg niederwalzt, genau wie meinem Vater. Genau wie mir.*

Nicole kämpfte mit Klauen und Zähnen wie eine Wildkatze, und er konnte nicht anders, als insgeheim stolz auf sie zu sein. *Ich kann mich an eine Zeit erinnern, als sie nicht den Hauch einer Chance gehabt hätte, sich mit Magie oder den eigenen Fäusten zu wehren. Sie hat in den vergangenen zwei Jahren so viel gelernt …*

… aber ich war nicht derjenige, der sie all das gelehrt hat.

Ich hätte ihr Lehrer sein sollen. Damals, als sie gerade angefangen hat, mit Magie herumzuspielen. Ich hätte ihr vieles zeigen sollen. Dann wäre sie jetzt vielleicht mir *hörig … vielleicht wäre sie* meine *Gemahlin …*

Er schüttelte heftig den Kopf. *Ich will sie nicht.* Doch das war eine Lüge, und er wusste es. Er hatte im Grunde nie aufgehört, sie zu begehren.

Vielleicht sollte ich ihr helfen, dachte er, als James Nicole gegen die Wand schleuderte. Eli trat einen Schritt vor, ehe er sich zurückhalten konnte. *Du Idiot, wahrscheinlich hat sie dich mit einem Zauber belegt.*

Er zwang sich, tief durchzuatmen und die Arme vor der Brust zu verschränken. *Sie bedeutet mir nichts,* redete er sich ein, während James sie bewusstlos schlug.

Nicoles regloser Körper rutschte an der Wand hinab auf den Boden. Eli starrte auf ihre zusammengesunkene, blutige Gestalt. James stand keuchend da, und aus tiefen Kratzern um seine Augen lief ihm Blut übers Gesicht.

»Miststück«, fluchte James. »Jetzt nützt sie uns nichts mehr. Wir opfern sie heute Nacht, als Gabe an den Gehörnten Gott.«

Eli blinzelte. Er war nicht ganz sicher, was er davon halten sollte.

Der Oberste Zirkel: London

Jeder Winkel des Obersten Zirkels erbebte, als wütendes Gebrüll durch das Hauptquartier donnerte. Jedes Geschöpf innerhalb der Mauern, vom mächtigsten Dämon bis zur kleinsten Maus, zitterte vor Angst. Sir Williams Wut war grenzenlos.

Der Totenkopf-Thron zersprang. Ein Riss zog sich von oben bis nach unten, Knochensplitter flogen durch die Luft und durchbohrten den Hexer, der zitternd davorstand. Er wurde regelrecht zerfetzt und starb auf der Stelle. Seine Begleiterin fiel vor Sir William auf die Knie und senkte den Kopf. »Mein Fürst, wie immer stehe ich ganz zu Eurer Verfügung.«

Sir William starrte die junge Frau an. Sie war eines der

wenigen weiblichen Mitglieder im Obersten Zirkel. Da die Frauen ihren Brüdern zahlenmäßig so unterlegen waren, arbeiteten sie oft besonders hart, um Macht und Anerkennung zu erlangen. Diese junge Hexerin hatte sich in seinen Diensten unzählige Male bewährt.

»Steh auf, mein Kind«, befahl er.

Eve erhob sich, hielt den Kopf jedoch gesenkt. Er erforschte ihren Geist. Ein Gewirr von Emotionen schwappte ihm entgegen. Frauen, ob sie nun Hexen, Hexer oder gewöhnliche Sterbliche seien, hatten alle eine komplizierte emotionale Struktur. Langsam schälte er die Schichten aus Zorn, Begehren, Kummer und Freude auseinander. Schließlich erreichte er ihr Innerstes, und sie erschauerte. Befriedigt zog er sich aus ihrem Geist zurück. Die eine Emotion, nach der er gesucht hatte, fehlte. Sie fürchtete sich nicht vor ihm oder davor, dass er ihr das Gleiche antun könnte wie ihrem Begleiter.

Er lächelte gemächlich und wusste, dass er mit diesem boshaften Grinsen noch teuflischer aussah. Dann erhob er sich und projizierte seine Stimme in jeden Winkel und jede Höhle, um zu verkünden:

»Michael Deveraux hat dem Obersten Zirkel die Treue aufgekündigt. Von diesem Augenblick an ist er ein Gejagter. Wer mir seinen Kopf bringt, gewinnt meine Gunst und Reichtümer, von denen er – oder sie – nicht zu träumen gewagt hätte.«

Eve begegnete seinem Blick und nickte.

Er hob langsam die Hand vor ihr wie zum Segen. »Glück bei der Jagd, meine Liebe.«

Sie wandte sich ab und verschwand.

Sir William ließ sich wieder auf dem Thron nieder.

Michael Deveraux war nun ein Geächteter. Jeder Hexer des Obersten Zirkels würde nach ihm suchen.

»Michael Deveraux hat uns verraten«, zischelte eine Stimme aus den Schatten.

Sir William seufzte. »Ja, das überrascht mich nicht. Wir hätten das Haus Deveraux schon vor Jahren vernichten sollen.«

»Aber sie allein kennen das Geheimnis des Schwarzen Feuers.«

»Darauf warten wir schon viel zu lange«, knurrte Sir William.

»Dann kann ein wenig länger gewiss nicht schaden.«

»Wenn Michael Deveraux mir nicht Holly Cathers' Kopf bringt, schlage ich ihm seinen ab.«

Als die Stimme aus den Schatten zu kichern begann, stand Sir William auf. »Wache!«

Ein Hexer betrat eilig den Raum und blickte forschend in die Dunkelheit. Das Lachen hielt an und brachte den Mann sichtlich aus der Fassung. Sir William gestattete sich ein Lächeln über die Angst seines Untergebenen. »Bring James zu mir. Ich dulde keinen Aufschub.«

Der Mann nickte und verschwand.

»James, dein Sohn«, flüsterte der Schatten.

Sir William nickte. »Wir werden bald herausfinden, wie es um seine Loyalität wahrhaftig bestellt ist.«

Nicole: Avalon

Nicole kam mit einem Keuchen zu sich. Das Letzte, woran sie sich erinnern konnte, war ein Kampf mit James. Sie hatte ihm gerade den Schädel spalten wollen, als er sie erwischt hatte. Sie versuchte sich aufzusetzen, stellte aber fest, dass sie ans Bett gefesselt war. Grauen stieg in ihr auf. *Was hat James getan?* Sie schaffte es, den Kopf weit genug zu drehen, so dass sie die Ketten sehen konnte, die ihr linkes Handgelenk fesselten. *Oder was hat er vor?*

Schaudernd zerrte sie an den Ketten. Das metallene Scheppern schmerzte ihr in den Ohren, und sie verzog das Gesicht. Dann hob sie den Kopf und erkannte, dass auch ihre Knöchel in Eisen geschlagen waren. *Wunderbar.* Sie atmete langsam aus. *Göttin, komm zu mir, steh mir bei.*

Sie schloss die Augen und versuchte, ihre Mitte zu finden und ihre Energie zu fokussieren. Sie konzentrierte sich darauf, eine kleine Kugel aus Hitze in sich zu erschaffen. Ihr Geist wurde klarer, und sie richtete ihre Gedanken aus. *Zuerst die Ketten an meinem rechten Handgelenk.* Das Metall um das Schloss ächzte und quietschte, während sie die Stifte im Inneren durch ihren Willen zwang, sich zu bewegen. *Eli hat mir einmal beigebracht, ein Schloss auf die altmodische Art zu knacken. Ich wünschte, er hätte mir stattdessen beigebracht, wie das auf magischem Wege funktioniert.* Es ging quälend langsam, doch ein Stift nach dem anderen zog sich zurück, bis nur noch einer übrig war. Sie stieß und schob mehr Energie in das störrische Metall, bis die ganze Schelle um ihr Handgelenk heiß wurde und ihre Haut verbrannte.

Ignoriere den Schmerz, redete sie sich zu und arbeitete weiter an dem Schloss. Sie rümpfte die Nase, als der Gestank ihrer versengten Haut hineindrang. *Ignoriere den Geruch.* Dann, auf einmal, bewegte sich der Stift, rastete mit einem Klicken ein, und die metallene Handschelle sprang auf. Keuchend schüttelte sie die Hand, und die breite Fessel fiel herunter.

Sie starrte auf die Brandmale an ihrem Handgelenk. Die Haut schlug bereits Blasen. *Nicht gut.* Sie schloss die Augen und betete. *Göttin, sieh den verbrannten Arm, nimm dich meiner Wunde an, heile die Haut und nimm die Schmerzen, hilf, die Lahmheit auszumerzen.*

Ehrfürchtig beobachtete sie, wie die Brandblasen verschwanden. Auch der Schmerz ließ nach. Etwa eine Minute später war nur noch ein schwacher rötlicher Ring um ihr Handgelenk zu erkennen. *Eine Narbe?*, fragte sie sich. Plötzlich musste sie an Jer denken und die Narben, die das Schwarze Feuer an ihm hinterlassen hatte.

Ein Wunder, dass er überhaupt noch lebt, dachte sie. *Ich frage mich, welche dunkle Macht ihn am Leben erhalten und so weit geheilt hat, dass er als Mensch noch funktionieren kann …* Sie schauderte. *Was immer es sein mag, ich hoffe, ich werde ihm nie begegnen.*

Dann flüsterte eine Stimme aus der Dunkelheit: »Zu spät.«

Der Mutterzirkel: Santa Cruz

Anne-Louise Montrachet fühlte sich nicht wohl in ihrer Haut. *Da kommt etwas. Ich kann es spüren – in der Erde, im Wasser, aber vor allem in der Luft.*

Der Göttin und den Heilerinnen ihres Zirkels sei Dank war sie wieder gesund. Die Qualen während der Heilung hatten sie fast umgebracht, aber jetzt konnte sie sich beinahe mühelos und mit nur leichten Schmerzen bewegen.

Sie kräftigte ihre Beine auf den Pfaden im Wald und atmete tief die köstliche Luft.

Sie war zum ersten Mal in dieser Zuflucht des Mutterzirkels in den Hügeln von Santa Cruz in Kalifornien, obwohl sie schon viel darüber gehört hatte. Seit fünf Jahren besaß und nutzte der Coven dieses Anwesen jetzt. Wisper, die graue Katze, die auf rätselhafte Weise aufgetaucht war und sie offenbar adoptiert hatte, jagte hinter einer Eidechse im Gebüsch nach.

Santa Cruz war ein seltsamer Ort mit einer natürlichen, mystischen Energie, wie Anne-Louise sie noch nirgends sonst gespürt hatte. Merkwürdige Dinge geschahen angeblich in dieser Gegend. Es gab den berühmten »Mystery Spot«, wo die Schwerkraft anders zu wirken schien als normal. Das war nur eine von mehreren solchen Stellen auf der Erde, doch diese hatte die meiste Aufmerksamkeit erregt. Alfred Hitchcock war von einem Vogelschwarm inspiriert worden, der anscheinend verrückt gespielt hatte – die Vögel waren in Häuser geflogen und dabei umgekommen oder hatten die Menschen angegriffen, die nach draußen geflohen waren. Dieser Vorfall, auf dem der Film *Die Vögel* beruhte, war nur eine der seltsamen Begebenheiten, die in dieser Gegend geschahen.

Faszinierender und verstörender als diese Geschichten fand Anne-Louise jedoch die Berichte über satanische Rituale in ebenden Hügeln, in denen sie gerade spazieren ging. Jedes Jahr versammelten sich hier unwissende, gelangweilte, rebellische Studenten von der UC Santa Cruz und anderen Universitäten, um bizarre Rituale abzuhalten und zahllose Tiere zu opfern. Besorgt wandte sie sich nach Wisper um.

Die Katze hielt inne, sah sie an, eine halbe Eidechse im Maul, und neigte fragend den Kopf zur Seite. Die jungen Leute, die sich an solchen Umtrieben beteiligten, hatten meistens keine Ahnung von Magie – sei sie nun weiß, schwarz oder grau. Die »Rituale« waren nur ein Ventil für ihre pervertierte, sadistische Natur. Aber ein paar von ihnen verehrten den Gehörnten Gott und benutzten die Übrigen als Tarnung für ihre Aktivitäten. Seit der Mutterzirkel sich in diesen Hügeln angesiedelt hatte, arbeiteten die Hexen daran, solche Gräuel auszumerzen. *Wahre Hexen töten keine Katzen,* dachte Anne-Louise. *Umso mehr Grund, Holly zu fürchten.*

Die junge Hexe hatte ihr vom ersten Augenblick an Angst gemacht. Sie besaß zu viel Macht, vor allem für jemanden, der noch so jung an Jahren und so neu in den Künsten war. *Ihre ganze Familie ist so.* Anne-Louise selbst hatte jahrelang lernen und hart arbeiten müssen, um auch nur ein paar der einfachsten Zauber zu beherrschen, mit Ausnahme von Bannen. Schutzbanne waren ihre Spezialität – ihre »Gabe«, wie die Hohepriesterin das nannte. Jede Hexe besaß eine besondere Begabung, einen Bereich, in dem sie Herausragendes vollbrachte. Was Holly so gefährlich machte, war, dass sie alles herausragend beherrschte und sich keinerlei Disziplin hatte unterwerfen müssen, um all das zu lernen.

Die Bäume ächzten, als der Wind auffrischte, und Anne-Louise blickte sich beklommen um. *Ja, es kommt etwas,* dachte sie. *Und wenn es uns erreicht, werden wir alle in größten Schwierigkeiten stecken.*

Nicole: Avalon

Nicole zitterte. »Wer ist da?«, rief sie.

Leises, höhnisches Gelächter war die einzige Antwort.

Sie nahm aus dem Augenwinkel eine Bewegung wahr, eine Andeutung von etwas, das nicht ganz da war. Sie wandte den Kopf, und es war weg. »Göttin?«, flüsterte sie. Sie betete darum, dass es ihre Göttin sein möge, obwohl sie schon wusste, dass sie es nicht war.

»Nein.«

Sie riss den Kopf wieder in die Richtung herum, aus der die Stimme kam, aber da war nichts. »Seid Ihr der Gehörnte Gott?«, fragte sie und schluckte gegen einen Kloß in ihrer Kehle an.

Wieder dieses Lachen. »Nein.«

»Wer oder was bist du dann?«, fragte sie forsch, obwohl ihr der eigene Herzschlag in den Ohren dröhnte.

»Etwas, das du nicht verstehen kannst!«, brüllte es, und dann war es plötzlich auf ihr, presste sich an sie, bewegte sich durch sie hindurch.

»Und jetzt – bin ich nicht länger allein.«

Als es sich mit ihrem Geist vermischte, fühlte sie etwas Böses, uralt und geheimnisvoll. Sie fühlte Wut, Lust und Tücke. Und da war noch etwas …

… zwei Geister.

Kari: Kalifornien

Kari raste die Interstate 5 entlang und ließ das Örtchen Winters hinter sich zurück, so schnell sie konnte. »Na los, na los!«, rief sie und drückte auf die Hupe. Sie überholte den Wagen vor ihr, trat aufs Gas und warf einen Blick auf die Uhr am Armaturenbrett.

Jeden Moment würden die anderen merken, dass sie weg war, dass sie nicht zurückkehren würde. Sie musste so weit wie möglich von ihnen fortkommen, ehe die anderen Pablo wie einen Bluthund auf sie ansetzten – oder, schlimmer noch, diesen mysteriösen neuen Cousin, Alex.

Sie hatten sich alle gemeinsam in der Ferienhütte ihrer Familie in der Nähe von Winters versteckt, ganz in der Nähe der Universitätsstadt Davis. Während sich die anderen an Alex gewöhnten und ihre magischen und sonstigen Vorbereitungen für den Abend trafen, hatte Kari sich erboten, einkaufen zu gehen. Wundersamerweise hatten sie ihr erlaubt, allein loszufahren.

Sie war an dem kleinen Supermarkt vorbeigefahren und weiter den Freeway entlang, so schnell sie konnte. *Ich packe das nicht mehr. Ich habe es satt, nur darauf zu warten, dass auch ich getötet werde wie die anderen. Und Alex … Alex macht mir solche Angst.*

Sie wusste nicht, warum, aber er hatte irgendetwas an sich, das sie beunruhigte. Sie trat noch fester aufs Gaspedal. Sie musste sich sammeln, sie musste nachdenken. Doch sie hatte das scheußliche Gefühl, dass sie, selbst wenn sie dem Coven entkommen konnte, nirgends sicher sein würde. In ihren finsteren Gedanken leuchtete schwach eine hoffnungsvolle Idee auf.

Was, wenn ich die beiden Seiten dazu bringen könnte, den Kampf zu beenden? Was, wenn ich sie zu einem Waffenstillstand bewegen könnte? Es muss doch eine Möglichkeit geben, wie wir in Frieden miteinander leben können.

Sie kniff nachdenklich die Augen zusammen. Jer hatte ihr einmal erzählt, dass sein Vater ein Haus in der Wüste hatte, eine Art spirituellen Zufluchtsort. In New Mexico. *Wenn die anderen schon nicht auf mich hören wollen, wird er mir vielleicht zuhören.*

Nicole: Avalon

Nicole wachte auf und übergab sich. Sie versuchte, sich auf die Seite zu rollen, doch die Ketten, die noch immer ihre Fußknöchel und das linke Handgelenk fesselten, ließen es nicht zu.

Hinter sich hörte sie eine vertraute, verhasste Stimme. »Du siehst grässlich aus.«

James! Sie wandte langsam den Kopf und starrte ihn an. »Was ist auf dieser Insel?«

»Wie bitte?«, fragte er verwirrt.

»Du hast mich schon verstanden«, fauchte sie. »Wir sind auf einer Insel, auf Avalon. Und hier ist irgendetwas.«

Er zögerte kurz, und in diesem Augenblick erschien er ihr beinahe menschlich, verletzlich und unsicher. »Als ich noch klein war, dachte ich …«

»Was dachtest du?«, bohrte sie nach.

»Nichts«, herrschte er sie an, und die harte Fassade war wieder undurchdringlich.

»Sag es mir!«

Er zuckte mit den Schultern, und ein boshaftes Grinsen breitete sich über sein Gesicht. »Da wirst du wohl die Geister fragen müssen, wenn ich dich erst in einen verwandelt habe.« Er warf ein Kleid neben sie aufs Bett.

»Das hast du an, wenn ich in fünf Minuten zurückkomme.«

»Sonst ...?«

»Sonst ziehe ich dich an«, sagte er und beugte sich über sie, um sie hämisch und lüstern anzugrinsen.

Angewidert wandte sie das Gesicht ab. Sie hörte, wie er zur Tür ging und sie öffnete. Dann fielen mit lautem Scheppern die Ketten von ihrem Handgelenk und ihren Knöcheln ab. Die Tür schloss sich, als sie sich aufrichtete.

Er will mich opfern, dachte sie und starrte auf das Kleid. *Tja, er wird feststellen, dass ich nicht so leicht zu töten bin.*

Astarte hüpfte mit einem leisen *Miau* auf ihren Schoß. Nicole streichelte kurz das weiche Fell, ehe sie die Katze aufs Bett setzte, damit sie sich anziehen konnte. Astarte besaß eine beinahe unheimliche Fähigkeit, sich rar zu machen, wenn James in der Nähe war.

»Das liegt daran, dass ich ihn nicht ausgewählt habe.« Die Katze hatte den Mund geöffnet, und eine starke, aber eindeutig weibliche Stimme sprach daraus.

»Göttin«, keuchte Nicole.

»Ja, Kind. Ich habe über dich gewacht, dich geführt. Deine Zeit ist noch nicht abgelaufen. Sie hat eben erst begonnen.«

»Und diese Biester, die mich angegriffen haben?«

»Der Verräter und sein Lehrling.«

»Was wollten sie von mir?«, fragte sie, während sie sich das Sweatshirt über den Kopf zog.

»Das, was sie stets wollen – korrumpieren, verderben.«

»Warum gerade mich?«, fragte sie und trat in das Kleid.

»Weil du die Zukunft bist.«

Nicole zog den Reißverschluss hoch und wollte gerade

fragen, was das bedeutete, als sie ein Geräusch an der Tür hörte. Die Katze verschwand, und Nicole drehte sich um und stand James gegenüber.

Er trat ein und musterte sie wohlwollend von oben bis unten. »Du wirst heute Nacht ein hübsches Opfer für den Gehörnten Gott abgeben.« Er kam näher und packte sie am Oberarm. Dann zog er sie an sich, bis sie nur noch wenige Fingerbreit trennten. »Ein Jammer, dass du keine Jungfrau mehr bist, wie wir beide wissen.«

Sie lächelte höhnisch. »Ja, dafür sollte ich mich noch bei Eli bedanken.«

»Schlampe!«, fauchte er und hob die freie Hand, um sie zu schlagen. Sie blickte nur lächelnd zu ihm auf. Sie hatte seinen wunden Punkt getroffen. *Das war's, James. Ich habe gewonnen.*

Er wusste es auch. Sie konnte es in seinen Augen sehen. Mit einem wütenden Knurren wandte er sich ab und zerrte sie zur Tür. Statt sich ihm zu widersetzen, schüttelte sie seine Hand ab – *Wie habe ich denn das geschafft?* – und ging neben ihm her.

Als sie das Verlies erreichten, schloss er sie in einer Zelle ein. »Ich komme bald und hole dich.«

»Glaubst du wirklich, diese Gitter könnten mich festhalten, James, wenn ich ihnen befehle, es nicht zu tun?«, fragte sie höhnisch. Das Blatt hatte sich gewendet, und obwohl sie seine Gefangene war, besaß sie jetzt irgendwie alle Macht.

James brachte den Laufburschen beinahe um. »Was soll das heißen, mein Vater will mich auf der Stelle sehen?«

Der Mann, der zu seinen Füßen kniete, hielt den Blick gesenkt. »Er erwartet Euch … ohne Verzögerung.«

James' Blut kochte vor Frustration. Die Opferung seiner Braut würde warten müssen. Er spielte noch immer das Spielchen seines Vaters mit, gab den pflichtbewussten Sohn, und er war noch nicht bereit, diese Farce zu beenden.

Als James in das Boot stieg, um nach England überzusetzen, bemerkte er nicht, dass ein weiteres Boot hundert Meter entfernt soeben anlegte. Der dichte Nebel verbarg auch dessen Insassen vor ihm. Die Insel war seit Jahrhunderten mit starken Bannen geschützt, erst recht seit Nicoles Flucht aus dem Hauptquartier. Sobald sie verschwunden war, hatten sie Barrieren installiert, die es unmöglich machten, auf der Insel ein Portal zu öffnen.

Deshalb krabbelten jetzt die vier riesigen, schwerfälligen Gestalten aus dem Boot, das sie hatten stehlen müssen, um die Insel zu erreichen. Weil sie im gleichen Moment landeten, als James' Boot ablegte, lösten die Sensoren keinen Alarm aus. Sie hatten Glück, aber Glück kannten die Golems nicht. Sie kannten nur die Aufgabe, die ihnen übertragen worden war, und versuchten nun schon seit einigen Tagen, Nicole Anderson zu finden und zu töten.

Sieben

Modron

Wir schwanken nun in unserem Streben
Grüner Mann, so rate uns
Sollen wir töten oder stehlen
Und wo wird die Saat am besten gedeihn

Verrat umgibt uns allenthalben
Nur noch weinen hört man uns
Sterben werden wir zum Windmond
Opfer hexerischer Lügen

Kari: New Mexico

Kari kurvte um die orangeroten Fässer, die ihre Fahrspur auf dem Freeway einschränkten. Strömender Regen schlug auf das Autodach wie Fäuste in Panzerhandschuhen. Sie verstand nicht, warum die Spur abgeleitet wurde, denn sie sah nirgends eine Baustelle, aber so kam sie noch schlechter voran … und es war ohnehin schon schwierig genug.

Ihre Scheibenwischer konnten gegen diese Sintflut nichts ausrichten. Der Regen schoss so schnell und heftig wie ein

Wasserfall an ihrer Windschutzscheibe herab. Die ganze Straße stand auf einmal unter Wasser, ihre Reifen verloren kurz die Haftung, und sie schrie auf und umklammerte das Lenkrad.

Kari kämpfte sich über ein hoch gelegenes Wüstenplateau. Ihr Nacken und ihre Schultern waren vor Angst verkrampft. Als sie in ihrem Motelzimmer aufgewacht war, hatte sie in den Nachrichten von den drohenden Sturzfluten gehört. Aber irgendetwas hatte ihr befohlen, trotzdem zu fahren, immer weiterzufahren, und sie wusste nicht, ob die fordernde Stimme in ihrem Kopf die eines Freundes oder eines Feindes war. Es könnte ein Mitglied des Covens sein, das versuchte, sie aufzuspüren, weil sie davongelaufen war. Es könnte auch einer dieser grässlichen Golems sein … oder sogar Holly selbst.

Ihr Magen verkrampfte sich. Sie hatte entsetzliche Angst vor dem, was aus Holly geworden war. Was würde Jer wohl von seiner kostbaren »Seelengefährtin« halten, da sie jetzt praktisch keine Seele mehr besaß? Kari konnte ihm beinahe verzeihen, dass er sie um Hollys willen abserviert hatte. Verdammt, Holly war die stärkste Hexe auf der Welt, und er war ein Hexer. Aber sie war auch diejenige, die ihn im Schwarzen Feuer in ihrer Schule dem Tod überlassen hatte. Seine schrecklichen Narben bewiesen doch ihre »Liebe« zu ihm.

Kari war vielleicht nicht so aufregend wie Holly, aber sie war ganz sicher sehr viel loyaler. Sie war im Zirkel geblieben, obwohl sie damit ihr Leben aufs Spiel gesetzt hatte. Sie hatte dem Zirkel ihre Wohnung als Treffpunkt angeboten, ehe auch das zu riskant geworden war. Niemand hatte sie gefragt, ob sie das wollte, aber sie war an Bord geblieben, als die anderen sie gebraucht hatten. Sie selbst hatte sich nur gewünscht, weiterzustudieren, Jeraud Deveraux' Freundin zu sein und hier und da ein wenig von seiner magischen Tradition zu lernen.

Wie hätte ich denn ahnen können, dass seine Familie schwarze Magie betreibt?

Es war, als würde sie für ihren Ehrgeiz bestraft. Dafür, dass sie etwas über Dinge lernen wollte, die ihre geistigen Grenzen herausfordern würden, dass sie mehr erkunden wollte als die gewöhnliche Welt …

Du wusstest es, tadelte sie sich scharf. *Du wusstest über seine Familie Bescheid. Irgendwo tief in deinem Innern hast du akzeptiert, dass sie abgrundtief böse waren.*

Nein …

Und du hattest immer Schuldgefühle wegen deiner Beziehung zu ihm. Er ist so viel jünger als du. Du hast ihn benutzt, das mit euch war schon immer ein Tauschhandel – Sex gegen Magie.

Hey, das war für uns beide kein schlechtes Geschäft, und er war alt genug, um zu wissen, was er tut …

… und dann hast du dich tatsächlich in ihn verliebt.

Tränen traten ihr in die Augen.

Jetzt ist Holly völlig der Finsternis verfallen. Wenn ich sie und Michael Deveraux nicht aufhalte, werden sie uns alle umbringen.

Plötzlich verlor sie die Kontrolle über den Wagen. Sie spürte, wie das Wasser die Räder von der Straße hob und vorwärtskatapultierte. Das Auto schwankte und drohte auszubrechen, und Kari schrie auf, hielt das Lenkrad fest und schoss über das Wasser, bis die Räder wundersamerweise wieder Kontakt zum Asphalt bekamen.

Sie hatte die zahlreichen Warnungen im Fernsehen ignoriert. Bei den berüchtigten Sturzfluten in New Mexico kamen Jahr für Jahr Menschen zu Tode, die meisten Opfer waren mit dem Auto unterwegs. Offenbar waren heute alle zu Hause geblieben, denn sie konnte in der Dunkelheit keine anderen Scheinwerfer erkennen. Das einzige Licht, das sie vor einiger Zeit gesehen hatte, waren seltsame, feurige Rauchwolken gewesen, die aus hohen Türmen in der Ferne geschossen waren wie die Abluftfahnen einer Raffinerie.

Da sind sie wieder, dachte sie und spähte mit zusammengekniffenen Augen durch die Windschutzscheibe. Dann schnappte sie nach Luft.

Diese Rauchwolken sahen ganz anders aus als die vorhin. Die drei hier ragten viel höher in den Himmel auf, und sie strahlten im leuchtenden Blau magischer Energie.

Noch während sie hinsah, flackerten sie, erloschen, und dann erschienen sie wieder, noch heller als zuvor.

Sie sind näher gekommen, erkannte Kari.

Erneut erloschen sie und erschienen gleich darauf wieder.

Noch näher.

Sie hielt den Wagen an.

Die drei strahlenden Wolken flammten etwa drei Meter vor ihr auf. Sie erleuchteten die schwarze Straße und tauchten das Wageninnere in bläuliches Licht.

»Oh mein Gott«, flüsterte sie. Ihr stockte der Atem.

Dann verschwanden die Flammen. Ehe sie irgendetwas tun konnte, schossen vor und hinter dem Wagen Feuerwände aus dem Boden, die ihre blauen Flammen wie Geysire hoch in den regennassen Himmel spien.

Kari schrie laut auf, riss unwillkürlich das Lenkrad nach links herum und trat das Gaspedal durch. Sie schrie weiter, während sie schnurstracks auf die Wand aus blauen Flammen zuhielt. Dann zog sie die Hände vom Lenkrad und hielt sie schützend vors Gesicht. Sie kniff die Augen zusammen und schrie aus voller Kehle.

Dann hoben die Reifen erneut von der Straße ab – zumindest fühlte es sich für Kari so an. Sie legte die Hände wieder ans Lenkrad und öffnete die Augen.

Obwohl der Regen immer noch aufs Dach prasselte, war ihr Honda jetzt vollständig von dem blauen Leuchten umgeben. Die einzelnen Flammen züngelten und tanzten und erlaubten ihr einen Blick in die Dunkelheit hinter ihrem Seitenfenster. Sie reckte den Hals und schaute auf die Straße hinab.

Sie konnte einen schmalen Streifen Highway erkennen, in trübes gelbliches Licht getaucht, und weiter entfernt die glitzernden Lichter des nächsten Ortes.

Oh Gott, ich fliege, dachte sie und fuhr hastig von der Scheibe zurück. Wimmernd starrte sie durch die Windschutzscheibe hinaus, dann durch das andere Seitenfenster. Unbewusst zog sie die Füße vom Boden hoch.

Sie kauerte sich hinter dem Lenkrad zusammen und murmelte einen Schutzzauber. Der Wagen sackte ab, und sie kreischte auf. Dann fing sich das Auto wieder und flog weiter.

Als die Flammen sich kurz teilten, entdeckte sie wieder die Lichtpunkte des kleinen Ortes durch ihr Seitenfenster. Der Wagen glitt von ihnen weg, hinaus in die endlose Weite der menschenleeren Wüste.

Was, wenn das Licht mich fallen lässt? Was, wenn ich in der Wüste lande und das Auto in einen Arroyo gespült wird und ich ertrinke?

»Göttin, hilf mir«, murmelte sie und faltete die Hände

wie zum christlichen Gebet. Sie spürte keine Antwort, keinen Trost. Sie hatte noch nie etwas gespürt. Sie war nicht sicher, ob es überhaupt eine Göttin gab. Sie wusste nicht, wer dafür sorgte, dass die Zauber des Zirkels wirkten. Oder wer den Beschwörungen der Deveraux gehorchte. Sie hatte ihre Erforschung der Magie als Volkskundlerin begonnen. Ihr war bewusst, dass entgegen der allgemeinen Annahme die religiösen Varianten von Wicca, Heidentum, Schamanismus und anderen magischen Traditionen ihre obersten Gottheiten alle ein wenig unterschiedlich interpretierten. Die Göttin der einen Hexe war nicht unbedingt auch die einer anderen.

Einem Impuls folgend, streckte sie die Hand aus und schaltete das Radio an. Der Lärm des trommelnden Regens hatte es ihr vorhin unmöglich gemacht, etwas von den schwachen Signalen zu verstehen, die das Autoradio empfangen hatte.

Jetzt war überhaupt nichts zu hören, nicht einmal statisches Rauschen.

Sie drückte auf die Hupe. Auch die war tot.

»Hilfe!«, schrie sie. »Es tut mir leid!«

Und es tat ihr *wirklich* leid. Schuldgefühle und Reue überwältigten sie, obwohl sie nicht einmal sicher war, warum genau. Aber tief im Herzen wusste sie, dass es falsch gewesen war, den Coven zu verlassen und Michael Deveraux zu suchen – ganz egal, was für Rechtfertigungen sie dafür gefunden hatte.

Ganz egal, was ich mir vorgelogen habe. Und dafür werde ich jetzt bezahlen. Er hat mich gefunden, und er wird mich töten, denn genau das ist er, ein bösartiger Mörder, und … und … was zum Teufel habe ich mir nur dabei gedacht?

Im prasselnden Regen glitt das Auto dahin. Kari begann zu weinen und schluchzte so heftig, dass es ihr den Magen umdrehte. Galle stieg ihr die Kehle hoch und brannte in ihrer Speiseröhre. Als sie zu schlucken versuchte, stellte sie fest, dass es nicht ging. Sie saß mit zusammengebissenen Zähnen da und weinte immer verzweifelter, bis sie heulte wie eine Wahnsinnige.

Dann ertappte sie sich dabei, wie sie laut das Vaterunser herbetete, ohne auf die Worte und ihre Bedeutung zu achten. Das war nur ein Reflex aus ihrer Kindheit. Sobald sie bemerkte, was sie da tat, lauschte sie den Worten aufmerksam, doch auch darin fand sie keinen Trost.

Alle Götter und Göttinnen haben mich verlassen, dachte sie verbittert. *Diesen Dämonen muss ich mich ganz allein stellen.*

Buchstäblich.

Sie hatte keine Ahnung, wie lange sie so dahintrieb, getragen von dem magischen Leuchten. Doch irgendwann war sie erschöpft vom vielen Weinen, und ihr wurde der Kopf schwer. Verschwommene Bilder glitten vor ihren geschlossenen Lidern vorüber – glücklichere Zeiten mit Jer, als sie Händchen gehalten und sich angelächelt hatten. Sie und Jer, klatschnass und schwindelig in der Schwitzhütte. Kialish und Eddie waren auch dabei gewesen, und jetzt waren sie beide tot …

Oh Gott! Ich habe das viele Sterben so satt! Ich habe solche Angst!

Dann hörte sie Vögel kreischen und öffnete die Augen. Ihr stockte der Atem. Sie schluckte schwer, ballte die Hände im Schoß zu Fäusten und packte dann das Lenkrad – als würde das irgendetwas nützen.

Das Auto war von Leibern umgeben, die im Mondlicht

schimmerten. Dutzende Bussarde flogen zu beiden Seiten neben ihr her. Einer bewegte ruckartig den Kopf in ihre Richtung. Seine Augen glühten blutrot, und er öffnete und schloss den Schnabel wie ein unheimlicher Roboter. Kari schrak zurück und blinzelte fassungslos nach draußen. Der Vogel starrte sie weiterhin an, dann schloss er den Schnabel und richtete den Blick wieder nach vorn.

Als Nächstes hörte sie ein seltsames Geräusch, das sie anfangs für ihren eigenen Herzschlag hielt – ein rhythmisches *Wumm-wumm, wumm-wumm.* Sie lauschte, eine Hand an die Brust gepresst. Der Rhythmus stimmte nicht. Ihr Herz schlug viel schneller, und ihr wurde klar, dass der Laut von irgendwo außerhalb des Wagens kam.

Sie starrte zu der riesigen Schar Vögel hinaus. *Das sind ihre Schwingen,* erkannte sie entsetzt. Die Vögel flogen in vollkommenem Einklang dahin, ihre Flügel wogten im Regen auf und ab, auf und ab. Kari stand ein Bild von Galeerensklaven vor Augen, die an schmale Ruderbänke gekettet schwere Riemen hoben und senkten, stets in dem Takt, den der Rudermeister vorgab.

Wumm-wumm, wumm-wumm … und dann wurde das Geräusch langsamer und verschwamm. Sie spürte, wie ihr Kopf an die Kopfstütze sank. Ihre Augen blieben zwar offen, aber sie sah keine Vögel mehr, keinen Nachthimmel und kein Mondlicht. Ihr Gesichtsfeld flimmerte, Farben rannen ineinander, als fiele Regen auf eine Kreidezeichnung, und dann platzte ein fremder Ort in ihre Wirklichkeit, und eine neue … oder sehr alte … Zeit.

Eine sehr alte Zeit.

Frankreich, im 13. Jahrhundert

»Allons-y!«, rief der prachtvolle Edelmann zu Pferde. Er war der Erbe des Hauses Deveraux, Jean. Und dies war die große Jagd für seine Hochzeitstafel. Er sollte noch in dieser Nacht mit Isabeau de Cahors vermählt werden, der Tochter des rivalisierenden Hexengeschlechts.

Und dann wird er mich vergessen, dachte Karienne niedergeschlagen. Sie saß rittlings zu Pferde wie ein Mann und folgte in diskretem Abstand. Zwar wusste fast die gesamte Jagdgesellschaft, dass sie Jeans Geliebte war, aber die Leute wussten auch, dass er sie fortan verschmähen würde. Er musste sich seine Manneskraft für das Ehebett aufsparen und Isabeau so bald wie möglich schwängern. Das war die stille Vereinbarung zwischen den beiden Familien.

Wie immer sah Jean beeindruckend gut aus. Sein mit Hermelin besetzter Umhang fiel über den Sattel und den kurz geflochtenen Schweif seines Schlachtrosses. Der Reiter reckte den linken Arm in die Luft, und der prachtvolle Bussard Fantasme, der auf dem Lederhandschuh gesessen hatte, schwang sich in den goldenen Himmel und flog auf das Dickicht unmittelbar vor ihnen zu.

Der Jubel der Jäger vermischte sich mit dem gleichförmigen Rhythmus der Trommler, die vorangingen. *Wumm-wumm, wumm-wumm*, in scharfem, gnadenlosem Takt verkündeten sie *den Tod, den Tod* … Vorerst jagten sie nur Vögel, Hasen und Hirsche.

Aber bald würden sie beginnen, die Leibeigenen aus ihren Verstecken zu hetzen, damit sie noch heute Nacht dem Gehörnten Gott geopfert wurden.

Wumm … wumm …

Karienne reckte das Kinn und verbot sich die Tränen, die ihr in die Augen steigen wollten.

Ich habe meinen Stolz. Ich bin immer noch schön.

Aber so ich könnte, würde ich diese Schlampe von einer Cahors töten und ihn verhexen, damit er mich zur Frau nimmt …

So ich könnte …

So ich könnte …

Wumm-wumm … wumm-wumm …

Mit einem scharfen Japsen öffnete Kari die Augen und richtete sich im Fahrersitz auf.

Wow, war das ein Traum? Es war so echt. Bin ich wirklich in die Vergangenheit gereist? War ich … war irgendein Teil von mir tatsächlich Jeans Geliebte? Denn auf sehr seltsame Weise wäre das ganz logisch, wenn man bedenkt, was in letzter Zeit mit uns allen geschehen ist …

Ihr blieb keine Zeit, noch länger darüber nachzudenken. Der Wagen neigte sich abwärts und flog schräg auf den Boden zu. Die Schwingen der Vögel schlugen weiterhin beständig neben ihr, und das Auto war von demselben blauen Leuchten umgeben wie zuvor.

Ängstlich trat sie auf die Bremse, erkannte dann, wie albern das war, und zog den Fuß zurück. Sie zwang sich, langsamer zu atmen – sie hatte unwillkürlich zu keuchen begonnen –, und flüsterte vor sich hin: »Karienne.«

Abrupt hörte der Regen auf, als hätte jemand einen Wasserhahn zugedreht. In dem einen Moment tobte noch ein Unwetter am Himmel, im nächsten … Stille.

Mit einem leisen Ticken im Metall kühlte der Motor ab. Kari hatte den Atem angehalten, und jetzt stieß sie ihn langsam aus. Ihr Herzschlag donnerte in ihrer Brust und rauschte ihr in den Ohren.

Das Auto sank weiter abwärts. Rechts von ihr schimmerte weiches gelbes Licht durch die Dunkelheit, und sie erkannte die niedrigen Umrisse eines Lehmziegel-Hauses im typischen Adobe-Stil von New Mexico. Ein gewundener Pfad führte zu dem Gebäude. Ansonsten war die Landschaft öde und leer.

Während sie das Haus betrachtete, erschienen über der dunklen Silhouette hauchzarte Bilder von Bäumen und üppigem Unterholz. Das war der Wald aus ihrem Traum.

Die Schwingen der Vögel waren ein Echo der Trommeln bei der Jagd.

Langsam, einer nach dem anderen, verblassten die Vögel und verschwanden schließlich ganz. Auch der Wald löste sich auf. Bald waren nur noch sie und das Auto am Himmel, und unter ihr das schwach erleuchtete Fenster.

Vom Eingang des Hauses aus erstreckten sich dicke Holzbohlen zu beiden Seiten. Drei Stufen führten zu einer Tür, die offenbar ebenfalls aus Holz bestand.

Das muss Michaels Haus sein, dachte sie. *Er hat mich zu sich geholt.*

Sie gab keinen Laut von sich, sondern starrte nur die Tür an und wappnete sich für den Moment, da sie aufgehen würde. Automatisch vergewisserte sie sich, dass alle Autotüren verriegelt waren – das waren sie –, und dann lächelte sie grimmig darüber, wie lächerlich das war. Wie absolut überflüssig. Wer auch immer sie hinter dieser Tür erwartete, hatte ihr Auto *fliegen* lassen, Herrgott noch mal.

Ihr unglückliches Lächeln war noch nicht verblasst, als

das Schloss der Fahrertür sich mit einem Klicken von selbst öffnete.

Dann schwang die Tür auf.

»Auf keinen Fall«, murmelte sie. Sie fasste die Tür nicht an, rührte sich nicht. Ihr Herz schlug noch schneller, und sie begann so flach zu atmen, dass ihr schwindelig wurde.

Die Tür blieb, wo sie war, als beharre sie darauf, dass Kari ausstieg.

Neue Tränen stiegen ihr in die Augen, und ihr Gesicht kribbelte vor Angst. Auf einmal fühlte sie sich wie benommen – ihr war nicht bewusst gewesen, wie erschöpft sie nach dem Kampf gegen Regen und Sturm war. Sie hatte keine Reserven mehr, um mit ihrem Grauen fertig zu werden.

Ein paar Sekunden später versuchte sie sich zu bewegen, kam aber nicht vom Fleck. Sie war noch angeschnallt. Es würde sie enorme Willenskraft kosten, den Gurt zu lösen, und ihre zitternden Finger drückten fahrig auf dem Schloss herum. Schließlich nahm sie sich zusammen und drückte so energisch auf den Verschluss, dass ein Fingernagel abbrach. Der Gurt glitt in die Halterung zurück wie eine Schlange.

Die Lampen vor der Haustür leuchteten. Ein kalter Wind blies Kari Sand an den Oberschenkel, und endlich rührte sie sich. Sie schwang das linke Bein vom Sitz, suchte Halt auf dem losen Kies und sprang dann hastig aus dem Auto.

Unsicher richtete sie sich auf. Den Blick fest auf das Haus gerichtet, schlug sie die Autotür zu und ging um die Motorhaube herum, wobei sie die Hand danach ausstreckte, als wolle sie den Wagen ermahnen, ja nicht von allein anzuspringen und sie zu überrollen.

Dann setzte der Regen wieder ein und durchweichte sie von Kopf bis Fuß. Sie schrie auf und hielt sich die Hände über den Kopf. Sie spürte, wie der eiskalte Guss ihr das Make-up vom Gesicht spülte, alles auf einmal, als hätte sie eine Maske getragen.

Trotz des Regens lief sie nicht los – sie konnte einfach nicht. Stattdessen ging sie unsicher weiter über die gekieste Auffahrt auf die drei Stufen zu, die zur vorderen Veranda führten.

Sie stieg hinauf und erinnerte sich daran, dass auch in Seattle drei Stufen zur Haustür der Deveraux geführt hatten. *Drei* war eine magische Zahl, und Michael Deveraux war Architekt. Wenn er dieses Haus gebaut hatte, waren diese Stufen aus einem bestimmten Grund da.

Unter dem Vordach trat sie auf einen Fußabstreifer in Rot und Grün – den Farben des Deveraux-Covens – mit der schwarzen Silhouette eines Vogels, eines Bussards, in der Mitte. Sie achtete darauf, nicht auf den Vogel zu treten, doch dann überlegte sie es sich anders und drückte den Absatz ihres Stiefels mitten in das Vogelgesicht.

Ich lasse mich von ihm nicht einschüchtern, schwor sie sich, um dann beinahe laut aufzulachen. *Okay, ich lasse mich wohl doch von ihm einschüchtern.*

Aber ich werde nicht zulassen, dass er mich umbringt.

Sie hob die Hand. In der Mitte der geschnitzten Tür schimmerte das Mondlicht auf einem Türklopfer. Es war eine bronzene Darstellung des Grünen Mannes – ein Aspekt des Gottes als Naturgottheit.

Sie holte tief Luft und klopfte.

Es überraschte sie nicht, dass die Tür sogleich aufschwang.

Sie nahm die letzten Reste ihres Muts zusammen und tat einen Schritt über die Schwelle. Jetzt stand sie in pechschwarzer Finsternis wie in einem Kokon, der das Prasseln des Regens draußen dämpfte.

Ich werde sie alle an ihren schlimmsten Feind verraten: Michael Deveraux. An den Mann, der schon lange versucht, uns alle zu vernichten.

Ja, und er wird es schaffen ... wenn ich keine Möglichkeit finde, ihn aufzuhalten. Ich wollte das nicht. Ich wollte nichts von alledem. Vom ersten Tag an haben sie mich bedrängt und mich dazu gebracht, alles mitzumachen.

Kälte und Angst drangen ihr bis in die Knochen. Sie zitterte, und ihre Knie drohten nachzugeben. Tränen liefen ihr über die Wangen, salzig und wärmer als der eisige Regen.

Dann schwebte plötzlich ein weiches goldenes Licht dicht vor ihren Augen, und sie blinzelte erschrocken.

Michael Deveraux stand keinen halben Meter vor ihr. Über seiner ausgestreckten Handfläche hing eine flammende Kugel, etwa so groß wie ein Golfball, die sein Gesicht von unten halb beleuchtete, so dass seine schattenhaften Züge unglaublich finster wirkten. Er hatte langes schwarzes Haar, einen schwarzen Bart und lange Wimpern. Seine Augen lagen recht tief, und die Brauen führten über der Nasenwurzel zu einem steilen Bogen nach oben. Als er lächelte, schrak sie unwillkürlich zurück.

Er erinnerte sie an den Teufel.

»Kommen Sie doch herein«, sagte Michael Deveraux fröhlich und trat einen Schritt zurück, um sie vorbeizulassen. Sein Absatz hallte leicht auf den Bodenfliesen. »Sie heißen Kari, nicht wahr? Wir sind einander nie richtig vorgestellt worden, obwohl Sie jahrelang mit meinem Sohn geschlafen haben.«

Ihre Lippen teilten sich, doch sie wusste nicht, was sie darauf erwidern sollte, also schwieg sie.

Er war ganz in Schwarz gekleidet – schwarzer Pullover, schwarze Jeans, schwarze Stiefel. Nun hielt er ihr mit der anderen Hand einen schweren Tonkelch hin. Sie glaubte nicht, dass er ihn einen Augenblick zuvor schon in der Hand gehabt hatte. »Heißer Rum mit Butter und Gewürzen«, erklärte er lächelnd. »Der wärmt Sie wieder auf. Scheußliche Nacht heute.« Er zog eine Augenbraue hoch. »Wirklich kein Wetter für Hexer oder Hexen.«

Sie zögerte. »Ich bin keine Hexe. Ich kenne nur ein paar Zaubersprüche.«

Sein Kichern erschreckte sie. »Oh, ich weiß, was Sie sind, Kari, und was Sie nicht sind.« Er hielt ihr den Rum hin. »Kommen Sie schon. Trinken Sie.« Als sie immer noch zögerte, fügte er lauernd hinzu: »Er wird Sie nicht umbringen.« Als wollte er ihr das beweisen, trank er einen Schluck und seufzte zufrieden, ehe er den Kelch wieder sinken ließ.

Unsicher sagte sie: »Ich … ich hätte nicht herkommen sollen. Das war ein Fehler.«

»Aber nein. Sie haben genau das Richtige getan. Glauben Sie mir.«

Er wandte sich um und sah sie an, um ihr zu bedeuten, dass sie ihm folgen solle. Als sie auf ihn zuging, wurde es um sie herum plötzlich hell, und sie stolperte vor Schreck. Über ihr waren die Lampen eines Deckenbogens aufgeflammt, und an der Wand vor ihr hing ein Spiegel mit einem Rahmen aus getriebenem Silber. Sie verzog das Gesicht, als sie sich darin erblickte. Sie sah aus wie ein Zombie.

»Keine Zauberei«, sagte er leichthin. »Nur Bewegungssensoren.«

Er führte sie den Flur entlang, und die Sohlen ihrer Schuhe klapperten auf dem harten Boden. Die Wände waren mit Darstellungen von fantastischen roten und grünen Vögeln geschmückt, die durch einen üppig grünen Wald flogen. Die Bilder waren direkt auf den Wandputz gemalt. Selbst die niedrige Decke über ihr zierten ein dichtes Blätterdach und verrückte, bösartig wirkende Vögel. Ihre dunklen Knopfaugen schienen ihr zu folgen, während sie an ihnen vorbeiging.

Am Ende des Flurs öffnete Michael die Flügel einer hölzernen Tür und enthüllte einen düsteren Raum. Das einzige Licht kam von einem Feuer im bizarr geblähten Bauch einer Steinstatue – der Gehörnte Gott. Sein Ziegengesicht schimmerte grausam und lüstern, und er streckte leicht die erhobenen Klauenhände aus, als wollte er sich auf die nächste nichtsahnende Person stürzen, die es wagte, diesen Raum zu betreten. Er hockte auf Hinterbeinen, die in Ziegenhufen endeten. Kari erschauerte und wandte den Blick ab.

In den Schatten des zuckenden Feuerscheins standen weitere Statuen, die kaum auszumachen waren. Kari sah nur eine Ansammlung verschiedener Zähne, Klauen und Hörner. Alles war scharf und spitz, bereit, zu reißen und zu verletzen.

In dem Raum war es so kalt wie in der Kühlkammer einer Fleischerei. Ihre durchnässten Kleider umschlossen sie wie ein eiskalter Umschlag.

»Wärmen Sie sich auf«, lud er sie ein und wies auf die Statue.

Sie hätte zu gern abgelehnt, aber es gab keine andere

Wärmequelle. Unbehaglich näherte sie sich der Steinfigur, streckte die linke Hand dem Feuer entgegen und trank noch einen Schluck heißen Rum. Diesmal schmeckte er gut, und die Wärme des Alkohols breitete sich durch ihre verfrorenen Adern aus.

»Wo sind sie?«, fragte er ohne weitere Umschweife.

Sie leckte sich die Lippen. *Was habe ich mir nur dabei gedacht?*

»W-wer?«, stammelte sie.

»Kari, meine Liebe«, sagte er gütig, »es kann nur einen einzigen Grund dafür geben, dass Sie zu mir kommen – Sie wollen verhandeln. Nach allem, was ich über Sie weiß, vermute ich, dass Sie mir anbieten werden, mir den Zirkel zu liefern, wenn ich dafür meinen Sohn rette.«

»Sie … sollten ihn auf jeden Fall retten«, erwiderte sie. Sie biss sich auf die Lippe und starrte ins Feuer. »Er ist Ihr Kind.«

»Sind Sie hergekommen, um mit mir zu streiten?« Er klang belustigt. »Ich kenne wohl niemanden, der so dreist ist wie Sie, seit meine Frau mich verlassen hat.«

Sie fuhr sich mit der Zunge über die Lippen. »Vielleicht könnten Sie ihn umdrehen, damit er wird … wie Sie.«

Er schüttelte den Kopf. »Ich habe das jahrelang vergeblich versucht, Miss Hardwicke. Jer ist wild entschlossen, mir das Leben schwer zu machen. Glauben Sie mir: Ohne ihn wäre ich viel besser dran.«

Er trat zu ihr und blickte ins Feuer. Sie war sich bewusst, wie dicht er neben ihr stand. Sie konnte teure Seife und Aftershave riechen, und seine Körperwärme vermischte sich mit ihrer. Schockiert spürte sie Erregung in sich aufsteigen.

Das ist sein Werk, sagte sie sich. *Denn ich würde nie … Er ist so böse.*

So mächtig, flüsterte eine andere Stimme in ihrem Kopf.

»Reden Sie mit mir«, ermunterte er sie. »Wenn der Anfang einmal gemacht ist, wird es Ihnen leichtfallen.«

Immer noch schwieg sie. Ihr Herz begann zu hämmern, und sie fürchtete, sie könnte demnächst einen Herzinfarkt erleiden. Oder in Ohnmacht fallen, und dann würde er … etwas tun, was er nicht tun sollte …

Ich bin richtig scharf auf ihn. Sie funkelte ihn an. »Lassen Sie mich in Ruhe«, platzte sie heraus.

Er lachte auf. »Dafür ist es ein bisschen zu spät.« Er grinste sie an und fügte hinzu: »Kari, Sie haben die richtige Entscheidung getroffen.« Er nahm ihre Hand in beide Hände und blies sacht auf ihre Fingerknöchel.

»Sagen Sie es mir einfach«, drängte er. »Sagen Sie mir, wo sie sind. Ich werde Jer retten – wenn es möglich ist.«

Sie holte tief Luft. »Sie sind in Winters.«

Er nickte. »Erzählen Sie mir etwas über diese neue männliche Hexe aus der verschollenen Cahors-Linie. Alex Carruthers.«

Ihre Augen weiteten sich. Sie spürte, wie ihr das Blut aus dem Gesicht wich, und wünschte, sie müsse seine Haut nicht mehr an ihrer spüren. »Sie wissen von ihm?« Sie fragte sich, weshalb sie das überraschte. Sie neigte den Kopf zur Seite und sah ihn an. »Wenn Sie wissen, dass es ihn gibt, müssten Sie doch auch alles andere über ihn wissen.« Ihre Angst verlieh ihr den Mut der Verzweiflung, und sie fügte hinzu: »Haben Sie denn keine Kristalle? Haben Sie uns nicht ausspioniert?«

Ein wegwerfendes Schulterzucken war seine ganze Antwort. Er nahm ihr den Kelch ab und hielt den Rand an ihre Lippen. Dann neigte er das Gefäß nach vorn und zwang sie, entweder zu trinken oder sich den Rum und die geschmolzene Butter über das Kinn laufen zu lassen.

Sie trank, denn der Alkohol wärmte sie und verlieh ihr ein wenig Mut. Dann räusperte sie sich und sagte: »Er ist sehr mächtig.«

»Tatsächlich.« Michael klang gespannt. »Er ist Ihr Cousin, nicht wahr?«

Sie fragte sich, ob er sie hereingelegt und so getan hatte, als wisse er viel mehr, als er in Wirklichkeit wusste. Aber es war zu spät, den Schaden ungeschehen zu machen, sofern sie denn welchen angerichtet hatte.

»Sofern«? Ich bin ihrer aller Untergang.

»Ein Vetter x-ten Grades bestenfalls. Ich weiß nicht genau, wie sie verwandt sind.« Sie bewegte leicht die Schultern. »Das ist alles so kompliziert.«

Er wirkte nicht überzeugt. »Aber Sie promovieren doch in Völkerkunde. Da sollte man meinen, dass Sie sich mit Verwandtschaftssystemen hervorragend auskennen.«

»Ich promoviere in Volkskunde«, korrigierte sie ihn.

»Oh. Pardon.« Er nahm ihr sacht den Kelch ab und trank einen kräftigen Schluck. Dann seufzte er zufrieden und gab ihn ihr zurück. »Sie sind aus freiem Willen hierhergekommen«, erinnerte er sie.

Wirklich?, hätte sie am liebsten erwidert. Sie war sich da nicht mehr so sicher … »Er verfügt über starke magische Fähigkeiten«, fuhr sie fort.

»Das muss er wohl, wenn er Holly schlagen konnte.«

Ein seltsames Klicken war auf dem Fliesenboden zu hören, ein bisschen wie von Hundekrallen, und dann ein hohes Kichern. Das Kichern hallte durch den Raum, während das tippelnde Geräusch sich rasch Kari näherte. Sie fuhr herum, schaute auf den Boden und schrie auf, als etwas an ihr vorbeizischte und auf Michaels Schulter landete.

Das Geschöpf war extrem hässlich und erinnerte mit seinen langen spitzen Ohren und dem scharf geschnittenen Gesicht an ein Reptil. Es war unbekleidet, hatte ledrige Haut und fauchte Kari fröhlich an. Dann legte es den Kopf schief und schwatzte Michael ins Ohr.

»Sssie versssucht, sssich zu befreien, ja, dasss tut sssie«, verkündete es und wies mit einem langen Finger über seine Schulter. »Sssie ssspielt verrückt.«

»Danke. Das ist kein Problem«, sagte Michael und tätschelte dem Ding den Kopf. »Geh und such dir eine tote Ratte zu essen, ja?« Er fegte das Ding von seiner Schulter. Es flog durch die Luft, landete auf dem Boden und huschte in die Dunkelheit davon.

Karis Knie gaben nach.

»Ach, wie gedankenlos von mir. Du bist sicher ganz erschöpft.«

Michael schnippte mit den Fingern. Ein Sessel mit leuchtend scharlachroten Polstern erschien plötzlich hinter Kari und stieß gegen ihre Waden. Sie fiel rücklings hinein und sank in die weiche Polsterung, die außerdem sehr warm war. Rum schwappte aus dem Kelch über ihr Handgelenk, und der Geruch von Muskat stieg zu ihr auf.

Sie trank einen Schluck, um sich zu beruhigen, und lehnte sich zurück. Erstaunt stellte sie fest, dass sie im Begriff war einzuschlafen. *Er muss mich verzaubert haben. Es war dumm von mir, herzukommen. Ich hatte solche Angst …*

»Du hast das Richtige getan«, versicherte er ihr sanft. »Du hast die einzig vernünftige Entscheidung getroffen. Ich werde die anderen umbringen. Und mit Holly fange ich an.« Er wirkte sehr zufrieden mit sich.

»Jer ...«, nuschelte Kari.

»Ich habe mich noch nicht entschieden.« Er beugte sich über sie und strich ihr das feuchte Haar aus der Stirn. Seine Augen waren fesselnd, sein Lächeln schrecklich.

»Ich habe Holly hier«, erzählte er ihr. »Wusstest du das? Und übernächste Nacht werde ich sie töten. Zum Windmond, und dann werde ich all ihre Macht in mich aufnehmen. Ich werde der stärkste und mächtigste Hexer in der Geschichte der Coventry sein.«

Er hob das Gesicht und blickte zur Decke. »Dein Timing hätte nicht besser sein können, Kari. Dafür, dass du zu mir gekommen bist, werde ich dich verschonen. Damit meine ich, dass ich dich nicht töten werde.« Nach einer kurzen Pause fügte er hinzu: »Das ist gut, Schätzchen.«

Sie folgte mühsam seinem Blick, und das Blut gefror ihr in den Adern.

An die Decke war ein gigantischer schwarzer Bussard gemalt, dessen Schwingen sich bis in die dunklen Winkel des Raums streckten. In seinem starken, tödlich scharf wirkenden Schnabel hielt er ein menschliches Herz, und aus diesem Herzen tropfte Blut auf die Brust des gewaltigen Raubvogels. Seine Augen – riesig, selbst für ein so großes Geschöpf – funkelten auf sie herab und schienen sie zu beobachten.

»Fantasme, der Geist des Großen Bussards.« Michael wies mit einer Geste zur Decke. »Er lebt im grünen Wald der spirituellen Welt, und dort jagt er Pandion.«

Kari hörte wieder die wummernden Trommeln der großen Jagd und den schnelleren Flügelschlag der Vögel, die ihr Auto begleitet hatten. Ihr war furchtbar schwindelig, der Raum drehte sich um sie. Sie hielt sich an den Armlehnen fest und japste nach Luft. Ihre Lider flatterten, und sie hörte sich leise stöhnen.

Der bösartige Vogel reckte den Kopf und kreischte. Der Laut war ohrenbetäubend und rüttelte ihr das Hirn im Schädel herum. Das Herz in seinem Schnabel fiel von dem Gemälde herab in die richtige Welt und trudelte wie in Zeitlupe auf Kari zu.

Sie sprang taumelnd hoch, warf den Sessel um, wirbelte herum und lief schwankend zur Tür. Michaels Lachen hallte ihr nach.

Eine geisterhafte Gestalt trat aus dem dunklen Flur in die Türöffnung und versperrte ihr den Fluchtweg. Sie war kleiner als Kari und in leuchtende blaue Schleier gehüllt, die sie langsam hob, während irres Gelächter unter den vielen Schichten hervordrang wie ein Echo des Vogels.

Als Kari sah, wer es war, schnappte sie nach Luft. Ihre Knie gaben nach, und sie fiel hart auf den Steinboden.

»Bonsoir, ma belle«, sagte die Gestalt.

Es war Holly, und in ihren Augen glitzerte der Wahnsinn.

Doch in diesen Augen, tief darin verborgen, lag ein zweites Augenpaar, das Kari zornig anfunkelte.

Bring mich fort von hier!, befahlen diese Augen. *Maintenant!*

»Isabeau«, flüsterte Kari. »Isabeau, versuchst du, Kontakt zu mir aufzunehmen?«

Holly antwortete nicht. Kari war nicht sicher, ob sie ihre Worte überhaupt gehört hatte. Doch die Augen sagten: *Oui! Hilf mir hier heraus! Er wird uns alle vernichten!*

Hinter Kari sagte Michael Deveraux: »Schließe sie irgendwo sicher ein, Holly. Wir werden sie später noch gut gebrauchen können.«

Auf Hollys Gesicht breitete sich ein irres, behextes Grinsen aus.

Der Dreifache Zirkel: Santa Cruz

Die anderen drängten sich um das Feuer, an dem Alex sich die ausgestreckten Hände wärmte. Der Geruch nach Holz und Rauch erinnerte Jer an die alte Schwitzhütte auf dem Campus der University of Washington – er, Kialish und Eddie hatten sie gemeinsam gebaut. Von ihnen dreien hatte er als Einziger überlebt.

Und Gott allein weiß, wohin Kari verschwunden ist …

»Schon fast Windmond«, bemerkte Alex mit einem Blick zu der perlweiß schimmernden Himmelskugel. Dann sah er über das Feuer hinweg Jer an, der die Kapuze seines Umhangs tief ins Gesicht gezogen trug. Jetzt, da Holly fort war, sparte er seine Kräfte für Wichtigeres auf, als mit einem Illusionszauber seine frühere Erscheinung wiederherzustellen. Trotzdem machte es ihm zu schaffen, dass die anderen bei jedem Blick in sein Gesicht unwillkürlich zusammenzuckten und den Blick abwandten. Er wusste, dass ihnen diese Reaktion nicht einmal bewusst war und dass vor allem Amanda entsetzlich beschämt wäre, wenn sie wüsste, wie sehr ihr Abscheu ihn verletzte.

Aber jetzt geht es nicht um mich. Es geht allein darum, dass wir alle lange genug überleben, um meinen Vater zu besiegen.

Alex sah Jer an und fragte: »Du weißt, was das bedeutet, nicht wahr, Deveraux?«

Alex sprach ihn weiterhin mit seinem verhassten Nachnamen an, obwohl Jer ihn mehrmals gebeten hatte, das nicht zu tun. Jer nickte grimmig. Wenn der Windmond aufging, würde sein Vater am härtesten zuschlagen. In jener Nacht würde Michael Deveraux versuchen, die Hölle auf Erden zu schaffen.

Jer starrte ins Feuer, als könnte er den Flammen befehlen, sich in den Himmel zu erheben. Hexen sprachen davon, den Mond vom Himmel herabzuholen. Wenn sie das nur könnten – Jer würde ihn anzünden, ihn wieder ins All hinaufschleudern und zusehen, wie er verbrannte. Dann würde der Windmond niemals kommen.

Sein anhaltendes Schweigen machte die anderen nervös. Jer konnte die Anspannung in der Luft spüren. Er trank einen Schluck Kaffee und fand ihn sehr bitter. Aber für ihn war alles nur noch bitter.

Ich bleibe am Leben, um ihn zu Fall zu bringen. Und dann …

Amanda runzelte die Stirn, rückte näher an Philippe heran und fragte: »Was? Was bedeutet der Windmond?«

»Ich weiß es nicht«, antwortete Philippe achselzuckend. Fragend sah er erst Alex, dann Jer an.

Jer blickte zu ihm auf. Amanda verzog leicht das Gesicht, aber Philippe nicht.

»Das ist der Mond des Gehörnten Gottes. Jeder Hexer und jede Hexe, die beim nächsten Vollmond sterben, werden zum verfluchten Sklaven des Gottes, für alle Ewigkeit.«

»Gut erklärt«, sagte Alex. »So ist es.«

»Dios mío«, murmelte Pablo und bekreuzigte sich.

»Warum habt ihr beiden das nicht viel früher erwähnt?«, fragte Armand vorwurfsvoll und mit zorniger Miene. »Uns bleibt kaum noch Zeit, uns vorzubereiten.«

»Ich war nicht ganz sicher«, antwortete Alex. »Ich habe erst die Runen gelesen.«

Die anderen wandten sich Jer zu, als er erklärte: »Nicht jeder Windmond ist mit der gleichen Energie geladen. Aber bei diesem hat Alex recht: Das ist ein schlimmer Mond.«

Amanda seufzte schwer. »Es hört einfach nicht auf«, murmelte sie. »Es wird immer nur noch schlimmer.«

Pablo fragte Jer: »Was müssen wir tun?«

Ehe Jer antworten konnte, erklärte Alex: »Wir sollten einen Hexer töten, um uns seine Macht einzuverleiben, genau wie Michael Deveraux es vorhat.«

Er starrte Jer direkt an … und der hielt seinem Blick ruhig stand.

»Eine Hexe erfüllt denselben Zweck«, entgegnete Jer.

Die beiden funkelten einander an.

Einer von uns beiden wird beim Windmond sterben, dachte Jer. *Und das werde verdammt noch mal nicht ich sein.*

»Das reicht jetzt«, herrschte Richard sie an. »Ihr beiden, auseinander, sofort«, befahl er. Er trat zwischen sie und durchbohrte beide mit drohenden Blicken.

Alex schlug die Augen nieder, doch Jer konnte seine Drohung noch in der Luft spüren, ein Versprechen, das nur an ihn allein gerichtet war. Jer seinerseits lockerte die Fäuste und wandte seine Aufmerksamkeit Richard zu. Er verdankte Hollys Onkel sein Leben, und diese Schuld würde er nicht so bald vergessen. Alex war irgendwie aufgetaucht und hatte das Schwarze Feuer gelöscht, aber Richard war derjenige gewesen, der Jer aus dem Fels befreit hatte. Außerdem glaubte Jer insgeheim, dass sie auch ohne Alex' Hilfe entkommen wären. *Wenn ich so darüber nachdenke, ist das Feuer überhaupt erst wieder erschienen, nachdem er die Traumzeit betreten hatte.*

Aber er hatte keinen Beweis für diese Vermutung, und wenn Alex ihm helfen konnte, seinen Vater zu besiegen, dann würde er für diese Hilfe dankbar sein. *Mein Vater … Wo er wohl ist und was er gerade macht?* Jer ballte automatisch die Hände zu Fäusten. *Es ist, als könnte ich ihn spüren – seine Präsenz. Er kommt, und wir sind noch nicht bereit. Wir brauchen Informationen, und die bekommen wir nicht, indem wir hier herumsitzen. Aber ich könnte ihn finden und feststellen, was er vorhat … ob er weiß, was mit Holly geschehen ist …*

Er wartete, bis die anderen eingeschlafen waren. Dann stand er auf, schlüpfte in seine Schuhe und schlich sich hinaus. Als er an Pablo vorbeiging, zuckte der Junge leicht und runzelte die Stirn. Jer hielt den Atem an, aber der junge Mann wachte nicht auf.

Er öffnete leise die Tür, trat hinaus und schloss sie hinter sich. Nach weiteren drei Schritten stieß er den angehaltenen Atem aus. Da nahm er aus dem Augenwinkel eine Bewegung wahr und fuhr erschrocken zusammen.

Richard stand da und sah ihn mit beinahe gütigem Blick an. Jer wusste nicht, was er sagen sollte. Er hatte geglaubt, der ältere Mann schliefe mit den anderen in der Hütte.

»Ich weiß, wohin du willst, und ich wollte dir nur viel Glück wünschen.«

»Danke«, entgegnete Jer.

Richard legte ihm eine Hand auf die Schulter. »Sei vorsichtig. Falls du Holly oder Kari findest, befreie sie, wenn du kannst.«

»Mache ich.«

»Wir werden nicht mehr hier sein, wenn du zurückkommst. Ich hoffe, das verstehst du. Aber wenn du uns brauchst, versuche Pablo zu benachrichtigen. Der Junge hat ein paar unglaubliche Fähigkeiten.«

Jer nickte. Er wusste, dass die Zuflucht des Mutterzirkels irgendwo in der Nähe war, aber er wusste nicht, wo, und es war sehr unwahrscheinlich, dass er den Ort allein finden würde. Auf einmal streckte Richard die Arme aus und drückte ihn kurz an sich. Überrascht erwiderte Jer die Umarmung. Tränen brannten ihm in den Augen. »Pass auf dich auf, mein Junge«, flüsterte Richard.

Sie ließen einander los, und Richard lächelte ihn an, ehe er zurücktrat und in der Dunkelheit verschwand.

Der Tag zog klar und kühl herauf. Amanda stand vor der Hütte, mit den beiden Männern, die ihr am liebsten waren: ihrem Vater und Tommy.

»Ich finde es gut, dass er gegangen ist«, sagte Tommy. »Die beiden auf einem Fleck, das hat nicht funktioniert.« Er rümpfte die Nase. »Sie hätten sich noch eine Testosteronvergiftung geholt.«

Ihr Vater lachte leise und nickte, aber Amanda fühlte sich dennoch ein wenig verloren. Als wäre es nicht schon schlimm genug, dass so viele von ihnen getötet oder entführt worden waren – jetzt verschwanden die Leute auch noch freiwillig. Es klang vielleicht seltsam, aber Jer war ihre letzte reale Verbindung zu Holly gewesen.

»Wir müssen los«, sagte Amanda, als sie Luna auf sich

zukommen sah. Ihre Stimme war heiser, weil sie schon so lange gegen die Tränen ankämpfte.

Binnen weniger Minuten saßen sie wieder in den Autos. Luna fuhr voran, Richard ihr hinterher. Schneller, als Amanda erwartet hatte, hielten sie vor einem großen Haus auf einem Hügel. Vor dem Eingang stand mit verschränkten Armen und einer großen grauen Katze, die um ihre Knöchel strich, Anne-Louise Montrachet.

Amanda war erleichtert, ein vertrautes Gesicht zu sehen, als sie ausstieg. Sie ging auf Anne-Louise zu und umarmte sie spontan. Amanda spürte ihre Überraschung, als die ältere Hexe die Umarmung erwiderte.

»Hier bist du sicher«, flüsterte Anne-Louise.

Amanda konnte sich nicht mehr zusammenreißen und begann zu schluchzen. »Ich habe mich schon so lange nicht mehr sicher gefühlt.«

»Ich weiß, ich weiß.«

Amanda hörte es nicht, spürte aber, dass jemand hinter sie trat, und als er eine Hand auf ihre Schulter legte, erkannte sie Tommy. Anne-Louise trat zurück, und Amanda drehte sich um und warf sich in Tommys Arme.

Sie hörte Anne-Louise mit starker, klarer Stimme zu den anderen sprechen. »Ihr alle seid hier willkommen. Wir bieten euch Zuflucht und einen sicheren Ort, an dem eure Wunden heilen können. Seid gesegnet.«

»Sei gesegnet«, antworteten die anderen im Chor.

»Sei gesegnet«, flüsterte Amanda an Tommys Schulter.

Acht

Epona

In unsere Hände fallen die Cahors
Opfer Deveraux' schlauer Pläne
Wir tun mit ihnen, was uns beliebt
Und genießen es, Hexen zu töten

Göttin, erlöst uns, wir bitten Euch
Lasst uns diesen Tag überstehen
Schirmt unsere Herzen gegen die Pein
Dass wir den Verstand nicht verlieren

Eli: Avalon

Es war so einfach gewesen, sich in das Verlies zu schleichen, in dem Nicole gefangen gehalten wurde. Dennoch war Eli nicht glücklich. *Das war zu einfach,* sagte er sich, während er voranschlich und auf dem nassen Steinboden immer wieder ausrutschte. Er hatte seine gewohnten Sportschuhe gegen knöchelhohe Sneakers mit weichen Sohlen getauscht, und die Stoffschuhe waren inzwischen durchnässt. Seine Füße waren eiskalt. *Das muss eine Falle sein.*

Sein Umhang und die schwarze Lederjacke, die er darunter trug, waren im Rücken nass, weil widerliches Wasser von den modrigen Wänden troff. Es hieß, die Burg sei älter als Arthurs Merlin, und angeblich hauste der uralte Druide und Zauberer bis heute hier. Der bloße Gedanke schnürte Eli vor Angst die Brust ein. Wenn Merlin Sir William half, könnte Eli noch heute als Häuflein Asche enden.

Oder als warzige alte Kröte wie Laurent …

Das dachte er halb im Scherz, doch er erschauerte trotzdem. Er hatte entsetzliche Angst, und das sollte ein Deveraux-Hexer niemals zugeben, nicht einmal vor sich selbst. Zu viel war geschehen, was seinen Glauben an die Macht seiner Familie erschüttert hatte. Angeblich war die Magie der Deveraux die stärkste, die es gab, zumindest auf der dunklen Seite. Es wurde behauptet, dass die Moores den rechtmäßigen Platz von Elis Familie auf dem Thron des Obersten Zirkels usurpiert hätten. Immerhin konnte kein anderes Haus das über die Maßen begehrte Schwarze Feuer beschwören … dabei hatten es schon viele versucht.

Dieses Verlies schreckt mich nicht. Es ist ganz sicher keine Bedrohung für jemanden, der so mächtig ist wie ich.

Doch während er allein durch die Dunkelheit schlich, die nach Tod und Dreck stank, und dem fernen Kreischen jener Feinde von Sir William lauschen musste, an denen die Folterknechte ihre Kunst übten, wünschte Eli sich weit weg. Er würde das nicht tatsächlich tun. Selbst wenn die neuen Banne um die Insel es zugelassen hätten, durfte er diesem Impuls nicht nachgeben – sich einfach teleportieren. Doch die verlockende Vorstellung wurde drängend wie Hunger.

Nicole mag mich nicht einmal mehr. Warum sollte ich mir die Mühe machen, sie zu retten?

Weil sie wertvoll ist, sagte er sich und runzelte die Stirn über sein schwächliches Gejammer. *Sie ist ein Abkömmling der Cahors, und gemeinsam mit ihrer Schwester und Holly stellt sie eine unbezwingbare Macht dar. Außerdem hat James sie mir weggenommen.*

Kein Mann, sei er ein Hexer oder ein bloßer Mensch, nimmt sich etwas, das mir gehört.

Mit vor Eifersucht verzerrtem Gesicht ging er vorsichtig weiter, den schmalen Tunnel entlang, zu dem sein Findezauber ihn geführt hatte. Er schirmte mit der linken Hand das Licht gegen mögliche Beobachter ab, öffnete die andere Hand und betrachtete den grün schillernden Stein auf seiner Handfläche. Das leuchtende Bild darauf, die winzige Darstellung eines Deveraux-Bussards, war leicht nach vorn »geflogen«, auf seinen Mittelfinger zu. Das bedeutete, dass Eli geradeaus weitergehen sollte. Es bestand natürlich immer die Möglichkeit, dass irgendjemand den Zauber manipuliert hatte und nun dazu benutzte, Eli in die Irre zu führen … Dann könnte er nichtsahnend direkt in eine Falle laufen.

Aber sein magischer Kompass schien in Ordnung zu sein, und der winzige Falke war ein Bild, das nur ein Deveraux beschwören konnte.

Andererseits gab es noch weitere Deveraux auf der Welt.

Jer ist in der Traumzeit gefangen, dachte er, *und inzwischen wahrscheinlich tot. Und ich glaube nicht, dass Dad sich so viel Mühe machen würde um irgendeines Planes willen, von dem er mir nichts erzählt hat.*

Aber es war zu einfach, sagte er sich erneut.

Er zupfte an seinem Umhang, der unsichtbar machte, weshalb er ihn über seine schwarze Lederjacke gezogen hatte. Er hatte Dutzende von Schutzzaubern und Amuletten auf seinem ganzen Körper verteilt, aber dennoch zumindest ein paar Hindernisse erwartet – ein, zwei Türwächter, vielleicht einen unsichtbaren Trupp Dämonen, die jeden Eindringling erspüren konnten. Doch er war um die Klippen an der Küste geschlichen und hatte sich durch ein ganzes Feld Heidekraut geschlängelt, ohne dass irgendetwas passiert war. Es war geradezu langweilig gewesen.

Dann erhob sich eine Silhouette an der dunklen Wand vor ihm – ein tieferes Schwarz als der Hintergrund. Eli erkannte, dass er sich zu früh in Sicherheit gewiegt hatte.

Der Umriss war der einer rundlichen, knollenförmigen Kreatur, die eine Axt über der Schulter trug. Der Kopf war unverhältnismäßig groß, so dass sie beinahe affenartig wirkte.

Das war ein Golem, ein Geschöpf aus Schlamm und Ton, das keinen eigenen Geist besaß. Es gehorchte allein dem Befehl seines Schöpfers, man konnte weder mit ihm verhandeln noch es von seinem Ziel ablenken. Und Golems waren sehr schwer zu töten. Es war nicht unmöglich, aber wenn Eli den da ausschalten wollte, würde er eine Menge Lärm machen müssen.

Eli wandte den Kopf und erwartete, den Golem auf der anderen Seite des Tunnels zu sehen. Aber da war nichts. Schrecken kroch ihm den Rücken hinauf wie eiskalte, krabbelnde Finger. Golems waren völlig solide Geschöpfe. Sie konnten nicht als reine Erscheinungen einen Schatten werfen, wie Geister oder Gespenster.

Verdammt. Wo zum Teufel steckt das Ding?

Er schloss die Faust um seinen magischen Kompass, damit das Leuchten ihn nicht verriet, und verschmolz mit den Schatten. Er kniff leicht die Augen zusammen und bemühte sich, so leise wie möglich zu atmen, während er den Umriss musterte. Was er da sah, ergab keinen Sinn, außer, es wäre irgendeine Art Magie am Werk, die er nicht kannte.

Dann, vor seinen Augen, verschwand die Silhouette plötzlich.

Er blinzelte. Dann begriff er: Der Schatten war nicht quer durch den Tunnel projiziert worden, sondern er hatte ihn durch die Tunnelwand gesehen. Einer seiner vielen Banne musste ihm diese Fähigkeit verliehen haben.

Der Golem schlurfte hinter der Tunnelwand weiter.

Jemand hat ihn auf Nicole angesetzt.

Dann brauche ich ihm nur zu folgen, um sie zu finden.

Er murmelte ein paar Zauber und versuchte sich zu erinnern, welche Amulette er wohin gesteckt hatte – er hatte es vorhin sehr eilig gehabt. Schließlich schloss er die Finger um die Sonnenscheibe, die an einem Lederband um seinen Hals hing. Die Wärme der Scheibe sagte ihm, dass er das richtige Symbol gefunden hatte. Er raunte einen Sichtzauber, und tatsächlich, die Wand wurde für seine Augen wieder hauchdünn. Erneut sah er den Golem, der unerbittlich voranschlurfte – ein Tonmonster, so erbarmungslos wie der Terminator.

Eli folgte ihm mit einigem Abstand auf seiner Seite der Wand. Das Ding stolperte, blieb stehen und verschwand dann allmählich aus Elis Sicht.

Es biegt nach rechts ab, erkannte er.

Er zögerte einen Moment, dann machte er eine Geste

und murmelte ein paar Worte, die die Wand schmelzen ließen. Da der Golem ihm den Rücken zukehrte, würde er hoffentlich nichts bemerken. Aber es war gut möglich, dass andere Geschöpfe in demselben Tunnel – falls dort welche waren – sehen würden, was Eli tat.

Bald war auf Hüfthöhe ein Loch entstanden, das groß genug war, um hindurchzukriechen. Eli beugte sich hinab, die Faust immer noch um den Kristallkompass geschlossen. Er hatte sein eigentliches Ziel, Nicole zu retten, keineswegs vergessen, und er wusste, dass er wahrscheinlich den richtigen Moment abwarten musste, um es mit dem Golem aufzunehmen. Wo ein Golem war, könnte gut noch ein anderer sein. Und noch mehr.

Sobald er durch das Loch gestiegen war, folgte er dem gewaltigen Tongeschöpf. Er rechnete immer noch jeden Moment mit irgendwelchen Wachen und war immer noch verblüfft darüber, dass ihn noch nichts angegriffen hatte.

Dann brach die Hölle los, und ihm wurde klar, dass er recht gehabt hatte: Es war eine Falle.

Der Golem wirbelte herum und hieb mit der Axt nach ihm. Zugleich lösten sich Dinge, die wie bröckelnde Steine an der Tunnelwand gewirkt hatten, und stürzten sich auf Eli. Tatsächlich waren sie missgestaltete Geschöpfe mit gallertartigen Körpern und langen, klauenbewehrten Armen. Sie schlugen nach ihm, während sie sich von der Wand katapultierten.

Als sehr fähiger Hexer schützte er sich sofort mit einem kugelförmigen Schutzschild, schleuderte Feuerbälle gegen die Geschöpfe von der Wand und lenkte die herabsausende Axt des Golems ab. Er nahm vage Umrisse großer Gestalten wahr, die sich um die Kugel bewegten, und als er einen

Augenblick Zeit hatte, sie sich anzusehen, verlor er beinahe seine Konzentration: Drei weitere Golems hatten sich dem ersten angeschlossen. Einer trug ein Breitschwert, der zweite einen Morgenstern und der dritte ein Netz aus Kettengliedern, wie es einst römische Gladiatoren geführt hatten. Alle droschen auf die Kugel ein, und Eli wurde klar, dass er nur überleben konnte, indem er diese intakt hielt. Das war nicht eben einfach, weil er zugleich Feuerbälle auf die Angreifer schleuderte.

Noch mehr von den als Steine getarnten Geschöpfen warfen sich von der Tunnelwand gegen die Kugel, wurden vom Aufprall flach gedrückt und rutschten als gelatineartige Häuflein an den Seiten der magischen Barriere hinab auf den Boden. Inzwischen lagen da etwa ein Dutzend. Die vier Golems hackten und schlugen weiter auf die Kugel ein, die allmählich nachzugeben drohte. Sie wackelte und bekam erste Risse.

Dann hob der Golem mit dem Morgenstern die Waffe hoch über den Kopf. Die mit Spitzen versehene Eisenkugel krachte mit solcher Wucht herab, dass Eli sämtliche Knochen durchgerüttelt wurden. Der Hieb sprengte den obersten Teil der Kugel ab. Eli war jetzt darin gefangen wie ein Tier in seinem Bau.

Ein Tier …, dachte er und ließ sich auf die Knie fallen. *Ein Tier.*

Er zwang sich zur Ruhe, schloss die Augen, konzentrierte seine magische Kraft und sah jede Feder deutlich vor sich, jede glänzende Klaue, die glitzernden Augen und den gierigen Schnabel.

Fantasme, rief er. *Ich rufe dich über die große Leere hinweg …*

Jetzt hieb der Golem mit dem Breitschwert die Klinge

seitlich gegen die Kugel. Risse durchzuckten seinen Schutzschild wie Blitzschläge und raubten Eli die Sicht.

Fantasme …

Drei der seltsamen Gallertgeschöpfe krabbelten an der Kugel empor, richteten sich an der gebrochenen Kante auf und stürzten sich mit einem Kopfsprung hinein. Eines von ihnen landete auf Elis Kopf und begann sich sofort mit langen, scharfen Klauenfingern durch seine Kopfhaut zu wühlen. Eli brüllte vor Schmerz und packte das Ding mit beiden Händen. Der Körper zerplatzte zwischen seinen Fingern, und er schleuderte die Reste angewidert von sich.

Das zweite Geschöpf machte weiter, wo das erste aufgehört hatte, und Eli zerquetschte auch dieses. Das dritte war vor seinen Füßen am Boden der Kugel gelandet und versuchte nun, an seinem Hosenbein emporzuklettern. Ächzend schob Eli es mit der Sohle seines Sneakers herunter und trat darauf.

Zwei Golems rammten die Schultern gegen die Kugel und versuchten, sie auf die Seite zu rollen. Eli wurde auf die Knie geschleudert und stemmte sich mit ausgebreiteten Armen ab, um nicht herumzukullern wie ein Hamster im Laufrad.

Fantasme!, befahl er.

»Da ist er!«, rief jemand auf Englisch, und Eli erkannte, dass menschliche Wachen den Tunnel erreicht hatten.

Als bräuchten die hier Verstärkung, dachte er. Er nutzte die Bewegung der rollenden Kugel, um Feuerbälle durch die Öffnung zu schleudern, die gerade noch oben gewesen war, sich jetzt aber an der Seite befand. Er erwischte die beiden vordersten menschlichen Wachen, die anscheinend schwarze Lederjacken und -hosen trugen. Die Männer gingen in Flammen auf und stürzten schreiend zu Boden.

Verflucht, Fantasme, komm endlich!

Keiner der Soldaten kam auf die Idee, den beiden zu helfen, die bei lebendigem Leib verbrannten. Einer war hinter die Golems geraten, und es war beinahe ulkig anzusehen, wie er versuchte, sie aus dem Weg zu drängen. Sie achteten überhaupt nicht auf ihn, sondern zerschlugen weiterhin Elis magische Kugel.

Und das ist überhaupt nicht lustig.

Der Golem mit dem Morgenstern griff durch die Öffnung und schloss die Faust um Elis Hals. Er drückte zu. Der grobe Ton, aus dem die Hand bestand, schürfte Eli die Haut auf. Eli packte das dicke Handgelenk des Dings und rang nach Atem. Gleich würde der Golem ihm die Luftröhre zerquetschen … und dann würde er sterben.

Vogel, dachte er, denn sein Verstand war nur noch ein Dröhnen, das sich an die richtigen Worte nicht mehr erinnern wollte. *Mein Diener …*

Eine Explosion erschütterte den Tunnel. Der Golem, der Eli gepackt hielt, wurde zurückgeschleudert. Er riss Eli mit sich aus der Kugel, und Eli landete auf seiner Brust. Der Griff lockerte sich beim Aufprall, und Eli schleuderte dem Ding einen Feuerball direkt ins Gesicht.

Der Golem gab keinen Laut von sich, erschlaffte aber und ließ die Waffe los. Eli war überrascht – er hatte nicht gewusst, dass Feuer Golems etwas anhaben konnte. Der Feuerball war nur ein Reflex gewesen, ein Versuch, sich zu schützen. Und dann sah er ein kleines Stück Papier, das im Mund des Golems verkohlte. Natürlich. Golems waren Geschöpfe uralter jüdischer Magie, die man aktivierte, indem man einen Zauberspruch auf ein Stück Papier schrieb und ihnen in den Mund steckte. Sein Feuerball hatte den Zauber zerstört.

Eli nutzte den Augenblick, um zur Besinnung zu kommen, und ließ eine mächtige Flammenwand aus dem Boden schießen. Damit versperrte er den meisten Wachen und Ungeheuern den Weg, die den Tunnel entlanggestürmt kamen. Nun blieb ihm nur noch ein Grüppchen Gegner, und mit wilder Aggression schaltete er einen nach dem anderen aus, so schnell er konnte.

Eine weitere Explosion war zu hören. Eli nahm zwar Notiz davon, achtete aber nicht weiter darauf. Er brauchte all seine Konzentration für den Kampf … Aber er wusste, wenn er den überlebt hatte, würde er sich weiteren Schwierigkeiten stellen müssen.

Nach der dritten Explosion zerbarst die Decke des Tunnels in riesige Brocken und stürzte auf die gallertartigen Wesen und den Golem mit dem Breitschwert herab, der Eli gerade hatte angreifen wollen. Eli schützte sich sofort mit einem Zauber, aber der Einsturz war so gewaltig, dass er sich unwillkürlich zusammenrollte und den Kopf mit beiden Armen schützte. Dann erkannte er, wie leicht er in dieser Position anzugreifen war. Er rollte sich auf die Seite und erhob sich taumelnd, da riss der Boden unter ihm auf. Ein großes Bruchstück prallte gegen ein anderes, und beide wurden nach oben gepresst wie zu einem Berg.

Seine Feuerwand hielt. Trotzdem erhob sich unglaublicherweise etwas so Riesiges hinter Eli, dass er die Silhouette durch die tanzenden Flammenzungen erkennen konnte. Dann schritt es einfach durch den Vorhang aus

Feuer und schleuderte den dritten Golem mit einem mächtigen Schlag beiseite.

Das Geschöpf war abscheulich, mit ledriger schwarzer Haut und über drei Meter groß. Als es auf Eli zuschlurfte, musste es sich ducken, um nicht an die Tunneldecke zu stoßen. Das Gesicht war ein lang gezogenes Rechteck, das in einem schnauzenartigen Dreieck aus Haut und Federn endete. Die Augen waren riesig und hatten keine Iris, nur tellergroße Pupillen. Anstelle von Armen hatte es große, fleischige Glieder, die mit Federn bedeckt waren. Die Klauenfüße erinnerten an die eines Falken.

Das Ding öffnete das Maul und stieß einen hohen, unheimlichen Schrei aus. Eli fuhr zusammen, als er begriff, was das war: Der Geist des Bussards Fantasme hatte sich in einer bizarren Gestalt manifestiert, die er noch nie zuvor gesehen hatte. »Du hast mich gehört«, platzte er heraus.

Das Vogelwesen streckte die armähnlichen Glieder aus, drückte Eli gegen seine Brust, wirbelte herum und öffnete den gewaltigen Schnabel. Die Kiefer knackten und spreizten sich, und ein zweites Paar zahnbewehrter Kiefer schob sich aus dem Maul hervor und riss einem Gallertwesen die Kehle auf, das gerade auf den Rücken der Bestie springen wollte.

Glibber flog überall umher. Fantasme drehte sich wieder um und lief den Tunnel entlang.

Die beiden verbliebenen Golems nahmen die Verfolgung auf. Eli reckte den Hals und beobachtete, wie sie näher kamen und dann zurückfielen, als Fantasme beschleunigte. Der Tunnel füllte sich mit Rauch und einem grässlichen verbrannten Gestank. Der beißende, ölige Qualm drang Eli in die Kehle, bevor er sich dagegen schützen konnte. Er begann zu husten, und seine Augen tränten. Fantasme blickte auf ihn herab und krächzte etwas in seiner unverständlichen Sprache. Dann zuckte sein Kopf herab, und ehe Eli wusste, wie ihm geschah, hatte der Bussard seinen Kopf im Schnabel. Der Vogel atmete ein und aus – Eli verstand. Fantasme verschaffte ihm frischere Luft zum Atmen.

Das rettete Eli vermutlich das Leben, und er ließ den Kopf in Fantasmes Schnabel, während das Vogelwesen immer schneller dahinjagte, schützend über Eli gebeugt wie ein Quarterback über einen Football.

Eli wusste nicht, wie lange Fantasme rannte – es kam ihm wie Stunden vor –, doch der heiße, feuchte Atem des Vogels wurde schal und rauchig. Natürlich sog er die giftige Luft im Tunnel ein und filterte sie nur so gut wie möglich, ehe er sie Eli zum Atmen gab. Eli wurde übel, und er fühlte sich schwach, doch Fantasme hielt ihn fest, und Eli war unglaublich dankbar dafür. Über Jahrhunderte hinweg war Fantasme seiner Familie eine guter, treuer Diener gewesen, in welcher Inkarnation der Vogel auch erscheinen mochte.

Diese Treue war natürlich teuer erkauft worden: mit dem Blut vieler, vieler Jungfrauen …

Doch Eli verlor allmählich das Bewusstsein. Die Luft war zu giftig, er erstickte in Fantasmes Schnabel. Seine Finger erschlafften, sein Arm baumelte herab und schlug hin und her, während der Vogel ihn durch die Verliese der Burg auf Avalon trug.

Ich werde nicht sterben, dachte er zornig. *Ich bin ein Deveraux. Wir tun so etwas nicht.*

Dann wurde alles schwarz, und seine Seele schrie vor

Grauen, vor Angst, dass der Gehörnte Gott sie nun verschlingen könnte. Graues, geistloses Nichts würde dann ihre letztendliche Belohnung sein …

Als Eli erwachte, war Nicole über ihn gebeugt und presste die Lippen auf seine. Er roch einen köstlichen Duft nach Klee und Rosen und atmete gierig ein. Hexenatem. Magischer Atem. Offenbar hatte sie nicht gemerkt, dass er wieder zu sich gekommen war, und er hob und senkte die Brust mit der Luft, die sie in seinen Mund blies. Sie versuchte ihn durch Mund-zu-Mund-Beatmung zu retten, und er fand es herrlich.

Sie war so darauf konzentriert, dass er sogar sacht ihre Zunge mit seiner berühren konnte, ohne dass sie ihre Arbeit unterbrach.

Dann blickten ihre dunklen, tiefen Augen direkt in seine, und sie fuhr zurück.

Mit einem leisen Brummlaut setzte sie sich auf und beäugte ihn argwöhnisch mit schmalen Augen. Er täuschte heftiges Husten vor, wälzte sich auf die Seite, krümmte und wand sich und ballte die Fäuste.

Sie klopfte ihm auf den Rücken. Er grinste in sich hinein und hustete noch ein paar Mal kräftig.

»Eli, komm zu dir. Bring mich hier weg, verdammt noch mal«, befahl sie barsch. »Das Wasser steigt.«

Wasser?

Er hörte auf zu schauspielern, setzte sich auf und stellte fest, dass die Täuschung gar nicht so groß gewesen war – er fühlte sich unglaublich schwach. Und die Höhle – *die Höhle?* – drehte sich um ihn wie ein verrücktes Karussell.

»Dieses Ding da hat mich befreit und uns beide in diese Höhle gebracht«, erklärte sie und deutete auf etwas hinter ihm. Er drehte sich um. Tatsächlich ragte Fantasme schützend über ihm auf, und in den glänzenden Augen spiegelte sich nichts als die Dunkelheit. Aber irgendwo in der Höhle gab es eine Lichtquelle, und Eli blickte sich suchend um. Eine kleine leuchtende Kugel schwebte neben Nicole in der Luft.

Sie muss sie erschaffen haben, dachte er und gemahnte sich selbst streng daran, dass sie eine Cahors-Hexe und damit immer noch seine Feindin war. Ihre gemeinsamen alten Zeiten in der Highschool, als sie so scharf auf ihn gewesen war, gehörten jetzt zwei Bewohnern einer vergangenen, fremden Welt.

»Falls das zu einem Plan gehört, mich deinem Vater oder James auszuliefern, bringe ich dich um«, sagte sie. Als wollte sie beweisen, dass sie das auch bewerkstelligen konnte, zückte sie einen Dolch und hielt ihn Eli an die Kehle.

Fantasme setzte zum Sprung an, doch Eli hob die Hand und sagte: »Zurück.«

Er erkannte den Dolch von einigen Ritualen, die er mit James durchgeführt hatte. Es war einer von James' Athamen. Er war bestialisch scharf und hatte die Brust einer Ziege mit einem leichten Schnitt durchtrennt – aber das wusste Nicole sicher nicht.

»Ich habe nicht vor, dich James oder meinem Vater zu übergeben«, sagte er. »Ich bin gekommen, um dich zu retten. Punkt.«

»Warum?«, wollte sie wissen.

Er dachte daran, ihr zu sagen, dass er sie liebte, aber das würde sie ihm niemals glauben. Oder dass er sie begehrte, doch damit würde er sie wahrscheinlich beleidigen. Also sagte er ihr die Wahrheit. »Du bist mächtig, und du bist wertvoll. Ich brauche ein Ass im Ärmel. Und du fühlst dich gut an ...«

»Rühr mich ja nicht an«, fauchte sie und bleckte die Zähne wie eine Wildkatze. Das machte ihn heiß. »Komm mir nicht zu nahe.«

»Keine Sorge.« Er hob die Hände. »Aus, Sheba.« Dann lächelte er und fügte hinzu: »Aber falls ich mal wieder eine Mund-zu-Mund-Beatmung brauchen sollte, sage ich dir ganz sicher Bescheid.«

»Ich habe dir das Leben gerettet«, zischte sie. »Aber gewiss nicht aus Mitgefühl, Eli. Ich brauche dich, um hier wegzukommen. Aber falls du irgendetwas versuchen solltest, bringe ich dich um.«

Fantasme trat erneut einen Schritt vor. Wieder bedeutete Eli dem Vogelwesen, sich zurückzuhalten.

»Schon klar, Süße«, erwiderte er beiläufig. »Gleichfalls. Einigen wir uns auf einen Waffenstillstand, bis wir hier raus sind.«

»Und dann ...?«

»Dann sehen wir schon, wo's langgeht. Wie wir früher in der Schule immer gesagt haben.«

Sie blickte ihn stirnrunzelnd an. »Ich habe nie so geredet. Du auch nicht. Dein Vater vielleicht. Er hat sich immer so bemüht, ›cool‹ zu sein.« Sie warf das Haar zurück, und es fiel ihm schwer, sie nicht zu packen und zu küssen. Er liebte freche, zickige Frauen.

»Mein Vater *ist* cool«, entgegnete er.

»Weißt du was, Eli? Das ist mir völlig egal«, sagte sie.

Sie trug ein formloses, raschelndes Gewand aus Satin und schwarzer Spitze, das ihr recht gut stand. Es war am tiefen Ausschnitt und den langen Ärmeln, die ihr bis über den Handrücken fielen, üppig mit Silberfäden bestickt – die Farben der Cahors. Sie war zwar eine Gefangene und zur Opferung vorgesehen gewesen, aber sie war auch die Braut eines Moore – zumindest, bis sie die tote Braut eines Moore sein würde. Ihr dunkles lockiges Haar war jetzt länger, als er es zuletzt gesehen hatte, und sie hatte es an den Seiten zurückgeflochten, während es ihr hinten offen über den Rücken fiel. Sie war unglaublich schön.

Einen Moment lang stellte er sich vor, wie es für sie gewesen sein musste, die Zeit mit James. James hatte ihm ein paar brutale Einzelheiten erzählt, und Eli war wütend und eifersüchtig gewesen, weil ein anderer Mann sie berührt hatte. Doch bis jetzt hatte er keinen Gedanken daran verschwendet, wie das für sie gewesen sein musste. Er schüttelte den Kopf.

Fantasme gab einen seltsamen, heulenden Laut von sich, und Eli kam der alberne, hysterische Gedanke, sie seien in einer *Scooby-Doo*-Folge, und Fantasme sei der Typ im Anzug. Doch er wurde sofort wieder ernst, als eiskaltes Brackwasser über seine ohnehin schon durchweichten Sneakers schwappte. »Also gut, wo sind wir hier?«

»Direkt am Meer«, erklärte Nicole. »Und das Wasser steigt ständig. Ich glaube, die Flut kommt.«

»Sind sie noch hinter uns her?«, fragte er sie.

Sie schnaubte. »Natürlich. Da sind ein paar von diesen widerlichen Dingern aus Matsch …«

»Golems«, informierte er sie.

»Ja, ja. Und Dämonen und Glibbermonster. Alles Mögliche. Dein Vogelmann hat sie abgehängt, und ich habe die Höhle mit einem Illusionszauber belegt, damit sie den Eingang nicht sehen können. Aber ich weiß nicht, wie gut mein Zauber gewirkt hat oder wann sie meine Schutzbanne und so weiter durchbrechen werden. Ich habe auch deinen Unsichtbarkeitsumhang benutzt«, fügte sie hinzu. »Der ist gut.« Das hörte sich an, als fiele es ihr schwer, das zuzugeben, also erwiderte er nichts.

»Also, hattest du einen Plan?«, fragte sie schließlich.

»Natürlich«, erwiderte er scharf. »Der beruhte allerdings auf Heimlichkeit«, fügte er hinzu, damit sie nicht nach Details fragte, die er nicht parat hatte. »James kennt die gesamte Insel. Er hat einen Großteil seiner Kindheit hier verbracht. Er wird ganz sicher dahinterkommen, wo wir sind.« Er runzelte die Stirn. »Wenn er uns nicht schon gefunden hat.«

Nicole warf einen ängstlichen Blick über die Schulter. Er sah nichts als Fels, vermutete aber, dass dort sein Umhang den Eingang verbarg. Soweit sie beide wussten, .konnte inzwischen eine ganze Armee von Dienern des Obersten Zirkels, menschlich oder nicht, vor der Höhle darauf warten, dass sie herauskamen.

In diesem Augenblick hätte er ihr den Dolch abnehmen können, doch ihm gefiel ihre niedliche Machtdemonstration, also ließ er die Gelegenheit verstreichen. Vielleicht spürte sie seine Gedanken, denn sie riss den Kopf herum und drückte ihm die Klinge ein wenig fester an die Kehle. Er war ziemlich sicher, dass sie nicht wusste, wie sehr ihn das anmachte.

Jetzt wurde es Fantasme zu viel. Das Geschöpf holte mit einer … Gliedmaße … aus und schlug Nicole den Dolch aus der Hand. Sie schrie vor Schmerz und sackte auf dem Höhlenboden zusammen. »Mein Handgelenk!«, rief sie gepresst.

Eli hob rasch den Athame auf und steckte ihn in seine schwarze Lederjacke. Dann hielt er ihr grob den Mund zu, um ihre Schmerzensschreie zu ersticken. Sie schrie nur noch lauter, also murmelte er einen Schweigezauber, der vollkommen stumm machte.

Und um der alten Zeiten willen nahm er ihr den Schmerz und befahl ihrem Handgelenk, rasch zu heilen.

Jer: Gorman, Kalifornien

Jer hatte auf der Anhöhe des Grapevine Hill angehalten, um zu tanken, ehe er nach L.A. hinunterfuhr. Dort würde er nach Osten umschwenken, in Richtung New Mexico. Die Nacht war dunkel, und als er nervös in den Himmel schaute, bedeckten Wolken den Mond. *Der Windmond steht bevor*, dachte er schaudernd. *Und womöglich wird ihn keiner von uns überleben.*

»Nicht, wenn ich es verhindern kann«, schwor er sich laut und erschreckte damit die Frau, die an der nächsten Zapfsäule einen roten Minivan betankte. Seine Augen wurden schmal. Irgendetwas an der Frau erschien ihm … seltsam.

Das kurze Haar klebte ihr dicht am Kopf, und ihre Züge hatten etwas eindeutig Europäisches. Er starrte auf ihre Hand, als sie den Zapfhahn einhängte. Sie hielt ihn so fest gepackt, dass sich die Muskeln an ihrem Unterarm abzeichneten. Ziemlich beeindruckende Muskeln sogar. Er kniff die Augen zusammen und versuchte, in der Neonbeleuchtung der Tankstelle mehr Einzelheiten zu erkennen.

Sie hatte eine Narbe am Arm, eine lange, gerade Linie,

die nach Selbstverstümmelung aussah. So weit oben am Arm konnte das kein Selbstmordversuch gewesen sein. Nein, dieser Schnitt erinnerte ihn an eine Wunde, wie man sie während eines Rituals …

Sie stürzte sich auf ihn, riss ihn zu Boden und landete auf ihm. Sein Kopf schlug mit einem dumpfen Knall auf den Beton, und ein Rauschen erfüllte seine Ohren. Seine Sicht verschwamm, aber er spürte einen plötzlichen, scharfen Schmerz am Hals.

»Sag mir, wo dein Vater ist«, zischte die Frau.

Er konnte wieder klar sehen und erkannte, dass sie ihm ein Messer an die Kehle drückte.

»Ich bin nicht ganz sicher«, antwortete er aufrichtig. Er sah keinen Grund, eine Frau zu belügen, die ihn dafür töten konnte und würde.

An der Art, wie sie die Lippen schürzte, sah er, dass sie ihm glaubte.

»Nein, sag nichts – er hat dich abserviert, und jetzt willst du dich rächen?«, scherzte er, weil er nicht wusste, was er sonst tun sollte. Sie hatte ihn überrumpelt und konnte ihm die Kehle aufschlitzen, ehe er irgendeinen magischen oder sonstigen Versuch unternehmen könnte, sich zu befreien.

Sie lachte hohl. »Nichts derart Aufregendes. Aber ich werde ihn töten.«

Jer schluckte schwer und versuchte, die Klinge zu ignorieren, die in seine Haut schnitt. »Da wirst du dich wohl hinten anstellen müssen.«

»Weshalb sollte ich dir glauben? Warum sollte ich dir glauben, dass du deinen eigenen Vater umbringen willst?«

»Du weißt, wer ich bin und wer mein Vater ist. Und da fragst du noch?«

Sie nickte, offenbar befriedigt, und stand mit einer geschmeidigen Bewegung auf. Sie streckte ihm die Hand hin, und er ergriff sie. Sobald er sich aufgerappelt hatte, wich er erleichtert ein paar Schritte von ihr zurück.

»Sir William hat die Hinrichtung deines Vaters angeordnet. Von dir hat er aber nichts gesagt.«

»Wer hätte gedacht, dass es so vorteilhaft sein kann, ignoriert zu werden«, scherzte er lahm und betastete vorsichtig seinen Hals. Er sah Blut an seinen Fingerspitzen und fluchte leise.

»Glaub mir, er ignoriert dich nicht. Er ignoriert nie jemanden, und deshalb ist er noch am Leben.«

»Klingt, als sprächest du aus persönlicher Erfahrung.«

Sie blickte kopfschüttelnd zu ihm auf. »Ich habe gesehen, wozu er in der Lage ist. Ich bin nicht scharf darauf, dass er das auch mit mir treibt.«

Jer lächelte über die doppeldeutige Wortwahl. Es war ein grimmiges Zeugnis der Welt, in der diese Frau lebte – der Seite, für die sie sich entschieden hatte.

»Lass das Auto stehen. Du fährst bei mir mit«, befahl die Frau.

Er sah sie argwöhnisch an. »Bin ich jetzt dein Gefangener?«

»Betrachte dich eher als Komplizen. So wie ich das sehe, verfolgen wir beide dasselbe Ziel.«

»Wenn du nichts dagegen hast, treffen wir uns doch lieber dort«, sagte er, ging langsam rückwärts auf sein Auto zu und machte sich bereit, eine Barriere zwischen ihnen zu errichten.

»An deiner Stelle würde ich das nicht tun«, warnte sie ihn, als er den Türgriff seines Wagens berührte.

»Und warum nicht?«

Sie zeigte ein fieses kleines Lächeln, das sich anfühlte, als prasselten Eiszapfen auf ihn herab. »Weil ich, während du dir drinnen etwas zu trinken gekauft hast, eine Bombe in deinem Wagen platziert habe.«

Er erstarrte, die Hand noch am Türgriff. Mit seinen Gedanken tastete er das Auto ab und suchte nach irgendetwas, das nicht dorthin gehörte. Doch es waren seine Augen, die es schließlich entdeckten. Auf dem Beifahrersitz lag ein kleines schwarzes Kästchen, aus dem sich Drähte schlängelten. *Das könnte eine Attrappe sein*, dachte er.

»Willst du es riskieren?«, fragte sie. »Nicht nur dein Leben und meines, sondern auch das des armen Idioten an der Kasse. Und deren Leben«, sagte sie mit einem Nicken. Er wandte den Kopf und sah eine Familie aus einem Kombi steigen, der gerade an einer der Zapfsäulen gehalten hatte. Alle trugen Mickey-Mouse-T-Shirts, und ihre erschöpften, aber glücklichen Gesichter sagten ihm deutlich, woher sie gerade kamen.

Ein Schweißtropfen rann die Mitte seines Rückens hinab, als er automatisch das Gesicht abwandte, damit die Kinder seine Narben nicht sahen. *Seltsam*, dachte er und starrte wieder die Frau an. *Bei ihr war es mir egal, was sie über meine Narben denkt, schon bevor sie mich angegriffen hat.*

»Wenn ich mit dir fahre, entschärfst du dann die Bombe, damit niemand verletzt wird, wenn wir weg sind?«

Sie zögerte kurz und nickte dann.

»Also gut«, gab er nach.

»Nimm vorsichtig die Hand vom Griff«, wies sie ihn an.

Er gehorchte und wich dann von dem Wagen zurück.

»Braver Junge«, flötete sie. »Jetzt steig in den Minivan.«

Er schlug einen großen Bogen um sie. Sobald er die Beifahrertür ihres Wagens hinter sich schloss, ging sie zu seinem Auto. Die Außenspiegel des Minivans standen so, dass er seinen Wagen nicht sah, und noch ehe er einen verstellen konnte, erschien sie bereits wieder an der Fahrertür. Sie öffnete sie und stieg ein.

»Schon fertig?«, fragte er überrascht.

»Klar«, antwortete sie, ließ den Motor an und legte den Gang ein. Als sie sich wieder auf der Interstate 5 eingereiht hatte, fügte sie hinzu: »Das war keine Bombe.«

Er ließ den Kopf an die Lehne zurücksinken und seufzte. Offensichtlich konnte man ihr nicht trauen. »Also, hast du einen Namen, oder soll ich dich einfach Betrügerin nennen?«

»Wie wäre es stattdessen mit Verführerin?«, fragte sie kokett. »Ich heiße Eve.«

Das würde eine lange Fahrt werden.

June Cathers: Santa Paula, Kalifornien, 12. März 1928, 23.57 Uhr

Die vierjährige June Cathers lag wach im Bett, zu aufgeregt, um zu schlafen. Morgen war ihr Geburtstag, und dann würde sie fünf Jahre alt sein. Im Bett neben ihr schliefen ihre Zwillingsbrüder Timmy und Tommy tief und fest. June hielt den Atem an, um einen Moment lang dem Atem der beiden zu lauschen. Sie waren jünger als sie, und als sie zur Welt gekommen waren, hatte Daddy ihr gesagt, dass sie auf die beiden aufpassen musste.

Mit einem lauten Pusten stieß sie den Atem aus. Morgen

würde es eine Geburtstagsparty geben, mit Kuchen. Ihre Großmutter würde da sein, und ihre beiden Großväter. Sie hatte nur die eine Großmutter. Daddys Mutter war gestorben, als er noch kleiner gewesen war als June jetzt. Das machte sie immer ganz traurig, und er tat ihr leid, wenn sie daran dachte.

Sie drehte sich auf die Seite und kniff die Augen fest zu. Als sie ins Bett gegangen war, hatte sie vergessen, die Schranktür zu schließen – sie war so aufgeregt gewesen, weil sie an ihren Geburtstag gedacht hatte. Der Kleiderschrank machte ihr Angst. Nachts wohnten Dinge darin. Einmal hatte sie die Augen aufgemacht und Schatten in ihrem Schrank gesehen, die sie angestarrt hatten.

Sie hatte geschrien und geschrien, und dann war ihre Mommy gekommen und hatte gesagt, dass sie sich das nur einbildete. Aber sie hatte sich nichts eingebildet, das wusste sie ganz genau. Es gab Ungeheuer auf der Welt. June sah sie manchmal, und sie wusste, dass sie ihr und ihren Brüdern wehtun wollten.

Die Standuhr begann, Mitternacht zu schlagen. June erschrak und zwang sich dann, tief zu atmen und sich zu beruhigen. Langsam trieb sie in den Schlaf hinüber. Irgendwo in der Ferne hörte sie etwas … ein tiefes, leises Geräusch. Sie zog sich die Bettdecke über den Kopf, aber das Geräusch wurde lauter und steigerte sich zu einem dumpfen Brüllen. Sie hielt sich die Ohren zu, aber es wurde nur noch lauter. Schließlich hielt sie es nicht mehr aus und setzte sich auf. Sie wandte den Kopf und schaute genau in dem Moment zum Kleiderschrank, als eine Wasserwand daraus hervorbrach.

Sie schrie, und das Wasser brandete über sie hinweg.

Plötzlich erschien ein Licht, das heller leuchtete als alles, was sie je gesehen hatte. Eine Frau mit langem wallendem Haar stand darin. Sie hob June hoch und drückte sie an sich. Das Wasser floss um sie herum, ohne sie zu berühren. June hustete das Wasser aus, das sie schon geschluckt hatte, und klammerte sich an der dunkelhaarigen Dame fest. »Was ist passiert?«, heulte June.

»Die St.-Francis-Staumauer ist gebrochen«, antwortete die Dame und drückte sie noch fester an sich.

Das Haus brach um sie herum zusammen, und sie blieben unberührt. Das Wasser spülte die Trümmer fort, und sie blieben, wo sie waren. Schließlich war die Flut vorüber, und die leuchtende Dame stellte June auf die Füße. Der Matsch klebte an ihren Beinen, und ihr Nachthemd war feucht und schmutzig.

»Gib gut auf dich acht, *ma petite* June von den Cahors«, sagte die Dame, und dann verschwand sie.

June Cathers blickte sich um und sah die Trümmer ihres Hauses und ihrer kleinen Stadt. Ihre Familie, ihre Eltern und ihre kleinen Brüder waren fort, alle waren tot. Sie war fünf Jahre alt, und heute war ihr Geburtstag.

Neun

Bast

Etwas trägt der Wind heran, das
Uns all unsere Sünden zeigt
Wider dies Dunkel mit noch mehr Hass
Treten an die Deveraux

Achtet, Cahors, Cahors, betet
Wünscht den Tag noch schneller fort
Denn bei Nacht sind wir's allein
Die singen und tanzen im silbernen Kreis

Der Dreifache Zirkel: Santa Cruz

»Göttin, ich vermisse Nicole so sehr«, betete Philippe auf seinem schmalen Bett. »Lass mich sie heil und gesund wiederfinden.«

Er drehte sich auf die Seite und machte sich auf eine weitere schlaflose Nacht gefasst. Er fand keine Ruhe mehr, seit Nicole entführt worden war – *wieder von James und Eli!*

Er bemerkte, dass Pablo ihn anstarrte. »Was ist denn, *hijo*?«

»Wir werden sie finden«, flüsterte Pablo.

»Danke, Pablo«, entgegnete Philippe. »Eher früher als später, hoffe ich.«

Pablo nickte. Das andere überlebende Mitglied ihres Zirkels, Armand, schnarchte leise auf seinem Feldbett. Philippe hob den Kopf und schaute nach ihm.

Andere zu führen ist eine schwere Bürde. Es ist mir ein Rätsel, wie José Luís sie so lange tragen konnte, dachte er.

»Er konnte sie so lange tragen, weil du ihm immer beigestanden und ihm Mut gemacht hast«, erklärte Pablo, der weiterhin Philippes Gedanken las.

Philippe streckte die Hand aus und legte sie kurz auf Pablos Schulter. *Danke,* dachte er.

»Gern geschehen«, entgegnete Pablo.

»Irgendeine neue Spur von den anderen?«

»*Sí*«, antwortete Pablo. »Holly ist bei Michael Deveraux.«

»Wo?«

»In New Mexico.«

»Und Kari und Jer?«

»Kari ist auch da, und Jer ist auf dem Weg dorthin, um seinen Vater zu töten.«

»Die Göttin gewähre ihm den Sieg«, sagte Philippe halb betend. »Und Nicole?«, fragte er gleich darauf und fürchtete sich vor der Antwort.

Pablo schüttelte mit frustrierter Miene den Kopf. »Immer noch nichts.«

»Ist es möglich, dass sie sie nach Avalon gebracht haben?«

»Ich weiß es nicht, aber ich vermute, entweder dorthin oder nach London.«

»Danke, dass du es immer wieder versuchst.«

»Ich gebe die Hoffnung nicht auf, und du darfst das auch nicht.«

Philippe seufzte. An manchen Tagen war das leichter gesagt als getan. Da seine Gedanken an die fehlenden Brüder und Schwestern des Zirkels ins Leere gelaufen waren, wandten sie sich der anderen Sorge zu, die ihn belastete. »Hast du irgendetwas von Alex gespürt?«

»Nein, er ist sehr verschlossen. Es ist schwierig, ihn überhaupt zu erspüren – er ist immer wachsam, als wüsste er, dass ich ihn beobachte.«

»Das macht mich nervös«, gestand Philippe.

»Die Hohepriesterin auch«, sagte Pablo.

Interessant. Vielleicht sollte ich mich mal mit ihr unterhalten, dachte er.

»Das ist eine gute Idee«, erwiderte Pablo. »Ich habe daran gearbeitet, uns zu schützen, damit er uns drei nicht lesen kann«, erklärte er. »Ich werde das auch bei den anderen tun.«

»Ich danke dir.«

Nachdem Philippe noch eine Stunde lang wach gelegen und vergeblich versuchte hatte zu meditieren, sank er schließlich in einen unruhigen Schlaf. Er hatte das Gefühl, nur wenige Minuten geschlafen zu haben, als Pablos Aufschrei ihn Stunden später weckte.

»Ich habe sie gefunden!«

Philippe setzte sich auf, sofort hellwach. »Wo ist sie?«, fragte er und wusste genau, wen Pablo meinte.

»Sie ist auf der Insel Avalon. Sie hat kurz Kontakt zu mir aufgenommen. Eigentlich hat sie versucht, dich zu erreichen, aber sie hat es nicht ganz geschafft«, erklärte Pablo, der plötzlich verlegen klang.

»Ist schon gut, Pablo«, sagte Philippe sanft. Offenbar war es dem Jungen peinlich, dass er eine Botschaft abgefangen hatte, die an Philippe gerichtet gewesen war, obendrein von dessen Liebster.

»Sie hat mir gesagt, dass es ihr gut geht und Eli ihr hilft zu entkommen.«

Philippe seufzte tief. »Der Göttin sei Dank, dass ihr nichts geschehen ist. Es gefällt mir zwar nicht, dass Eli bei ihr ist, aber wenn er sich auf unsere Seite schlägt, werden wir ihn mit offenen Armen willkommen heißen.«

»Soll ich die anderen wecken?«

Philippe blickte sich nach dem Wecker auf dem Nachttisch um. »In einer Stunde müssen sie sowieso aufstehen. Lass sie schlafen. Wir alle werden jedes bisschen Schlaf brauchen, das wir kriegen können. Du solltest auch versuchen, dich noch ein bisschen auszuruhen.«

Pablo nickte und legte sich langsam wieder hin. Er schloss die Augen, und gleich darauf verlangsamte sich sein Atem. Philippe blieb noch einen Moment lang sitzen, bis er sicher war, dass Pablo schlief. Dann stand er auf und ging nach unten. In der Küche traf er auf Sasha, die Frühstück machte.

»Pablo hat Nicole gefunden«, begrüßte er sie. »Sie ist sicher und wohlbehalten auf Avalon. Eli verhilft ihr zur Flucht.«

Erleichterung spiegelte sich auf ihrem Gesicht, und sie begann zu strahlen wie die Sonne. Doch gleich darauf verdüsterte eine Wolke ihre Miene, als sie fragte: »Und was ist mit Jer?«

Philippe nickte. »Er ist unterwegs nach New Mexico, um seinem Vater entgegenzutreten.«

Sie sank an die Küchentheke, und ein bekümmerter Ausdruck breitete sich über ihr Gesicht. »Tief im Herzen wusste ich, dass er das vorhatte«, gestand sie.

»Das macht es trotzdem nicht leichter, es zu hören«, erwiderte er mitfühlend.

»Das stimmt.« Sie lächelte gezwungen und riss sich sichtlich zusammen. »Es freut mich, dass Eli Nicole hilft. Was meinen Sohn wohl dazu gebracht hat?«

Philippe zuckte mit den Schultern. »Vielleicht ist ihm klar geworden, dass er dem Herrn gedient hat, wo er besser der Herrin hätte folgen sollen.«

Sasha lächelte. »Ich halte es für wahrscheinlicher, dass es etwas mit Nicole zu tun hat.«

»Ja, sie kann sehr überzeugend sein, wenn sie will. Falls er sie je geliebt hat, kann sie ihn sicher beeinflussen«, sagte Philippe. Er wollte nicht einmal sich selbst eingestehen, wie schmerzlich diese Worte für ihn waren.

Die anderen tröpfelten nach und nach herein, bis alle in der Küche versammelt waren. Jeder Einzelne sah müde aus, aber alle waren ermutigt durch die Neuigkeiten über Nicole. Besonders ihre Schwester Amanda war sehr erleichtert.

Als Letzter kam Alex, und im Gegensatz zu den anderen sah er frisch und erholt aus. Philippe beneidete ihn darum. Die Mitglieder des Mutterzirkels, von denen einige schon seit Stunden auf waren, schienen die Küche zu meiden. Nicht einmal Luna war da, obwohl sie in den vergangenen zwei Tagen viel Zeit mit ihnen verbracht hatte.

Philippe betrachtete die wenigen Leute, die von ihrem Coven übrig waren. Sasha und Richard standen nebeneinander. Sie waren die Eltern der Kinder, die in diesem

Krieg mit die Hauptrollen spielten. Er wusste, dass die beiden einander in letzter Zeit ein großer Trost gewesen waren. Barbara Davis-Chin saß an einem der Tische, nippte an ihrem Tee und beobachtete die anderen. Er wusste, dass Armand und Pablo ein Stück hinter ihm standen und sich ernst auf Spanisch über alles unterhielten, was Pablo ihm mitten in der Nacht erzählt hatte. In einer Ecke steckten Tommy und Amanda ebenfalls die Köpfe zusammen. Er hatte einen Arm um sie gelegt, und Philippe brauchte nichts von Pablos besonderen Fähigkeiten, um zu erkennen, dass Amanda sowohl aufgeregt als auch besorgt war wegen der Neuigkeiten über ihre Schwester. Alex Carruthers war der Zehnte in der Gruppe.

Schließlich hatte jeder das Neueste über die vermissten Gefährten erfahren. Alex räusperte sich, und alle wandten ihre Aufmerksamkeit ihm zu.

»Ich habe mit Luna gesprochen, und sie hat uns großzügigerweise den Privatjet des Mutterzirkels angeboten; außerdem alles, was sie an Ausstattung und Leuten erübrigen können. Wir müssen Nicole retten, und wir müssen den Kampf zu unseren Feinden tragen. Die Anführerin dieses Covens ist nicht mehr da, und wir müssen der Tatsache ins Auge sehen, dass sie möglicherweise nie zurückkehren wird. Falls doch, werden wir sie mit offenen Armen willkommen heißen. Aber bis zu diesem Tag braucht der Coven einen Anführer. Ich leite meinen Coven zu Hause, und ich schlage vor, dass ich diesen Coven in die Schlacht führe. Dafür gehören euch mein Leben, meine Treue, meine Fähigkeiten und mein Wissen.«

Ein Raunen ging durch die Gruppe, doch niemand sprach laut. Von allen Anwesenden war Philippe der Einzige, der je einen Coven angeführt hatte. Diese Rolle hatte ihm nie gefallen – er fühlte sich als zweiter Mann grundsätzlich wohler. Dennoch war es an ihm, für die beiden anderen Anführer zu sprechen, die nicht anwesend waren.

Können wir ihm vertrauen?, fragte er Pablo lautlos.

Ich weiß es nicht, aber ich weiß, dass wir ihn brauchen und seine Hilfe wichtig für uns ist, antwortete der Junge in Philippes Gedanken.

Die wir vermutlich nicht bekommen, wenn wir ihm die Führungsrolle verweigern?

Das kann ich dir nicht sagen.

Philippe nickte langsam. *Wir werden es wohl riskieren müssen. Wenn er uns helfen kann, Nicole zu retten, bleibt uns nichts anderes übrig.* Laut sagte er: »Ich wäre damit einverstanden, dass du uns vorübergehend leitest, solange die beiden anderen Anführer nicht anwesend sind.«

»Dann stimmt ihr also zu?«, fragte Alex.

»Wir stimmen zu«, antwortete Amanda, den Blick auf Philippe gerichtet.

»Gut. Wir sollten die entsprechenden Rituale gleich durchführen und uns dann noch ein bisschen ausruhen. Morgen fliegen wir nach England. Die Hälfte von uns geht nach Avalon, um Nicole zu retten, und die andere Hälfte greift das Hauptquartier des Obersten Zirkels an.«

Als die anderen nach Luft schnappten, dachte Philippe: *Bei der Göttin, was hast du da getan?*

Auch in dieser Nacht fand Philippe keinen Schlaf. Er durchlebte die Ereignisse des Tages noch einmal, von seiner Entscheidung in der Küche bis zu der Zeremonie, die Alex zum Hohepriester des Zirkels machte. Den restlichen

Tag über hätten alle ausruhen und meditieren sollen, doch Philippe war beides unmöglich gewesen.

Alex war vor allen anderen ins Bett gegangen. Die Übrigen waren lange zu erschöpft und fassungslos gewesen, um Schlaf zu finden. Philippe blickte zu Pablo hinüber. Der Junge träumte, und Philippe beobachtete ihn eine Weile dabei. Freude und Schmerz wechselten sich rasch auf dem jungen Gesicht ab. Philippe fragte sich, was er wohl träumte und ob seine Träume wahre Visionen der Zukunft zeigten oder fantasievolle Spiele seines Geistes waren.

Er legte sich wieder auf den Rücken und starrte an die Decke. Er hatte sich noch nie so unwohl gefühlt wie in den Tagen, seit Nicole entführt worden war. *Sie ist ein Teil von mir, wie auch ich ein Teil von ihr bin. Es ist, als hätten sie mir auch einen Teil meiner Seele geraubt*, dachte er. *Ich glaube, ich werde nie mehr Ruhe finden, bis sie wieder bei mir ist.*

Von Nicole wanderten seine Gedanken zu ihrem neu entdeckten Cousin weiter. *Was sie wohl zu alledem sagen würde?* Er lächelte. Das Spiel »Was würde Nicole sagen?« wurde allmählich zu seinem liebsten Zeitvertreib.

Er hörte Armand leise schnarchen, und auch aus dem Nebenzimmer drang Schnarchen herüber. *Alex, schläfst du auch? Wenn ja, was träumst du? Und wenn nicht, was tust du jetzt?*

June Cathers:
Santa Paula, Kalifornien, 12. März 1928, 23.57 Uhr

Die vierjährige June Cathers lag wach im Bett, zu aufgeregt, um zu schlafen. Morgen war ihr Geburtstag, und dann würde sie fünf Jahre alt sein. Im Bett neben ihr schliefen ihre Zwillingsbrüder Timmy und Tommy tief und fest. Sie drehte sich auf die Seite und kniff dabei die Augen zu. Ihre Schranktür war offen, und das beunruhigte sie.

In dem Schrank knurrte und rumpelte es immer lauter. Sie versuchte, nicht hinzuhören, aber der Lärm wurde so laut, dass sie sich wunderte, warum die anderen davon nicht aufwachten.

Sie drehte sich zu dem Schrank um und schrie.

Eine Wasserwand schoss hervor: Ein Fluss ergoss sich direkt aus ihrem Kleiderschrank!

Dann hielt er plötzlich inne, als wäre er mitten in der Luft gefroren. Ein Licht erschien, das heller leuchtete als alles, was sie je zuvor gesehen hatte. Eine Frau mit wunderschönem, wallendem langem Haar stand in dem Licht. Sie hob June hoch und drückte sie an sich.

Dann erschien ein Mann, der ebenfalls strahlte. Sein Haar war ganz hell, und er war sehr schön.

Er hob Timmy und Tommy hoch, jeden auf einen Arm, und sie alle schmiegten sich dicht zusammen. Dann bewegte das Wasser sich weiter und strömte um sie herum. Aber die beiden strahlenden Leute hielten June und ihre Brüder in den Armen und standen einfach so im Wasser.

»Was ist passiert?«, heulte June.

»Die St.-Francis-Staumauer ist gebrochen«, erklärte ihr der Mann. »Deine Familie ist dazu verflucht, dass alle ertrinken. Aber wir haben euch gerettet. Ihr seid unsere Zukunft.«

»Bist du ein Engel?«, fragte sie und berührte ehrfurchtsvoll sein Gesicht.

»Nein«, antwortete er mit schwachem Lächeln. »Mein

Name ist Alex, und ich bin kein Engel. Aber ich bin jemand, der dir sein Leben verdankt.« Er beugte sich über sie und küsste sie auf die Wange. »Alles Gute zum Geburtstag, June.«

Und dann verschwanden er und die Dame.

June erwachte an einem wunderschönen Tag … und war fünf Jahre alt.

Der Mutterzirkel: Santa Cruz

Anne-Louise fuhr keuchend im Bett hoch. »Irgendetwas stimmt nicht«, flüsterte sie.

Wisper starrte sie an, den Kopf zur Seite geneigt. Der Blick ihrer gelben Augen schien Anne-Louise zu durchbohren.

»Etwas ist anders – irgendwie verändert«, sagte Anne-Louise, sah die Katze an und betete um Antworten.

Die Katze sprach. »Die Zeitachse hat sich um euch verschoben.«

»Wie kann so etwas passieren?«, fragte Anne-Louise entsetzt.

»Jemand hat die Vergangenheit verändert. Das Haus Cahors kann dir mehr darüber sagen.«

Ein Schauer lief ihr über den Rücken. Die Vergangenheit zu ändern war eine sehr ernste Sache. Im Mutterzirkel verlangte dieser Akt den Tod der Hexe, die diese machtvolle Magie gewirkt hatte.

Sie wandte ein: »Aber wenn sich die Zeitachse verschoben hat, wie kommt es dann, dass ich mir dessen bewusst bin?«

Die Katze zwinkerte ihr zu. »Weil ich dir erlaubt habe, beide Entwicklungen zu beobachten.«

Anne-Louise spürte, wie ihr Mund schlagartig staubtrocken wurde. »Was hat sich verändert?«

»Vieles.«

Eli und Nicole: Avalon

Binnen Minuten war Nicoles Handgelenk geheilt. Eli hatte die Zeit dazu genutzt, sich zu überlegen, wie sie von der Insel kommen sollten. Bisher war ihm nichts eingefallen, aber das wollte er nicht zugeben. Er betrachtete sie. *Sie ist so schön, und sie strahlt so hell.* Er schluckte schwer. Er musste es wissen. Die Frage quälte ihn schon die ganze Zeit, und jetzt musste sie einfach heraus. »Ist … ist das Baby von mir?«

Nicole lief scharlachrot an und legte eine Hand auf ihren runden Bauch. »Ich weiß es nicht«, flüsterte sie.

»Wann kommt es denn?«

»Zum Windmond.«

»Aber das ist schon in ein paar Tagen!«, rief er aus und geriet leicht in Panik.

Sie schenkte ihm das lieblichste Lächeln, das er je gesehen hatte, und er beruhigte sich allmählich wieder. *Das könnte mein Kind sein,* dachte er voller Staunen. Ehe er sich zurückhalten konnte, streckte er die Hand aus. Doch er hielt inne und sah ihr tief in die Augen.

Sie nickte leicht, nahm seine Hand und drückte sie an ihren Bauch. Er spürte Bewegung dort drin, Leben, das sich in ihr regte, und noch etwas: ein leichtes Kribbeln wie eine elektrische Ladung.

»Das Baby hat große Macht«, hauchte er.

»Ja, die hat er.«

»Du weißt schon, dass es ein Junge wird?«

Sie nickte. »Ich kann es fühlen.«

»Und er könnte von mir sein.«

»Könnte er, ja.«

Eli begann am ganzen Körper zu zittern. Nicole schlang die Arme um ihn und hielt ihn fest, während er weinte.

Nicole war selbst nach Weinen zumute. Eli so weich zu sehen, rührte sie. *Er hat sich verändert, direkt vor meinen Augen,* dachte sie. *Früher habe ich geglaubt, ich könnte ihn zähmen. Vielleicht hatte ich recht.*

Sie hatte ihm die Wahrheit gesagt: Eli könnte der Vater sein. Sie wusste wirklich nicht, wer es war. Sie hoffte, es sei Philippe, aber sie waren noch nicht lange zusammen. *Das Komische ist, dass ich mich kaum daran erinnern kann, schwanger zu sein. Ich weiß, dass es ein Junge wird und wann er zur Welt kommt, aber sonst nichts mehr.* Sie schauderte. *Was, wenn es James' Kind ist?* Auf einmal fühlte sie sich sterbenselend. Sie musste sich der Wahrheit stellen, dass hier irgendeine Art von Magie am Werk war. Vor neun Monaten war sie mit niemandem zusammen gewesen, so dass sie hätte schwanger werden können. Sie und Eli hatten sich vorher getrennt. Mit Philippe war sie erst kurz zusammen, und James hatte … das, was er ihr zugefügt hatte, auch vor relativ kurzer Zeit getan.

Ein anderer Gedanke schlich ihr durch den Kopf: *Was ist mit dem Ding in meinem Zimmer? Könnte dieses Etwas mir das angetan haben?* Sie fing ebenfalls an zu weinen, und ihre Tränen vermischten sich mit Elis. Die schlichte Wahrheit lautete, dass vermutlich keiner von ihnen das hier lebend überstehen würde. Sie hatte ihn einmal geliebt, und wenn er Trost in dem Gedanken fand, dass er der Vater war … Und da sie ja wirklich nicht wusste, ob er es nun war oder nicht, konnte es nicht schaden, ihn in dem Glauben zu lassen.

Jer und Eve: New Mexico

Sie hatten dicht hinter der Staatsgrenze an einem rund um die Uhr geöffneten Truck Stop gehalten, um etwas zu essen. Jers Versuche, Eve mehr Informationen zu entlocken, waren auf sturen Widerstand gestoßen. Sie hatten schweigend gegessen, und Jer konnte sich nicht einmal mehr erinnern, was er bestellt hatte. Er wusste nur, dass das Essen nach nichts schmeckte und ihm völlig gleichgültig war. Er hatte zu viele Sorgen, um auf so etwas zu achten.

Er wartete im Wagen, während Eve zur Toilette ging. Er konnte die Nähe seines Vaters spüren, seinen Gestank bis hierher wahrnehmen. *Er ist wie die Pest. Seine Bosheit verbreitet sich, steckt alle in seiner Nähe an und infiziert selbst das Land um ihn herum und den Himmel über ihm. Jemand muss ihn aufhalten, solange es noch ein wenig Licht auf der Welt gibt, etwas Gutes, das er noch nicht berührt und verdorben hat.*

Er drehte sich zu Eve um, als sie in den Minivan stieg. Sie hatte sich umgezogen und trug eine schwarze Jeans, einen schwarzen Rolli und eine schwarze Lederweste. Die Weste sah dick aus und erinnerte ihn eher an etwas, das ein Polizist zu seinem Schutz tragen würde denn an ein Accessoire für Okkultisten. Außerdem trug sie schwarze Lederstiefel, die ihr bis zu den Knien reichten.

»Ich fühle mich underdressed«, bemerkte er trocken.

»Logisch«, erwiderte sie. »Männer sind doch immer falsch angezogen.«

Er wollte ihr gerade die passende Antwort geben, als etwas gegen die Windschutzscheibe knallte, oder vielmehr *durch* die Scheibe. Es war ein Wichtel, und er kicherte irre, ehe er mit seinen spitzen Fingernägeln nach Jers Augen stach. Jer schrie auf und riss gerade rechtzeitig den Kopf zur Seite. Eve traf das Geschöpf mit dem Handrücken, und es flog durch die Windschutzscheibe wieder hinaus.

Sie ließ den Motor an und legte mir derselben geschmeidigen Bewegung den Rückwärtsgang ein. Sie stieß gegen ein Auto auf dem Parkplatz hinter ihr und rammte den Schalthebel in den Vorwärtsgang. Die Reifen kreischten gequält, als sie losraste.

»Meinen internationalen Führerschein bin ich wohl los«, stellte sie grimmig fest.

Jer stemmte sich gegen den Sitz, als sie scharf vom Parkplatz abbog. Doch dann flog er nach vorn, weil sie mit quietschenden Reifen eine Vollbremsung machte. Vor dem Auto stand eine Reihe Dämonen Schulter an Schulter. Sie waren von unterschiedlicher Art und Größe.

Eve trat das Gaspedal durch, während Jer noch die Dämonen anstarrte. Einer von ihnen streckte gemächlich den Arm aus und winkte sie heran. *Der Kaiser schickt seine Soldaten aus*, dachte er, *und er schickt Eve und Jer hinaus. Wenn wir die Kette durchbrechen, überleben wir, wenn nicht, spielen wir bei den Toten mit.*

Eve nahm abrupt den Fuß von der Bremse, und der Minivan machte einen Satz nach vorn. Jer hätte am liebsten die Augen geschlossen oder weggeschaut, doch irgendetwas ließ das nicht zu. Er und Eve schrien gemeinsam auf, als der Minivan in die Kette der Dämonen krachte. Körperteile flogen überall herum. Eine Hand segelte durch die geborstene Windschutzscheibe herein und landete auf Jers Schoß. Mit einem angewiderten Aufschrei packte er die zuckenden Finger und warf das Ding auf den Rücksitz. Inzwischen waren Dämonen auf das Auto gesprungen und klammerten sich mit Händen, Füßen und Tentakeln daran fest.

Einer rammte die Faust durch das Beifahrerfenster, und Glas flog Jer ins Gesicht. Instinktiv kniff er die Augen zu. Die Splitter fühlten sich auf seiner Haut beinahe wie Regentropfen an, bis der scharfe Schmerz einsetzte.

Der Dämon forderte plötzlich seine ganze Aufmerksamkeit, indem er die Hand um Jers Kehle schloss. Der packte verzweifelt mit beiden Händen den Kopf der Kreatur und schlug ihn gegen den Türrahmen. Der Griff des Dämons wurde noch fester, und als Jer ernsthaft die Luft ausging, wurden seine Bewegungen immer hektischer. Schließlich rammte er den Kopf gegen den Schädel des Dämons. Schmerz explodierte an seinen Schläfen, doch der Würgegriff lockerte sich für einen Moment.

Jer packte die Finger und riss sie von seinem Hals. Das Geschöpf verlor kurz das Gleichgewicht, und Jer nutzte die Chance und stieß es von sich weg. Es fiel auf den Boden, und der Minivan hüpfte hoch, als das Hinterrad den Dämon überrollte. Ein unirdischer Schrei zerriss die Nachtluft, und Jer hielt sich die Ohren zu und verzerrte das Gesicht vor Schmerz.

Der Schrei verhallte nach einer Sekunde, und der Minivan schlingerte wild nach rechts. Er wandte sich Eve zu.

Sie rang mit einem kleinen, schuppigen roten Dämon um das Lenkrad. Ein weiterer Dämon hing halb durch das offene Seitenfenster herein und riss ihr mit den Klauen die Kopfhaut auf.

Jer schleuderte einen Feuerball, der um Haaresbreite an Eves Kopf vorbeischoss. Er explodierte im Gesicht des Dämons, der mit einem Aufschrei abstürzte. Jer nahm den Gestank von versengten Haaren wahr und erkannte, dass er Eve mit seinem Feuerball gestreift haben musste.

»Weiche!«, brüllte er den kleinen roten Dämon an, weil ihm in der Aufregung das lateinische Wort nicht einfallen wollte.

Das Geschöpf drehte sich um, kicherte ihn zahnlos an und hüpfte auf dem Armaturenbrett auf und ab. Es hörte allerdings auf zu lachen, als Eve auf die Bremse trat und der Dämon über die Motorhaube hinwegflog, um ein paar Meter vor ihnen auf dem Boden aufzuschlagen. Sie gab Vollgas und überrollte den Dämon mit einem widerlichen Knirschen. Gelbes Blut und Glibber spritzten durch die Fensteröffnungen herein.

Eve fuhr mit Tempo hundertfünfzig auf den Freeway und blieb eine halbe Stunde bei dieser Geschwindigkeit. Jer verzauberte das Auto, so dass die drei Streifenwagen, an denen sie in dieser Zeit vorbeifuhren, sie nicht sahen. Sie waren nur ein unerklärlicher Fleck im Sucher der Laserpistole. Schließlich fuhr sie bei einem kleinen Ort vom Freeway ab und hielt vor einem Motel. »Jemand weiß, dass du zu Besuch kommst«, bemerkte sie.

»Offensichtlich«, war alles, was er herausbrachte, wobei er sich beinahe übergeben hätte, weil er Dämonenblut auf den Lippen schmeckte.

Der Wichtel hopste vor Michael auf und ab, offensichtlich sehr aufgeregt. »Wir haben versssucht, ihn zu töten, aber esss war jemand bei ihm, ein Mädchen«, zischelte das Ding.

Es war so außer sich, dass Kari kaum verstehen konnte, was es sagte.

»Stirb, stirb, aber er wollte einfach nicht sterben, und sssie auch nicht. Sssie issst eine Hexerin, eine mächtige.«

»Er hat eine Hexerin bei sich?«, fragte Michael nachdenklich. »Das kann nicht gut sein. Lass mich raten, dieser Schwächling Sir William ist nun doch zu dem Schluss gekommen, dass ich seinem Image schade?«

»Sssie issst stark, stärker alsss er.«

»Dazu braucht es auch nicht viel, nicht wahr?«, erwiderte er und winkte ab.

Kari stand langsam und mit zitternden Knien auf. Sie konnte sich an die vergangenen vierundzwanzig Stunden kaum erinnern. Alles war wie verschleiert, aber sie musste wissen, von wem die beiden sprachen. »Wer?«, fragte sie. Ihre Kehle war so trocken, dass ihre Stimme kaum mehr als ein Flüstern war.

Michael und der Wichtel ignorierten sie. Stattdessen hüpfte das Geschöpf einfach weiterhin auf und ab und brabbelte auf Michael ein. Der strich sich übers Kinn und machte ein nachdenkliches Gesicht.

»Wer?«, fragte sie. Ihre Stimme brach, klang aber schon ein wenig kräftiger.

Sie ignorierten sie immer noch, und einen verrückten Moment lang dachte sie, sie könnte ein Geist sein. *Michael*

Deveraux hat mich getötet, und jetzt bin ich hier gefangen, sehe alles, ohne gesehen zu werden, höre alles, doch niemand hört mich. Sie griff nach einer Tischlampe und schmetterte sie auf den Boden. Sie zersprang.

Michael drehte sich um und starrte sie an. »Was hat dein Coven nur gegen Lampen?«, fragte er in beinahe liebenswürdigem Tonfall. »Lampen kaputt machen war alles, was Holly anfangs tun wollte.«

»Wer?«, brüllte sie.

Er zog eine Augenbraue hoch. »Wer die Frau ist, weiß ich nicht – allerdings gibt es sehr wenige weibliche Hexer im Obersten Zirkel, also dürfte es nicht allzu schwierig sein, das festzustellen.«

»Der Mann, wer ist der Mann?«, fragte sie langsam und betont.

Er lächelte belustigt. »Ach, das ist nur Jeraud.«

»Jer?«, fragte sie, denn sie fürchtete, sie könnte sich verhört haben.

Michael nickte.

»Er lebt noch?«

»Anscheinend. Offenbar hat er es geschafft, aus der Traumzeit zurückzukehren, und jetzt ist er auf dem Weg hierher.«

Sie hielt sich an einem Stuhl fest und setzte sich rasch, ehe sie in Ohnmacht fallen konnte. *Er lebt!* Ihr Herz schwang sich einen wunderbaren Augenblick lang dem Himmel entgegen, ehe es wieder abstürzte. »Sie wollen Jer töten«, warf sie ihm vor.

»Warum überrascht dich das so?«, fragte er mit boshaftem Grinsen.

»Er ist Ihr *Sohn*!«

»Und ich habe seine Eskapaden lange genug toleriert. Alle Eltern hoffen, dass sie eines Tages stolz auf ihre Kinder sein können, dass diese mehr erreichen werden als sie selbst und dass sie einen prachtvollen Zweig des Familienstammbaums abgeben werden.«

»Aber?«

»Tja, wie jeder gute Gärtner weiß, muss man einen Baum hin und wieder stutzen. Bedauerlicherweise ist Jer nichts weiter als ein ertragloser Zweig, den ich zurückschneiden werde.«

»Aber Sie haben mir versprochen …«

»Nein, meine Liebe«, sagte er und trat näher. »Wenn du dich an unsere Unterhaltung erinnern möchtest – ich habe dir gar nichts versprochen. Das ist eine meiner wenigen Gemeinsamkeiten mit meinem Sohn«, fügte er höhnisch hinzu.

»Er kommt hierher?«, fragte sie, immer noch benommen.

»Ja.«

Sie reckte das Kinn. »Dann kommt er, um mich zu retten. Und Sie werden alles bereuen.«

Michael lachte, und es klang aufrichtig und überrascht. Er kniete sich neben sie, so dass er ihr auf Augenhöhe ins Gesicht sehen konnte, und starrte ihr in die Augen. »Meine Liebe, bist du wirklich so verblendet, dass du glaubst, er käme hierher, um dich zu retten?« Er schnalzte mit der Zunge. »Mach dir nichts vor, Schätzchen. Er kommt her, um Holly zu retten.«

Seine Worte trafen sie tief. Er stand langsam auf und schlug die letzten Nägel in den Sarg, in dem nun all ihre Träume lagen. »Nicht dich. Du warst ihm nie so wichtig.«

Er wandte sich ab und ging davon, und der Wichtel trottete neben ihm her.

Kari blieb auf dem Stuhl sitzen, überwältigt von Trauer. *Jer lebt, und er kommt hierher, um zu sterben.*

Lass ihn sterben, flüsterte eine andere Stimme in ihrem Kopf. *Sieh nur, was er dir angetan hat.*

Er hat das nicht getan. Das war Holly; alles ist allein ihre Schuld. Jer würde mich immer noch lieben, wenn sie nicht gewesen wäre.

Holly sollte an seiner Stelle sterben. Immerhin würdest du auch für ihn sterben. Wenn sie ihn liebt, wird sie sich für ihn opfern. Oder du tötest sie gleich, dann braucht Jer sein Leben nicht mehr aufs Spiel zu setzen, und du könntest ihn wiederhaben.

Du verdienst mehr.

Bei diesem Gedanken brach sie schluchzend zusammen. »Nein, das stimmt nicht!«, rief sie laut. »Das stimmt nicht, ich verdiene gar nichts. Ich habe sie alle verraten.«

Der Mutterzirkel: Santa Cruz

Anne-Louise hatte stundenlang im Internet recherchiert und Ahnenforschung betrieben. Aber jedes Mal, wenn sie geglaubt hatte, der Durchbruch stünde kurz bevor, war sie in einer weiteren Sackgasse gelandet. Manchmal musste man Dinge eben auf die altmodische Art anpacken.

Sie schloss ihre Zimmertür ab und belegte Tür und Fenster mit Bannen. Sie verbrannte etwas Weihrauch und legte sich aufs Bett. Zuvor hatte sie einen sehr starken Kräutertrank zu sich genommen, wie ihn ein Schamane trinken würde, wenn er sich auf Visionssuche begeben wollte.

Genau das hatte Anne-Louise vor. Aber sie suchte nach etwas ganz Bestimmtem, und sie würde die Hilfe der Göttin brauchen. Wisper sprang aufs Bett und ließ sich schnurrend neben ihr nieder.

Anne-Louise atmete tief durch und schloss die Augen. *Zeige mir die gesamte Familie Cahors.*

Teil drei

Wasser

In Euch ertrinke ich, die mich
Aus Mutters Schoß hervorgebracht
Gezeiten sind für alle gleich
Ein Zeugnis der lieblichen Göttin

Mit den Gezeiten, in ihrem Strom
Lernen wir atmen und achtsam sein
Um zu genießen, was wir uns jetzt nehmen
Morgen gleicht niemals dem Heute

Zehn

Rhiannon

Es dreht und dreht sich das Sonnenrad
Wir schlagen all unsere Feinde erneut
Wir jubeln und tanzen, während sie weinend
Sich wünschen, nie geboren zu sein

Die Wahrheit suchen wir in Visionen
Geheimnisse, in der Jugend verloren
Denn wir können nicht länger verbergen
Das Böse, das tief in uns lauert

Holly: New Mexico

In einem Winkel ihres Verstandes saß sie auf einem kleinen Hocker und sah dem ganzen Aufruhr zu. *Da sind große Dämonen und kleine Dämonen und Wesen, die hier sonst nicht wohnen. Sie verursachen so ein Durcheinander, springen überall herum und machen Sachen kaputt, so viele Sachen. Aber wenn ich ganz still sitze, bemerken sie mich nicht. Sie werden nicht herschauen. Mich nicht sehen. Aber ich sitze schon so lange so still, und es ist schwierig, ganz gerade zu sitzen.*

Sie wackelte mit einem Zeh, nur mit einem, und dem kleinen Zeh noch dazu. *Und dieser klitzekleine Schelm ...* Da kam ein großer haariger Dämon mit blutigen Stümpfen anstelle von Händen und schlug sie mit so einem Stumpf. Sie hatte Blut auf dem Kleid. *Ist das mein Blut oder seines?* Das war egal, alles war egal, außer dass sie ganz, ganz still saß und sich nicht bewegte, nicht einmal einen Zeh.

Und jetzt bewegte sich der dunkelhaarige Mann draußen vor ihrem Geist. Er war da, in einem anderen Raum, und er redete. Sie sollte ihm zuhören, das mochte er. Wenn sie gut aufpasste, konnte sie einen Moment lang nur ihn hören und niemanden sonst, nicht einmal die schöne Dämonin mit dem langen Haar, das sie tausend Mal am Tag bürstete. Aber sie hatte ein Gesicht wie eine Schlange, wenn sie wütend war ...

Was sagt er da? Sie wurde noch stiller, lauschte angestrengter, befahl ihrem Herzen, stehen zu bleiben, damit es nicht so donnerte und seine Stimme übertönte. Aber irgendwelche lästigen Dämonen setzten ihr Herz immer wieder in Gang. *Wie soll ich ihn denn hören, wenn sie das dauernd machen?*

»... Jer ... töten ... London ... brave Holly.«

Bekommt Holly ein Leckerchen? Er will doch etwas. Ich soll irgendwas tun. Sprechen vielleicht? Ich versuche es.

Sie öffnete den Mund, und alle drehten sich um und starrten sie an. Ein alter Wichtel mit runzliger grauer Haut, der nach Formaldehyd stank, hinkte zu ihr herüber. Er hielt ihr ein Megafon hin, in das sie hineinrufen sollte. Sie beugte sich vor und sprach. »Töten.« Sie konnte sich selbst hören, ihre Stimme hallte in ihrem Kopf wider.

Und der dunkelhaarige Mann lächelte.

Meine Antwort war richtig. Eine Eins, mit Stern.

Der Wichtel nahm ihr das Megafon wieder weg, und die anderen unterhielten sich weiter. *Und ich bleibe ganz still hier sitzen, dann werden sie gar nicht merken, dass ich da bin.*

Michael richtete sich auf. Er war nicht ganz sicher, ob Holly verstanden hatte, was er von ihr wollte. Zumindest hatte sie »töten« wiederholt, das war schon ein gutes Zeichen.

Er hatte die vergangene Stunde damit verbracht, seine dämonischen Spione zu befragen und in seine Kristalle zu schauen. Sir William hatte tatsächlich Befehl gegeben, ihn zu töten, und in New Mexico würde es bald noch viel heißer werden, als es ohnehin schon war.

Er hatte kurz daran gedacht, vor den Obersten Zirkel zu treten und Sir William Hollys Kopf auf einem Silbertablett zu servieren, die Idee aber rasch verworfen. Damit hätte er den Anführer des Obersten Zirkels möglicherweise besänftigen können, aber Besänftigung war nicht mehr Michaels Ziel.

Es ist an der Zeit, dass wir Deveraux uns zurückholen, was rechtmäßig uns gehört, dachte er. Er hatte erfahren, dass Eli auf Avalon war und offenbar versuchte, Nicole Anderson zu retten. *Er hatte ja schon immer eine Schwäche für diese Hexe.* Aber das konnte Michael zu seinem Vorteil nutzen.

Er packte seine Sachen. Jer und seine neue Freundin würden morgen früh hier ankommen, doch dann würde er längst fort sein. Stattdessen würden sie Holly antreffen. Wenn Michaels Glückssträhne anhielt, würden die drei sich gegenseitig umbringen. Wenn nicht, tja, dann würde zumindest einer von ihnen sterben, und das konnte ihm auf jeden Fall recht sein.

Falls Holly als Letzte übrig bliebe, würden Sir Williams' Golems kurzen Prozess mit ihr machen. Als Michael klar geworden war, dass die Golems ausgesandt worden waren, um Holly aufzuspüren und zu töten, hatte er sich die Mühe gemacht, Hollys magische Signatur zu verschleiern. Golems konnte man wie Bluthunde von ihrer Fährte abbringen, wenn man nur wusste, wie.

Aber das war nicht einfach gewesen. Ihre Ausstrahlung war normalerweise so mächtig, dass es unmöglich gewesen wäre, sie zu verbergen – wenn sie nicht besessen gewesen wäre. Ja, Holly war ganz eindeutig nicht mehr sie selbst.

Was er mit der Verräterin, dieser Kari, anstellen sollte, war eine andere Frage. Normalerweise wäre sein erster Impuls gewesen, sie zu töten, aber er hatte das Gefühl, dass sie ihm noch nützlich sein könnte. Rasch fällte er eine Entscheidung: Sie würde ihn begleiten.

Als er fertig gepackt hatte, schaltete er mit einem Anflug von Traurigkeit das Licht in seinem Schlafzimmer aus. Ein Jammer. So ein schönes Haus. Außerdem fand er es sehr schade, dass er das Feuerwerk verpassen würde. Aber er musste dringend etwas im Ausland erledigen, und jetzt war der richtige Zeitpunkt, sich dorthin aufzumachen.

Er fand Kari zusammengekauert in einem Sessel im Wohnzimmer. Einen Moment lang dachte er, das Mädchen sei katatonisch. Er wedelte mit der Hand vor ihrem Gesicht herum und schnippte mit den Fingern, doch sie zuckte nicht einmal mit den Wimpern. Er hob einen Koffer an und ließ ihn mit einem dumpfen Knall fallen, und sie wandte ihm den Blick zu. *Gut.*

Sie sah ihn an. »Ich habe ihnen allen den Tod gebracht.«

»Ja, Schätzchen, ich fürchte, so ist es. Wir müssen jetzt

»Holly Cathers«, sagte Eve. »Sie ist schon mehr als ›besonders‹, würde ich meinen.«

»Tja, jedenfalls will ich sie lebend haben«, sagte er.

Eve grinste. »Auf ihren Kopf ist auch eine Belohnung ausgesetzt.«

»Wenn du meine Hilfe willst, lässt du sie lieber in Ruhe«, warnte er.

»Ich brauche deine Hilfe nicht. Ich könnte dich auch einfach töten.«

»Das stimmt nicht, sonst hättest du mich schon an der Tankstelle umgebracht.«

Er konnte sehen, wie es hinter ihrer Stirn arbeitete, während sie ihn beäugte. Schließlich nickte sie. »Hilf mir, deinen Vater zu erwischen, und ich lasse dir deine kostbare Hexe.«

»Einverstanden.«

»Gut. Also, hast du einen Plan?«

Drei Stunden später waren alle ihre Pläne wertlos. Als sie vor dem Holzhaus hielten, spürte Jer sofort, dass sein Vater weg war. Trotzdem stiegen sie aus und gingen um das Gebäude herum. Alles war dunkel und still.

»Ich spüre hier niemanden«, sagte Eve.

Er wollte ihr gerade zustimmen, als ein Feuerball seine Schulter streifte. Mit einem Aufschrei warf er sich zu Boden, als eine ganze Salve durch die Luft zischte, wo sie eben noch gestanden hatten. Er rollte sich auf die getroffene Seite, um die Flammen an seiner Schulter zu löschen.

Eve war hinter den Minivan gehechtet und hatte einen Schutzschild erschaffen. Jer sprang auf und lief geduckt hinter das Auto.

»Wer ist das?«, rief Eve.

»Ich weiß es nicht«, erwiderte Jer. Die Feuerbälle waren aus dem Haus gekommen, durch ein offenes Fenster neben der Tür. Plötzlich hörte der Beschuss auf. Eine Minute später öffnete sich knarrend die Tür, und eine schlanke Gestalt trat heraus ins Licht.

»Holly!«, schrie er.

Holly neigte den Kopf zur Seite, als hörte sie ihm zu.

»Holly, ich bin es, Jer!«, rief er.

»Was hat sie denn?«, zischte Eve.

»Sie ist meinem Vater hörig … und besessen«, erklärte Jer.

»Hättest du das nicht früher erwähnen können?«

Jemand schrie sie an, rief ihren Namen. Wer war das? Sie bemühte sich, ihn zu sehen, aber die anderen standen ihr im Weg, die großen Köpfe versperrten ihr die Sicht. *Ich will das Bild auch sehen,* dachte sie. *Wenn ich nur ein bisschen größer wäre, könnte ich um sie herumschauen.* Sie wollte versuchen, sich nur ein kleines bisschen aufzurichten, aber sie würden es bemerken, und dann würden sie sie anschreien und ihr wehtun.

Die Stimme rief wieder etwas. »… Jer.«

Jer, Jer, woher kenne ich diesen Namen? Er kam ihr bekannt vor. Warum konnten die Teufel sich nicht kleiner machen, damit sie etwas sehen konnte? *Vielleicht, wenn ich mich nur ein bisschen aufrichte, nur ein, zwei Fingerbreit – das würden sie nicht merken, oder?*

Doch, das würden sie merken, das wusste sie genau. Sie merkten alles, und sie hatten ihr befohlen, sich nicht zu rühren. Sie hatten gesagt, wenn sie sich bewegte, würden sie ihr wehtun, und dann würden die Golems kommen, wer immer die auch sein mochten … Ach ja, die Golems waren Ungeheuer, die sie töten wollten.

Die Stimme sprach weiter, und sie klang vertraut. *Ich sollte sie kennen. Wer ist das?*

Sie haben gesagt, ich muss stillhalten, wegen der Ungeheuer. Ungeheuer draußen, Ungeheuer drinnen.

»Holly!«, schrie die Stimme.

Da stand sie von ihrem kleinen Hocker auf und rief: »Was ist?«

Holly erwiderte etwas, und beinahe augenblicklich erschienen Golems wie aus dem Nichts. Jer brüllte eine Warnung, doch sie rührte sich nicht, bis der erste sie packte. Jer rannte hinter dem Schutzschild hervor, Eve ihm dicht auf den Fersen.

»Wie schalten wir die aus?«, rief sie.

»Indem du das Stück Papier in ihrem Mund zerstörst oder den ersten Buchstaben auf ihrer Stirn abreibst!«

»Was geht leichter?«

»Da könnte ich auch nur raten«, entgegnete Jer und versuchte dann, den Kopf des nächststehenden Golems zu packen. Das Ding wischte ihn beiseite wie eine Fliege. Er landete im Staub und versetzte dem Geschöpf einen Tritt, der ebenfalls wirkungslos blieb.

Er drehte sich gerade rechtzeitig zur Seite, um zu sehen, wie Eve einem Golem auf den Rücken sprang, den Arm um dessen Kopf nach vorne schob und das erste *E* von der Stirn des hässlichen Dings rubbelte. Es kippte vornüber zu Boden, und sie sprang im letzten Augenblick ab.

Inzwischen schossen wieder Feuerbälle aus Hollys Fingerspitzen, und Jer war plötzlich vollauf damit beschäftigt, ihnen auszuweichen. Einer traf den Golem neben ihm mitten im Gesicht, und auch der ging zu Boden, als das Stück Papier in seinem Mund augenblicklich zu Asche zerfiel.

Zwei waren noch übrig. Jer musterte sie und befürchtete, dass sie nicht so leicht zu töten sein würden. Einer packte Holly an der Kehle. Ihr quollen die Augen aus dem Kopf, doch noch immer schossen willkürlich Feuerbälle aus ihren Fingerspitzen. Plötzlich veränderte sich ihr Gesicht und nahm einen dämonischen Ausdruck an. »*Gande ipse rodal!*«, donnerte sie in einer Sprache, die Jer noch nie gehört hatte. Erstaunt sah er zu, wie eine unsichtbare Hand langsam das *E* von der Stirn des Angreifers rieb. Der Golem und Holly stürzten zu Boden und blieben still liegen.

»Holly!«, rief er und eilte zu ihr. Er kniete sich neben sie und tastete nach ihrem Puls. Nichts. Er legte die Hände auf ihre Brust und leitete starke Energie in sie. Ihr Körper zuckte, als der Stromstoß sie traf. Er überprüfte erneut ihren Puls, und diesmal fühlte er ihn, wenn auch sehr schwach. Er wandte gerade rechtzeitig den Kopf, um zu sehen, wie Eve dem letzten Golem den Papierfetzen aus dem Mund zog. Er hob sie hoch und begann sie zu zerquetschen, doch sie riss das Papier mittendurch, und er ließ sie fallen, ehe er selbst umkippte.

Keuchend stand sie da, zerriss das Papier in Dutzende kleine Fetzen und warf sie in den Wind. Dann stemmte sie die Hände in die Hüften. »Also, was ist los mit ihr?«

»Sie ist bewusstlos.«

»Hört sich eigentlich ganz gut an.«

»Ist es wahrscheinlich auch«, stimmte er grimmig zu.

Sie kam herüber und ging in die Hocke, um sich Holly

näher anzusehen. Sie wirkte nicht sonderlich beeindruckt. »Um sie machen alle so einen Wirbel?«

Jer nickte.

»Verstehe ich nicht«, sagte sie und richtete sich auf. »Tja, ich verschwende hier sowieso nur meine Zeit. Ich muss deinen Vater suchen. Hast du eine Ahnung, wohin er verschwunden sein könnte?«

Jer blickte auf Holly hinab. Sein Vater hatte sie hier zurückgelassen, damit sie Jer tötete und selbst umkam. Offenbar wäre sie ihm dort, wo er hinwollte, eine Last gewesen. Bei all ihrer Macht war das kaum zu glauben. *An welchem Ort wäre es ihm wichtig, nicht auf sie aufpassen zu müssen?*, überlegte er.

Dann war es ihm plötzlich klar. Er wusste es, er spürte es ganz deutlich. »Er ist unterwegs nach London.«

Der Dreifache Zirkel:
San Francisco International Airport

Amanda saß neben Tommy im Jet des Mutterzirkels, hielt seine Hand und wünschte, sie wäre woanders. Der kleine Jet war fast voll besetzt: Sasha, Alex, Amanda, Armand, Pablo, Philippe, Barbara und Richard waren ebenfalls an Bord. Gleich würden sie zur Startbahn rollen und allesamt zurück nach Europa fliegen. Die Copilotin, eine Hexe, kam nach hinten, um mit ihnen zu sprechen.

»Der Tower hat uns eine Nachricht übermittelt. Anscheinend ersucht jemand in Albuquerque darum, dass wir dort landen und drei weitere Passagiere an Bord nehmen. Der Absender der Nachricht heißt Jer.«

Amandas Gedanken überschlugen sich. *Drei Passagiere! Jer muss Holly und Kari gefunden haben!* Ehe sie ein Wort sagen konnte, erklärte Alex: »Wir haben keine Zeit für einen Umweg.«

Plötzlich herrschte eisiges Schweigen, und alle Blicke waren auf den Anführer des Covens gerichtet. Tommy sprach als Erster. »Also, ich finde, wenn er Holly bei sich hat, können wir es uns nicht leisten, den Umweg nicht zu machen. Sie ist unser größtes Plus, und in den Händen des Feindes wäre sie die größte Bedrohung für uns. Wir brauchen sie, und wir müssen unbedingt wissen, wo sie ist.«

Alex sah ihn mit schmalen Augen an. Tommy hatte seine Autorität in Frage gestellt, und Amanda wusste, dass Alex überlegte, wie er darauf reagieren sollte. Nach wenigen Augenblicken lächelte er, und die Spannung verflog. »Recht hast du, Tommy. Also dann, nach Albuquerque.«

Die Copilotin nickte und kehrte ins Cockpit zurück. Einige Minuten später rollte das Flugzeug zu seiner Startposition. Sobald sie vom Boden abgehoben hatten, atmete Amanda erleichtert auf. *Was kann Michael Deveraux uns in der Luft schon anhaben?*

»Eine Menge, wenn es stimmt, was ich gehört habe«, sagte Alex.

Amanda erstarrte. Sie hatte nur einen Moment lang nicht aufgepasst, und schon war er in ihren Geist eingedrungen. Es machte ihr nichts aus, wenn Pablo ihre Gedanken las, aber bei Alex war das etwas anderes. Vielleicht lag es daran, dass er älter war, oder der Anführer ihres Zirkels, oder ein Verwandter. *Vielleicht liegt es daran, dass ich ihm nicht ganz traue.* In jedem Fall musste sie in Zukunft besser aufpassen.

Aber sie würde sich weder von ihm noch von seiner Anspielung auf Michaels Macht den Flug verderben lassen. Sie sank tief in ihren Sitz, lehnte den Kopf an Tommys Schulter und schlief sofort ein.

Sie erwachte, als das Flugzeug in Albuquerque landete. Ihr Magen verknotete sich vor Nervosität. *Was, wenn Jer diese Nachricht gar nicht geschickt hat?*, dachte sie, und plötzlich nagte die Angst an ihr. *Tja, das werden wir bald merken.*

»Bald« dauerte noch zwanzig Minuten. Endlich öffnete sich die Flugzeugtür, und sie hörte, wie alle um sie herum die Luft anhielten. Als sie Jer sah, sank sie erleichtert in sich zusammen. Er trug eine Frau auf den Armen. Ihr Gesicht ruhte an seiner Schulter, doch Amanda erkannte sie trotzdem: Holly!

Philippe stand rasch auf und half Jer, Holly zu einem Sitz zu bringen. Sie war bewusstlos, doch Amanda konnte sehen, dass sich ihre Brust stetig hob und senkte. Plötzlich überkam sie ein seltsames Gefühl, als streiche ein kalter Finger ihr Rückgrat hinauf. Amanda drehte sich um und erwartete, Kari hinter sich zu sehen. Stattdessen hatte eine Fremde das Flugzeug betreten, eine Frau mit kurzem Haar, ganz in Schwarz gekleidet, und sie hatte irgendetwas an sich …

»Hexerin!«, fauchte Pablo und wollte sich auf sie stürzen.

Jer riss den Arm hoch und fing ihn ab. »Pablo, nicht! Sie ist eine Freundin.«

»So weit würde ich nicht gehen«, sagte die Frau sarkastisch.

»Erklär uns das, Deveraux«, befahl Alex.

Jer warf einen Blick zu ihm hinüber. »Wer hat den denn zum Chef ernannt?«

»Frag lieber nicht«, brummte Tommy.

»Eve verfolgt meinen Vater, um ihn zu töten. Wir beide hatten also ein gemeinsames Ziel. Sie hat mir geholfen, Holly zu retten. Im Gegenzug nehmen wir sie mit nach London.«

Amanda starrte ihn fassungslos an. Schließlich fand sie die Sprache wieder. »Hältst du es für eine gute Idee, ein Mitglied des Obersten Zirkels wissen zu lassen, wohin wir wollen?«

»Streng genommen gehört Jeraud auch dem Obersten Zirkel an«, entgegnete Eve.

»Jetzt nicht mehr. Ich habe meinen eigenen Zirkel«, sagte Jer barsch.

»Und wo soll der sein?«, fragte Alex. Sein Tonfall war höhnisch.

Amanda beobachtete, wie die Muskeln in Jers Kiefer zuckten. Als er sprach, war seine Stimme ein gefährliches Fauchen. »Eines Tages bringe ich dich um.«

»Nicht, wenn ich dich zuerst umbringe.«

Amandas Vater trat zwischen die beiden. »Schluss jetzt, meine Herren. Lassen wir das.« Er strahlte große Autorität und Kraft aus. »Eines versichere ich euch: Sollte einer von euch damit anfangen, werde *ich* die Sache beenden.«

Schweigen senkte sich über die Männer. Keiner der beiden Kontrahenten wollte als Erster nachgeben. *Das ist lächerlich,* dachte Amanda. Dann brach sie die Stille. »Was ist mit Holly geschehen?«

Jer wandte sich ihr zu, und seine Streitlust verflog. »Wir mussten gegen Golems kämpfen. Einer von ihnen hat sie fast erwürgt. Irgendetwas hat die Kontrolle über sie übernommen, sie hat den Golem getötet und ist gestürzt. Seitdem ist sie bewusstlos.«

»Meine Hexen und Hexer, bitte nehmen Sie Ihre Plätze ein und schnallen Sie sich an. Wir sind startbereit«, verkündete der Pilot per Lautsprecher.

Amanda wusste nicht, ob sie lachen oder weinen sollte.

Holly schlief auf ihrem kleinen Hocker in der Mitte ihres Geistes. Alle schliefen. Es war friedlich, jedenfalls im Augenblick, aber bald würden alle aufwachen, und dann würde wieder Chaos herrschen. Chaos und Angst. Sie konnte sich kaum mehr an etwas anderes erinnern als Angst. Angst. Sie kannte sie so gut, erlebte sie immer und immer wieder, lebte damit, sie aß Angst, schlief darin und träumte davon. Genau wie in jener Nacht in ihrem eigenen Zimmer, in ihrem eigenen Zuhause. Das war noch gar nicht so lange her …

Familie Cathers: San Francisco 2001

Holly saß vor dem Fernseher, aß Popcorn und schaute sich mit ihren Eltern einen Film an. Es war Dienstagabend, und das war ihr Filmabend. Diese Familientradition gab es schon, solange sie zurückdenken konnte. Sogar der Ausflug in die Videothek gehörte zum Ritual, mitsamt der ewigen Auseinandersetzung: Frauenfilm oder Actionthriller.

Nun schauten sie *The Sixth Sense,* und allmählich wünschte sie, sie hätte ihrem Vater nachgegeben, der lieber einen John-Wayne-Film ausgeliehen hätte. Als der kleine

Junge Bruce Willis sagte, er könne tote Menschen sehen, war sie den Tränen nahe.

»Wenigstens ist er nicht so brutal, wie ich befürchtet hatte«, bemerkte ihre Mutter.

»Das da ist schlimmer als Brutalität. Der reinste Psycho-Schocker«, protestierte ihr Vater.

Holly war geneigt, ihm recht zu geben. *Ich kann mir nichts Beängstigenderes vorstellen, als einen Geist zu sehen.*

Als der Film vorbei war, ging sie schnell den Flur entlang ins Bad und schaltete unterwegs sämtliche Lichter an. Zitternd starrte sie in den Spiegel. *Nicht zu fassen, dass ich mich von diesem Film so habe erschrecken lassen*, dachte sie.

Sie glaubte, hinter sich einen Schatten vorübergleiten zu sehen, und fuhr zusammen. Während sie sich die Zähne putzte und fürs Bett fertig machte, achtete sie darauf, nicht mehr in den Spiegel zu schauen.

Nachdem sie ihre Kleidung für den nächsten Tag zurechtgelegt hatte, war sie schon viel ruhiger. Bis ihre Mutter hereinkam, um ihr gute Nacht zu sagen, lag sie im Bett, und die Lider wurden ihr schwer.

»Ich habe dich lieb, mein Schatz.«

»Ich dich auch, Mom.«

»Alles in Ordnung?«

Holly lächelte. »Ja, und bei dir?«

»Natürlich«, antwortete ihre Mutter und lachte hell.

Hollys Lächeln wurde breiter. Das war ihr typisches nervöses Lachen. Der Film hatte also auch ihre Mutter mitgenommen. »Schlaf gut, Mom, und träum was Schönes.«

»Du auch«, entgegnete ihre Mutter und schüttelte lachend den Kopf.

Meine Eltern sind toll. Ich kann mir gar nicht vorstellen, wie es gewesen wäre, mit anderen Eltern aufzuwachsen, dachte sie, während sie in den Schlaf hinüberglitt.

»Wach auf, Holly«, sagte eine Frauenstimme lockend.

Holly wand sich und drehte sich auf den Rücken. Sie erkannte durch die geschlossenen Augenlider, dass es hell im Zimmer war. »Ich will nicht«, nuschelte sie schläfrig.

»Wach auf«, wiederholte die Stimme beharrlicher.

»Nein.«

»Du musst aufwachen, Holly.«

»Mom, lass mich schlafen.«

»Ich bin nicht deine Mutter«, blaffte die Stimme.

Holly riss die Augen auf und fuhr senkrecht im Bett hoch.

Es war noch Nacht. Das Licht im Raum kam von einer Frau. Sie stand mitten in Hollys Zimmer, in einem altmodischen Kleid. Ihr dunkles Haar fiel in Wellen ihren Rücken hinab. Ihre Augen glühten wie Kohlen, und sie leuchtete.

»Ich träume«, sagte Holly. »Das ist nur ein Traum.«

»Das ist kein Traum«, versicherte ihr die Frau. »Ich bin Isabeau. Ich bin deine Ahnin, und es ist an der Zeit, dass du erfährst, wer du bist.«

»Ich weiß, wer ich bin. Holly Cathers.«

»Nein, du bist Holly Cahors aus dem Hause Cahors, und du bist eine Hexe.«

Holly begann heftig zu zittern. »Ich träume, ganz bestimmt.«

»Und ich sage dir, das ist kein Traum.«

»Bist du tot?«

»Ja.«

Holly glaubte, sie würde gleich in Ohnmacht fallen. Das Zimmer verschwamm ihr vor den Augen. »Das ist nicht real, das passiert gar nicht wirklich.«

»Es ist wirklich«, sagte die Frau und kam näher. Sie setzte sich neben Holly auf die Bettkante. »Du bist aus meinem Haus, von meinem Blut. Du bist eine Hexe, und du musst entdecken, was das bedeutet, besser zu früh als zu spät. Die Deveraux sind deine Feinde, vergiss das nie. Sie werden jeden töten, den du liebst, wenn du es zulässt.«

Sie streckte die Hand nach Holly aus, und Holly wollte hastig von ihr abrücken. Aber ihr Körper war wie erstarrt, und sie hätte schreien mögen, als tote, kalte Finger ihre Wange berührten. »*Ma petite,* so viel zu lernen und so wenig Zeit. Ich werde dir helfen.«

Isabeau legte Holly eine Hand auf die Stirn. »Ich werde bei dir sein und meine Kraft und meine Macht mit dir teilen. Und jetzt«, fügte sie mit tieferer, herrischer Stimme hinzu, »entzünde die Kerze auf der Kommode mit deinen Gedanken.«

Holly fühlte sich gezwungen, ihr zu gehorchen, als besäße sie keinen eigenen Willen mehr. Sie wandte sich um und starrte die Kerze an, die plötzlich mit einem scharfen Zischen zu brennen begann.

Holly kreischte vor Entsetzen. Augenblicke später hörte sie schnelle Schritte im Flur, und ihre Eltern platzten in ihr Zimmer. Ihre Mutter schrie, und Isabeau drehte sich nach Hollys Eltern um. Einen Moment lang blieben alle stehen, wie zu Statuen erstarrt, und dann war Isabeau verschwunden, und das einzige Licht im Raum war die Flamme der Kerze.

»Holly! Was ist passiert?«, rief ihre Mutter und eilte zu

ihr. Holly warf sich in ihre Arme, und sie sanken weinend aufs Bett.

»Mom«, keuchte sie schluchzend, »ich bin eine Hexe, und ich sehe tote Menschen!«

»Das war nur der Film, Schatz. Du hast Albträume davon bekommen, weiter nichts«, sagte ihre Mutter, doch ihre hysterische Stimme strafte die tröstenden Worte Lügen.

»Aber Mom, du hast sie doch auch gesehen, sie war hier.«

Ihre Mutter schwieg, und Holly rückte von ihr ab, um sie anzusehen. Angst stand in ihren Augen. »Was soll ich nur tun, Mommy?«

Ihr Vater trat ans Bett. Er legte ihr die Hand auf die Stirn, ganz ähnlich wie die Frau gerade eben. Als er sprach, klang seine Stimme so tief, wie Holly sie noch nie gehört hatte. »Schlaf und vergiss.«

Holly glitt ins friedliche Vergessen hinüber.

Als Holly am Morgen erwachte, hatte sie das undeutliche Gefühl, dass etwas nicht stimmte. Sie hatte gut geschlafen, aber sie war müde, und irgendetwas fühlte sich einfach falsch an.

Unten in der Küche saßen ihre Eltern schon am Frühstückstisch. Beide schwiegen, als Holly hereinkam, und sie sahen aus, als hätten sie geweint.

»Was ist los?«, fragte Holly mit einem Anflug von Panik.

»Nichts, mein Schatz«, antwortete ihr Vater mit einem gezwungenen Lächeln, das nicht annähernd bis zu seinen Augen vordrang. »Wie hast du geschlafen?«

»Wie ein Stein.«

»Keine Albträume?«, fragte ihre Mutter.

Holly drehte sich um, verwirrt und besorgt. »Ich glaube nicht – warum?«

»Ach, nichts. Ich dachte nur, ich hätte gehört, dass du letzte Nacht sehr unruhig geschlafen hast.«

»Nein, keine Albträume. Gar keine Träume. Ich habe tief und fest geschlafen. Geht es euch beiden nicht gut?«

»Doch, bestens«, erwiderte ihr Vater allzu hastig. »Uns geht es gut, mein Schatz. Wir haben nur schlecht geschlafen.«

»Ich habe dir doch gesagt, dass du etwas Schönes träumen sollst«, neckte Holly ihre Mutter.

Der Witz war lahm, aber ihre Mutter schenkte ihr dafür ein kränkliches Lächeln. Holly war nicht sicher, was da los war, aber sie wusste, dass die beiden jetzt nicht darüber reden würden. Also aß sie schnell ihr Frühstück.

Sobald sie fertig war, ging sie zur Treppe, um ihre Schultasche zu holen. Sie war schon halb oben, als sie ihre Mutter sagen hörte: »Sie kann sich nicht an letzte Nacht erinnern. Sie weiß nicht mehr, was sie gesehen und getan hat.«

»Das habe ich dir doch gesagt«, entgegnete ihr Vater.

Holly erstarrte und lauschte. *Was ist gestern Nacht passiert?*, fragte sie sich, und ihr Herz begann zu rasen. Aber die beiden schwiegen wieder, und Holly stieg langsam die letzten Stufen hinauf. In ihrem Zimmer nahm sie ihre Armbanduhr von der Kommode.

Sie hatte sich schon halb wieder abgewandt, als sie mitten in der Bewegung erstarrte. Auf ihrer Kommode stand eine Kerze in Form eines Pferdes, die ihre beste Freundin Tina ihr zum Geburtstag geschenkt hatte. Sie war wunderhübsch, und Holly hatte sie nie angezündet, weil sie die Kerze lieber als kleine Figur behalten wollte.

Der Pferdekopf war oben geschmolzen, Wachs war herabgetropft und bedeckte die Augen. *Jemand hat die Kerze angezündet,* dachte sie fassungslos. *Und jetzt ist das Pferd blind – so wie ich.*

Der Dreifache Zirkel: Über dem Atlantik

Auf ihrem Hocker in der Ecke träumte Holly, und sie erinnerte sich. Isabeau war schon vor einiger Zeit zu ihr gekommen, und ihr Vater hatte es vor ihr geheim gehalten. Ihre Mutter hatte Angst gehabt und er ebenfalls. Deshalb hatten sie so viel gestritten. Das also war passiert.

Immer noch vollkommen still und aufrecht auf ihrem Hocker, öffnete Holly langsam ein Auge und blickte sich um. Die Dämonen schliefen alle. Sie lagen auf dem Boden herum, manche neben- und aufeinander. Jetzt, da sie lagen, konnte Holly mehr sehen, sie konnte bis nach draußen schauen, und sie sah Amanda.

Amanda sträubten sich die Haare im Nacken, und sie hatte plötzlich das scheußliche Gefühl, dass jemand sie beobachtete. Sie riss den Kopf herum und sah Holly, die sie mit offenen Augen anstarrte. »Tommy«, flüsterte sie, »schau!«

Tommy sah hin und kam zu demselben Schluss wie sie: »Das ist Holly.«

Amanda schnallte sich schnell ab und stellte sich gebeugt vor Holly. »Holly, ich bin es, Amanda. Erkennst du mich?«

Holly blinzelte ein Mal, kräftig und deutlich.

Einen Moment später erschien Pablo neben Amanda. »Ich kann sie spüren«, sagte er.

»Holly, kannst du uns helfen, die Dämonen zu vertreiben?«, fragte Amanda.

Holly starrte reglos geradeaus, und Amanda war nicht sicher, ob Holly sie verstanden hatte.

»Sie kann nicht«, sagte Pablo. »Sie hat Angst.«

»Holly, Süße, hab keine Angst. Wir werden dir helfen, wir verjagen sie. Verstehst du mich?«

Holly blinzelte. Dann schlossen sich langsam ihre Lider.

»Nein, Holly, komm zurück. Komm zurück zu uns«, flehte Amanda.

Pablo legte ihr eine Hand auf den Arm. »Sie hat sich zurückgezogen. Ich spüre sie nicht mehr.«

»Aber zumindest wissen wir, dass sie da drin ist«, sagte Tommy.

»Wir müssen eine Möglichkeit finden, sie zurückzuholen«, drängte Jer.

»Wir haben schon einen Exorzismus versucht. Es hat nicht funktioniert«, erklärte Sasha ihm. »Tante Cecile ist dabei umgekommen.«

»Ich glaube, ich könnte es schaffen«, sagte Armand.

Amanda drehte sich zu ihm um. »Armand, ich finde, wir können es nicht riskieren, noch jemanden zu verlieren.«

Philippe warf ein: »Lass ihn ihr helfen. Armand hat für das Priesteramt studiert, ehe er den Pfad der Göttin eingeschlagen hat. Er weiß vieles und hat Dinge gesehen, die keiner von uns kennt. Ich glaube auch, dass er es schaffen kann.«

Amanda fuhr zu ihm herum. »Du warst letztes Mal nicht dabei. Du weißt nicht, wie das ist. Wir müssen eine Möglichkeit finden, ihr zu helfen, aber ich bezweifle, dass ein Exorzismus der richtige Weg ist!«

»Amanda, wenn er bereit ist, es zu versuchen, dann sollten wir es ihn tun lassen.«

Sie blickte von einem zum anderen. Alle sahen so ernst, so hoffnungsvoll aus. Schließlich wandte sie sich an Alex. Er hatte noch kein Wort gesagt. »Was meinst du?«

Er zog eine Augenbraue hoch. »Wenn wir es mit unterschiedlichen Dämonen zu tun haben, entstammen sie womöglich nicht alle demselben Paradigma. Jemand, der Erfahrung mit unterschiedlichen Religionen hat, könnte es schaffen, obwohl es anderen nicht gelungen ist. Ich würde sagen, der Priester sollte es versuchen.«

Das klang vernünftig. Amanda wusste nicht, ob ihr das einleuchtete, weil sie genau das hatte hören wollen oder weil es wirklich einleuchtend war. Sie sah Holly an. *Wir brauchen sie. Wir gehen in den Schlund der Hölle, und wir brauchen sie an unserer Seite.* Sie wandte sich Armand zu. »Was brauchst du dafür?«

Elf

Maria

Zeit ist's für unseren großen Wurf
Die Deveraux haben viel zu beweisen
Zeigen wir ihnen all unsere Macht
Die sie ab jetzt wird beherrschen

Oh Gott und Göttin, hört uns an
Wir recken die Hände himmelwärts
Vertreiben alle, die uns Angst
Einjagen, Feinde nah und fern

Der Dreifache Zirkel: London

Amanda war mit den Nerven fast am Ende. Vom Flughafen zu dem sicheren Haus zu gelangen war aufreibend gewesen. Sie befanden sich im Hoheitsgebiet des Obersten Zirkels. Mindestens ein Mitglied, nämlich Eve, wusste obendrein, dass sie hier waren. *Was sollte sie davon abhalten, die anderen vor uns zu warnen? Ich weiß, dass Jer ihr vertraut, aber ich traue ihr deswegen noch lange nicht.*

Sobald sie gelandet waren, hatte Eve sich abgesetzt,

nachdem sie sich recht flapsig fürs Mitnehmen bedankt hatte. Sie machte Jagd auf Michael Deveraux, und nur in diesem einzigen Punkt standen sie auf derselben Seite.

Amanda sah sich in dem Haus um, in dem sie jetzt Zuflucht gefunden hatten. Es lag ein wenig außerhalb und war ziemlich groß. Armand hatte es durchstreift wie ein Löwe sein Revier, bis er das Zimmer gefunden hatte, in dem er den Exorzismus durchführen wollte. Alle hatten eine Stunde lang angepackt und es völlig leer geräumt, so dass nichts mehr da war, was Holly oder ihre Dämonen als Waffen benutzen konnten.

Die Hexe, der das Haus gehörte, war nicht mehr da gewesen, als sie angekommen waren. Aber sie hatte es mit allen Vorräten ausgestattet, die sie brauchen würden, und ihnen praktisch eine Blankovollmacht hinterlassen, mit dem Haus zu machen, was sie wollten. *Ich kann es ihr nicht verdenken, dass sie sich lieber verzogen hat. Das würde ich auch tun, wenn ich könnte.*

Ihr Vater war vor einer halben Stunde aufgebrochen, um … irgendetwas … zu beschaffen, er hatte nicht genau gesagt, was. Aber da war ein harter Ausdruck in seinen Augen gewesen, der sie nervös gemacht hatte.

Tommy trat neben sie und küsste sie auf die Wange. Sie drehte sich um und schmiegte sich an ihn. Seine Umarmung fühlte sich so gut an. Sie wollte nur noch von ihm gehalten werden, für immer.

»Ich liebe dich.«

»Ich liebe dich auch«, flüsterte sie.

»Wir sollten Armand fragen, ob er noch irgendetwas braucht.«

Sie blickte zu ihm auf. Er sah aus wie ein Mann. Wo war

der Junge, den sie einmal gekannt hatte? Wie war es möglich, dass er sich vor ihren Augen so verändert hatte, ohne dass sie es merkte? Er lächelte, und sie sah wieder den Jungen, doch der war jetzt nur ein Teil von Tommy. Er hatte etwas Gutes und Starkes an sich. Er war mehr, als sie je zuvor gekannt hatte, mehr, als sie sich erträumt hätte. Er war alles, was sie brauchte und wollte. *Ich werde alles tun, damit er immer bei mir bleibt.*

Arm in Arm betraten sie das Zimmer. Es war leer. Sogar die Bilder hatten sie abgehängt. Und es waren nicht nur sämtliche Möbel und Bilder entfernt worden: Pablo und Sasha hatten schwer geschuftet und den Raum außerdem von sämtlichen übersinnlichen Abdrücken und Spuren gereinigt. Amanda hatte noch nie eine solche Leere gespürt. Sie war ihr unheimlich. *Ist so der Tod? Nein, das kann nicht sein. Ich weigere mich, daran zu glauben, dass der Tod nur Leere ist.*

Sie standen alle gemeinsam in dem Zimmer, still um Holly versammelt. Sie saß zusammengesunken auf dem Boden in der Mitte. Sie war nicht wieder zu sich gekommen, weder im Flugzeug noch während der Autofahrt hierher. Amanda befürchtete allmählich, sie würde gar nicht mehr wach werden.

»Wenn ihr hinausgeht, schließt die Tür und haltet euch dahinter mit den Schwertern bereit, die wir vorbereitet haben. Falls irgendetwas durch diese Tür kommt, tötet es«, wies Armand sie an.

Pablo warnte: »Die Dämonen beginnen sich zu regen.«

»Geht alle raus«, sagte Armand ruhig.

»Ich will bleiben«, protestierte Amanda.

»Nein, du musst gehen. Schnell.«

»Komm, Amanda, das ist schon in Ordnung«, sagte Tommy und zerrte sie halb aus dem Zimmer.

Armand wandte sich wieder Holly zu und atmete tief ein. Auf eine seltsame Art hatte er sich sein ganzes Leben lang hierauf vorbereitet. Sein Großvater war Priester und Exorzist gewesen. Armand selbst hatte Theologie studiert. Dann, am Abend vor seiner Priesterweihe, hatte er sich von diesem Weg abgewandt, um sich auf anderen Pfaden der Göttin zu nähern. Doch im Herzen war er seinem ersten Gott niemals untreu geworden. Er verehrte sie beide, und er hatte andere gefunden, die es ebenso hielten.

Holly riss die Augen auf, doch es war nicht Holly, die ihn daraus anstarrte. Armand betrachtete Holly, die zitternd vor ihm saß und in deren Augen der Wahnsinn flackerte, während ungezählte Dämonen in ihr miteinander kämpften. Er dankte beiden Gottheiten für die vielen Jahre der Ausbildung. Denn allein seine Fähigkeiten würden ihn und Holly jetzt retten.

Er entzündete die violette Kerze und begann.

Die Worte kamen ihm ganz selbstverständlich über die Lippen, obwohl viele Jahre vergangen waren, seit er ihre Bedeutung studiert und sie auswendig gelernt hatte. *»Exorcizo te, omnis spiritus immunde, in nomine Dei …«* Er malte das Kreuzzeichen vor ihr in die Luft. *»… Patris omnipotentis, et in nomine Jesu …«* Ein weiteres Kreuz. *»… Christi Filii eius, Domini et Judicis nostri, et in virtute Spiritus Sancti.«* Er zeichnete ein drittes Kreuz über ihr in die Luft. *»Ich beschwöre euch, einen jeglichen unreinen Geist, im Namen Gottes, des allmächtigen Vaters, und im Namen Jesu Christi, seines Sohnes, unseres Herrn und Richters, und bei der Macht des Heiligen Geistes.«*

»Dreckiger Wurm, du bist von magischem Geblüt und hast kein Recht, diesen Namen anzurufen«, fauchte ein Dämon, der durch Holly sprach und ihr Gesicht zu einem abscheulichen Abbild seiner eigenen Züge verzerrte.

»Gott liebt alle seine Kinder, und er steht jenen bei, die an ihn glauben und ihn um Hilfe anrufen.«

»Er wird dich nicht erhören«, höhnte ein anderer böser Geist. »Er will dich nicht mit der Göttin teilen.«

»Ich glaube nicht, dass das wahr ist«, zwang Armand sich ruhig zu antworten. »Aber selbst wenn es so wäre: Er ist allbarmherzig, und ich bin sicher, dass er mir vergeben wird. Weichet von ihr, all ihr Dämonen im Innern, im Namen der Göttin, die ihrem Herzen gebietet. Ich beschwöre euch, lasst ab von ihr.«

»Sie mag uns«, kreischte ein dritter Dämon mit hoher, schriller Stimme. »Sie will, dass wir bleiben.«

Armand stimmte den nächsten Teil auf Latein an. »*Weichet aus diesem Geschöpf Gottes mit Namen Holly Cathers, durch Jesus Christus, unseren Herrn, der kommen wird zu richten die Lebenden und die Toten und die Welt durch Feuer.*«

Holly schlug um sich und warf sich hin und her, während die Dämonen gegen sie, Armand, die angerufenen Gottheiten und gegeneinander kämpften. Plötzlich flog einer mit einem lauten Schrei aus ihrem Mund, ein winziges, rot geflecktes Ding mit einem Schwanz wie ein Drache und Flügeln wie ein Spatz.

Armand zog sein Schwert aus dem Gürtel und schlug den Körper des Dämons mittendurch. »Ich verbanne dich zurück in die Hölle, aus welcher du gekommen bist.«

Das Wesen explodierte zu einer kleinen roten Staubwolke, die nach Schwefel stank. Sie rieselte zu Boden.

Nur einer. Das wird lange dauern.

Armand griff nach einer großen Holzschüssel mit Weihrauch, zerdrücktem Knoblauch, Pfefferminze, Nelken und Salbei. Er hielt die Flamme der violetten Kerze an die getrocknete Mischung und setzte sie an Brand. Sacht blies er darauf, bis die Flammen erloschen, die Mischung aber weiter vor sich hinglomm. Der duftende Rauch erfüllte die Luft, und die Dämonen in Holly begannen zu heulen.

Armand trat zu Holly. Sorgfältig spuckte er in beide Hände und berührte erst ihr rechtes, dann ihr linkes Ohr. »*Effata, quod est, adaperire.*« *Tu dich auf*. Als Nächstes berührte er das rechte und linke Nasenloch. »*In odorem suavitatis. Tu autem effugare, diabole. Appropinquabit enim iudicium dei.*« *Welch süßer Duft. Und du, Satan, weiche! Denn es naht das Gericht des Herrn.*

»Holly«, befahl er ihr. »Holly, hör mir zu. Hilf mir, diese Dämonen auszutreiben.«

Einen Moment lang sah er etwas in ihren Augen aufleuchten, das er nur als Begreifen bezeichnen konnte. Dann stießen die Dämonen sie laut brüllend wieder hinab.

»Du bekommst sie nicht, Priester! Wir werden diesen Körper nicht verlassen. Wir haben es uns hier … gemütlich gemacht«, zischte eine der Stimmen.

»Wie viele seid ihr?«, fragte Armand.

»Hunderte.«

»Dann werden Hunderte von euch sterben.«

Holly saß auf ihrem Hocker und beobachtete überrascht, wie der kleine rote Dämon wegging. Dabei weinte er den ganzen Weg über. Er tat ihr beinahe leid, doch sie erinnerte sich daran, dass er sie vorhin angespuckt hatte, also hatte sie kein Mitleid mehr mit ihm. Nein, sie war froh, dass er weg war. So kreischte eine Stimme weniger in ihre Ohren, und ein Körper weniger versperrte ihr die Sicht.

Dann hörte sie einen Mann, der ihr etwas befahl und sie bat, ihm zu helfen. Er wollte die Dämonen vertreiben. Die Dämonen waren damit beschäftigt, nach draußen zu schauen und mit dem Mann zu reden. Sie sahen nicht nach Holly. Sie bewegte den kleinen Zeh, und diesmal bemerkte es niemand, niemand kümmerte sich um sie.

Sie saß wieder sehr still. Gleich würde sie versuchen, ihren ganzen Fuß zu bewegen.

Armand nahm das Weihwasser und streute Salz hinein. Angeblich fürchteten Dämonen Salzwasser – es tat ihnen weh. Das jedenfalls hatte er gelernt. Jesus hatte Dämonen aus einem Mann ausgetrieben und in eine Schweineherde einfahren lassen. Und als die Schweine sich in den See stürzten, dessen tiefere Schichten aus Salzwasser bestanden, waren die Dämonen gestorben. So stand es jedenfalls geschrieben. Im tiefsten Herzen musste er sich eingestehen, dass er keine Gewissheit darüber hatte. *Aber darum geht es ja bei alledem: um Glauben.*

Er nahm die Wasserschüssel und ging zu Holly hinüber. Er schaute auf sie hinab. Ihre Hände und Beine waren mit Seilen gefesselt – das sollte man niemals tun, wenn man einen Besessenen exorzierte, aber an diesem ganzen Ritual war nichts normal. Sie trug auch magische Fesseln, die Alex geschaffen hatte. Das war sinnvoll. Holly wusste genauso viel wie die anderen, praktizierte dieselbe Magie, kannte dieselben Zaubersprüche. Alex war zumindest ein bisschen anders, und seine Magie ebenfalls.

Armand goss das Wasser so aus, dass es ein Kreuz auf ihren Kopf zeichnete. Das tat er drei Mal. Dämonen kreischten, und er roch Schwefel und brennende Haut. Ein Dutzend Dämonen schoss aus ihr hervor, und er ließ sie ziehen. Sie waren dem Tode nahe – das erkannte er daran, dass sie waberten wie eine Fata Morgana. Wenn sie es überhaupt zur Tür schafften, würde Philippe sich um sie kümmern.

Armand stellte die Schüssel hin und griff nach einer anderen, die mit Kräutern gefüllt war. Er drückte den Daumen in die getrockneten Kräuter und salbte Holly damit, indem er erst ihre Stirn, dann ihr Kinn, dann das rechte und schließlich das linke Augenlid berührte.

»Pax tibi.« Friede sei mit dir.

»Sei gesegnet«, wollte Holly antworten, doch sie tat es nicht. Sie fürchtete sich. Es stank nach Tod. Weitere Dämonen waren fort, doch diejenigen, die noch da waren, wurden immer zorniger und gefährlicher. Sie zuckte mit dem linken Fuß. Aber keiner von ihnen merkte es. Sie atmete langsam aus, und niemand drehte sich nach ihr um.

Sie fuhr sich mit der Zunge über die Lippen. Vielleicht sollte sie sogar zu sprechen versuchen. Vielleicht könnte das dem Mann helfen. Ihr Herz begann zu pochen, so laut und so schnell. Sie öffnete den Mund, und niemand hielt sie auf. Sie ließ die Zunge über die Zähne gleiten. Alle Dämonen hüpften vorn auf und ab, schrien herum und brüllten den Mann draußen an.

Sie hassten ihn, und Holly konnte ihren Zorn spüren. Er brodelte um sie herum, so dass ihr Herz noch schneller schlug. Er machte ihr Angst, und zugleich freute sie sich darüber. Es war so lange her, dass sie zuletzt irgendetwas anderes als Angst empfunden hatte. *Ich werde es tun!*

»Sei g…« Ein Dutzend Dämonen stürzte sich auf sie. Einer presste ihr eine alte graue Hand auf den Mund, während die Übrigen sie schlugen und bespuckten. Sie flüsterten ihr abscheuliche Dinge ins Ohr und sagten ihr, dass sie nichts war, nichts und niemand. *Bestimmt haben sie recht. Sie müssen es schließlich wissen.*

Ein verschrumpelter, sterbender Dämon schlüpfte unter der Tür hindurch, und Philippe erstach ihn und schickte ihn ins Nichts zurück. »Was er tut, funktioniert offenbar«, stellte er fest. »Dieser Dämon war schon beinahe tot.«

Amanda ging vor der Tür auf und ab und spielte mit ihrem Schwert herum wie mit einem Tambourstab. Philippe beobachtete sie, und sie tat ihm leid. *Sie hat schon so viel verloren, und noch viel mehr steht für sie auf dem Spiel.*

»Habe ich schon erwähnt, wie sehr ich Warten hasse?«, fragte sie.

»Allerdings«, bemerkte Alex. »Wir müssen anfangen, unsere Ausrüstung zu packen. Sobald Armand fertig ist, müssen wir hier weg. Die Hälfte von uns geht nach Avalon, um Nicole zu retten. Die anderen starten den Angriff auf den Obersten Zirkel.«

»Ist es nicht gefährlich, wenn wir uns aufteilen?«, fragte Tommy.

»Im Augenblick wäre es gefährlich, das nicht zu tun. Wir müssen handeln, und zwar schnell. Weitere Verzögerungen können wir uns nicht leisten. Wir müssen zuschlagen, ehe sie gewarnt werden.« Alex warf einen Blick zu Jer hinüber. »Nach allem, was wir wissen, könnten sie uns bereits erwarten.«

Philippe bemerkte, dass Jer die Stirn runzelte, aber nichts sagte. Er richtete seine Aufmerksamkeit wieder auf die Tür. *Göttin, steh ihm bei,* betete er für Armand und hielt weiter Wache gegen fliehende Dämonen.

Armand hörte Holly sprechen – zumindest versuchte sie es. »So ist es gut, Holly, hilf mir, mach mit, wehr dich gegen sie. Du schaffst es. Du bist stärker als sie. Vertreibe sie. Du besitzt die Macht dazu.«

»Sie hat keine Macht über mich«, fauchte eine Stimme. Plötzlich fuhr ein Windstoß durch den Raum, der offenbar um Holly herumwirbelte. »Und du auch nicht.«

»Wer bist du? Nenn mir deinen Namen«, befahl Armand.

»Willanjee.«

Willanjee? Wo habe ich das schon mal gehört?. Der Wind fauchte weiter durch den Raum, und der Zusammenhang kam ihm bekannt vor. *Willanjee. Wirbelwind.*

»Du bist ein böser Geist, der im Wirbelwind lauert. Die Ureinwohner Australiens erzählen Geschichten über dich.«

»Du hast von mir gehört, gut. Dann weißt du, dass du dich fürchten musst.«

Armand wies in Hollys Richtung. »Bisher bin ich nicht sonderlich beeindruckt. Wenn du also nicht vorhast, Holly in einen Vogel zu verwandeln, solltest du jetzt gehen.« Er stand auf, wartete auf die Reaktion des Wesens und zermarterte sich das Gehirn, wie er es austreiben könnte.

In den Legenden der Aborigines hat die Regenbogenschlange das Land geformt und die Geister geschaffen. Das ist zumindest ein Anfang.

»Ich befehle dir, weiche, Willanjee, im Namen des Geistes, der den Völkern deiner Heimat Leben eingehaucht hat. Im Namen der Regenbogenschlange gebiete ich dir: Weiche!«

Mit lautem Heulen frischte der Wind im Zimmer auf. Armand sah, wie der Dämon aus Hollys Mund hervorschoss. Dann begann der Wind durch den Raum zu wirbeln, immer schneller, immer stärker. Er zerrte an Armands Kleidern und brannte ihm in den Augen.

Er öffnete den Mund, um einen Zauber zu sprechen, doch der Wind riss ihm die Worte von den Lippen, und nicht einmal Armand selbst konnte sie hören. *Göttin, steh mir bei*, dachte er, als der Wind immer mehr Kraft aufbaute und sich zu einem Wirbel formte. *Sonst wird er Holly und mich in Stücke reißen.*

In der Ecke des Raumes bildete sich ein Tornado. Angst packte Armand, als ihm klar wurde, dass das Geschöpf sie alle vernichten könnte.

Plötzlich flog die Tür auf, und Alex stand mit erhobenen Armen im Türrahmen. Er brüllte etwas, doch Armand konnte es nicht hören. Der Wind erstarb auf der Stelle und hinterließ nur eine unheimliche Stille. Die Tür schloss sich mit einem Knall, und Armand war wieder allein mit Holly und ihren Dämonen.

Ich darf nachher nicht vergessen, mich bei Alex zu bedanken, dachte er und machte sich wieder an die Arbeit.

In ihrem Geist herrschte Chaos. Zumindest war der Wind jetzt weg, aber er hatte eine Menge Körper verstreut, Dämonen lagen benommen und bewusstlos herum. Keiner von ihnen sah Holly an. Sie holte tief Luft und stand auf.

Nichts geschah. Niemand bemerkte sie. Ein brauner, geschuppter Dämon lag neben ihrem Hocker auf dem Boden. Er war klein, nur etwa halb so groß wie sie, und sehr mager. Sein Mund stand offen, und eine dicke gelbliche Flüssigkeit rann heraus und verteilte sich auf dem Boden ihres Geistes. *Eklig.* Sie stupste ihn mit dem Zeh an, doch er rührte sich nicht. *Er ist nicht sehr groß. Ich könnte ihn besiegen,* dachte sie und blickte sich verstohlen nach den anderen um.

Sie machte nur ganz kleine Bewegungen mit der linken Hand, um ein Pentagramm in die Luft über dem Dämon zu zeichnen. »Göttin, treib dies Wesen aus, es gehört nicht in mein Haus«, flüsterte sie.

Der Dämon riss die Augen auf und gab ein japsendes Geräusch von sich, ehe er davonflog, hinaus durch ihren Mund. Die Übrigen, die bei Bewusstsein waren, drehten sich zu ihr um. *Oh-oh.*

Armand starrte überrascht den winzigen braunen Dämon an, der aus Holly geflogen kam. Er packte sein Schwert und schlug ihn mittendurch. Brauner Schleim troff von der Klinge und löste sich auf dem Weg zum Boden mitten in der Luft auf.

»Gut so, Holly, mach weiter.«

Holly hörte ihm nicht mehr zu. Sie saß wieder zusammengekrümmt auf ihrem Hocker, und alle standen um sie herum, schrien sie an, schlugen sie mit Fäusten und bissen sie mit ihren Zähnen. Sie weinte und blutete, und niemand war da, der ihr helfen konnte.

Armand starrte Holly hoffnungsvoll an, doch es gab kein Anzeichen dafür, dass sie ihn verstand, und keine weiteren gehen, also sei ein braves Mädchen und hilf mir mit dem Gepäck.«

Matt stand sie auf. *Ach, das Dilemma von Menschen, die sich für moralisch halten! Wie sehr es sie stets schmerzt, wenn sie die Wahrheit über sich selbst entdecken.*

»Wo fahren wir hin?«

»Zum Flughafen.«

In der Haustür rief er: »Holly! Vergiss nicht, worüber wir gesprochen haben.«

Wie ein Geist erschien sie aus dem Schatten. »Töten«, flüsterte sie.

Er lächelte. In gewisser Weise würde er sie sogar vermissen. Ein Jammer, dass er nicht dazu gekommen war, die Früchte ihrer Vermählung richtig zu genießen. »Auf Wiedersehen, Holly.«

»Auf Wiedersehen.«

Nachdem der dunkelhaarige Mann die Tür geschlossen hatte, fügte sie hinzu: »Michael.« Und dann war sie wieder allein in der Dunkelheit.

Jer und Eve: New Mexico

»Also, wie lautet der Plan?«, fragte Jer, der sich gerade das Gesicht abtrocknete.

»Du kennst deinen Vater am besten. Sag du es mir«, entgegnete sie.

»Ja, ich kenne ihn.« Jer verzog das Gesicht, als er die Narben darin berührte. »Er hat sich eine Hexe hörig gemacht, eine besondere Hexe. Ich will nicht, dass ihr etwas zustößt«, erklärte er rasch, um das Thema zu wechseln.

Dämonen erschienen. Plötzlich begann Holly vor sich hinzubrabbeln. Es klang wie Aramäisch. Armand hob die Hände, hielt sie über Hollys Kopf in die Luft und betete auf Arabisch: *»Oh Allah, halte uns fern von Satan und halte Satan fern von allem, was du uns schenkst.«*

Ein Dutzend Dämonen kam kreischend aus Holly gefahren, und Armand wirbelte mit seinem Schwert hierhin und dorthin, durchbohrte den einen, zerteilte den anderen. Den letzten musste er eine volle Minute lang durch den Raum jagen. Keuchend stand er da, nachdem er ihn erschlagen hatte, und versuchte, wieder zu Atem zu kommen.

»Hilf mir!«, hörte er Holly hinter sich keuchen.

Er fuhr herum und sah, dass sie ihn mit weit aufgerissenen Augen anstarrte. »Hilf mir!«, flehte sie erneut.

Er eilte zu ihr zurück. Doch gerade, als er sie erreicht hatte, verdrehten sich ihre Augen, und sie begann heftig zu zucken. Sie kippte rücklings um, und Armand fing sie auf und hielt sie in den Armen. »Kämpfe, Holly, wehr dich gegen sie«, drängte er. »Du kannst das, ich glaube an dich. Komm zurück zu uns. Göttin, ich flehe dich an, vertreibe die unreinen Wesen aus Holly, lass sie an Geist und Seele gesunden. Verbanne alle Geschöpfe, die in ihr lauern, und tauche sie in dein heiliges Licht.«

Weitere Dämonen flohen aus Holly, und Armand ließ sie vorbei und hoffte, dass die anderen sie erwischen würden.

»Ich befehle euch, unreine Geister, weichet aus diesem Mädchen. Ihr dürft hier nicht sein, und ich gebiete euch im Namen Jesu Christi, der sein Blut am Kreuz vergoss: Fahret aus!«

Schreie der Qual hallten durch die Luft, und weitere Dämonen schossen hervor. Er spürte, wie ein paar davon nach ihm griffen und versuchten, stattdessen in ihn einzufahren, doch er wischte sie mit Gesten und Gedanken fort.

»Im Namen der Fürstin und ihres Fürsten verbanne ich alles Böse. Ich erhebe Anspruch auf Holly als heiliges Gefäß der Göttin. Segne und läutere sie.«

Er zog ein weißes Leinentuch aus der Tasche und legte es ihr auf den Kopf. *Empfange dies weiße Gewand, das du unbefleckt tragen mögest.*

Eine Art Explosion folgte. Ein greller Lichtblitz blendete ihn, und Luft und *Dinge* zischten an ihm vorbei. Holly riss die Augen auf und schaute zu ihm hoch.

Holly stand in der Mitte ihres Geistes. *Wo wollen sie alle hin?*, fragte sie sich voller Staunen, als Dämonen an ihr vorbeiflogen. Einer grapschte nach ihr, seine Krallen ritzten ihr den Unterarm auf. Sie schüttelte ihn ab, und auch er flog hinaus.

Schließlich war sie allein, und alles war still. Leise und vorsichtig schlich sie sich voran, bis sie das Gesicht an ihre Augen drücken und hinausschauen konnte. Sie atmete tief ein, und Luft strömte in ihre Lunge. Sie blickte auf, und da war Armand.

Er hielt eine weiße Kerze in der Hand. Die Flamme flackerte hell und rein. Er reichte ihr die Kerze, und es dauerte nur einen Moment, bis sie die Hand heben und sie ihm abnehmen konnte.

»Accipe lampadem ardentem. Amen. Sei gesegnet.«

»Sei gesegnet«, flüsterte sie. *Ich bin wieder da.*

Sie begann zu weinen.

Armand hielt sie im Arm, während sie schluchzte, und

dankte der Göttin und Jesus Christus dafür, dass es ihm gelungen war, sie zurückzuholen. Nach ein paar Minuten hörte er ein schüchternes Klopfen an der Tür. »Kommt ruhig herein«, rief er heiser.

Die Tür wurde vorsichtig geöffnet, und er blickte auf. Philippe kam langsam zu ihnen und kniete sich neben sie. »Wie geht es ihr?«, fragte er.

»Philippe«, flüsterte sie.

Er lächelte und strich ihr über die Wange. »Schön, dich wiederzusehen.«

»Die Dämonen?«, fragte Armand.

»Wir haben sie alle getötet«, antwortete Philippe.

Erleichterung durchflutete Armand, und er sank ein wenig in sich zusammen. Dann begann er am ganzen Körper zu zittern, als die Erschöpfung ihn überwältigte.

»Holly?«, rief Amanda unsicher von der Tür her.

»Amanda«, krächzte Holly.

Dann umarmten sich die beiden Cousinen, während Holly noch halb in Armands Armen lag.

Ein Geräusch an der Tür ließ Armand aufblicken. Da stand Alex, einen undurchdringlichen Ausdruck auf dem Gesicht. »Sie ist wieder da?«

Armand nickte.

»Gut«, sagte Alex laut. »Dann macht euch alle bereit zum Aufbruch.«

Richard: Nördlich von London

Richard war auf dem M-11 North unterwegs, etwa eine halbe Stunde von London entfernt. Er fuhr nicht allzu schnell und suchte die Umgebung ab. Schließlich entdeckte er eine recht unauffällige, von Bäumen gesäumte Landstraße. Er bog ab und fuhr eine Weile die Allee entlang, die vor einem verlassenen Flugplatz der U. S. Army aus dem Zweiten Weltkrieg endete. Er parkte und stieg wachsam aus.

Alle seine Sinne waren in höchster Alarmbereitschaft, während er sich gründlich umsah. Lautlos glitt er auf die Gebäude zu. Er fand einen Eingang und stand bald im ehemaligen Offizierskasino. Der Raum sah aus, als wäre er seit 1945 unberührt. Eine dicke Staubschicht bedeckte die Tische. Überall lagen Glasscherben herum, und mehrere Fensterscheiben fehlten.

Von der Decke hingen Spinnweben, und als er am Tresen vorbeiging, huschte eine Maus darüber hinweg. Er lief zur Rückseite des Raums, wo sich eine Tür befand. Man hätte sie leicht übersehen können, weil sie tief im Schatten lag, doch er bewegte sich zielsicher darauf zu. Als er die Hand auf den Türknauf legte, wusste er, dass er hier richtig war. Der Griff war frei von Staub.

Er öffnete die Tür und ging eine lange Treppe hinunter. Er bewegte sich vorsichtig und rechnete damit, jeden Augenblick aufgehalten zu werden. Als er den Fuß der Treppe erreichte, stand er auf einmal vor den Wachen, die er erwartet hatte.

Wortlos griff er in die Tasche und holte seinen Ausweis hervor. Die Wachen prüften ihn gründlich. Dann wiesen sie mit einem Nicken auf einen Apparat an der Wand. Er schob das Gesicht davor und hielt die Augen offen, während die Retina-Merkmale gescannt wurden.

Sofort öffneten die Wachen eine weitere Tür, und einer

der Männer begleitete ihn durch die Flure des unterirdischen Gebäudes, das als Ausbildungslager eines britischen Elitekommandos sowie des SAS diente. Gleich darauf saß er in einem Büro einem britischen Oberst gegenüber.

Der Offizier beugte sich über seinen Schreibtisch und musterte ihn aufmerksam. »Richard Anderson?«

Richard nickte.

»Ihr Ruf eilt Ihnen voraus, Sir.«

»Ich bin nur ein Mann, der seinem Land so gut wie möglich dienen wollte.«

Der Oberst zog die Augenbrauen hoch, sagte jedoch nichts darauf. Stattdessen fragte er: »Was kann ich für Sie tun?«

Richard holte einen Zettel aus seiner Tasche und reichte ihn dem Oberst über den Schreibtisch hinweg. »Ich brauche etwas Ausrüstung.«

Der Oberst las die Liste zwei Mal durch, ehe er nickte. »Ich denke, da können wir Ihnen weiterhelfen.« Er drückte auf einen Knopf der Sprechanlage auf seinem Schreibtisch, und ein Soldat trat ein. Der Offizier gab ihm die Liste. »Bitte stellen Sie das hier für den Gentleman zusammen.«

Die beiden Männer erhoben sich und gaben sich die Hand. »Darf ich fragen, wozu genau Sie all das brauchen?«

Richard schüttelte den Kopf. »Es ist besser, wenn Sie das nicht wissen. Außerdem nehme ich an, dass Sie mir nicht glauben würden, wenn ich Ihnen davon erzähle.«

»Schon in Ordnung«, brummte der Offizier. »Ich wünsche Ihnen viel Glück.«

»Ich danke Ihnen sehr, Colonel.«

Zehn Minuten später saß Richard wieder im Auto und war unterwegs zu dem sicheren Haus.

Amanda drückte Tommy an sich und wünschte so sehr, sie müsste ihn nie wieder loslassen. Der Gedanke, dass er nach Avalon gehen würde, während sie bei den anderen in London bleiben und den Obersten Zirkel angreifen sollte, behagte ihr gar nicht.

Sie musste Holly im Auge behalten, damit sie nicht den Boden unter den Füßen verlor, vor allem, da Holly Alex gerade erst kennen gelernt hatte. Aber wenn Tommy bei Amanda bliebe, müssten ihr Vater, Sasha und Philippe sich allein auf Avalon einschmuggeln. Sie brauchten unbedingt eine weitere Person. Philippe musste gehen, weil Amanda nicht mitkonnte, und da er und Nicole miteinander vermählt waren, war er derjenige, der sie am ehesten würde finden können.

Trotzdem liefen Amanda Tränen über die Wangen bei der Vorstellung, von Tommy getrennt zu sein. *Das ist nicht fair!*, dachte sie. Sie hatte alle Zeit der Welt gehabt, ihn als guten Freund kennen zu lernen, aber in ihrer jungen Liebe entdeckten sie einander ganz neu. *In einer Viertelstunde müssen wir uns trennen, und was, wenn einem von uns etwas zustößt?*

»Ich habe eine Idee«, sagte er mit heiserer Stimme.

»Ja?«

»Wie wäre es mit einem Zauber, der uns, na ja, du weißt schon, zusammenhält?«

»Bis in alle Ewigkeit?«, hauchte sie. »Damit wir auch zusammen sein können, wenn wir sterben?«

»Du alberne Gans«, entgegnete er zärtlich. »Damit wir immer geschützt und zusammen sind, ganz egal, was passiert.«

»Ja, das können wir. Aber wir müssen uns beeilen.«

Rasch zeichnete Amanda einen groben Kreis auf den Boden, während Tommy Weihrauch besorgte und anzündete. Eine Minute später saßen sie einander gegenüber in dem Kreis, so dass sich ihre Knie berührten.

Sie nahm seine Hände, und einen Moment lang schien die ganze Welt innezuhalten. Sie atmete ein, und er holte im selben Augenblick Luft. Sie spürte, wie sich ihr Herzschlag verlangsamte und sich seinem anpasste, spürte den Puls in seinen Fingerspitzen, der sich mit ihrem verband.

Ein Athame lag neben ihnen, und eine einzelne weiße Kerze. Amanda ließ Tommys Hände los und griff nach dem Dolch. Tommy zündete die Kerze an. »Zukunft und Vergangenheit, wir bleiben zusammen für alle Zeit«, sprach er.

Sie schlitzte sich mit dem Athame die Handfläche auf und verzog vor Schmerz das Gesicht. Dann ritzte sie Tommys Handfläche auf. Über der Kerze pressten sie ihre blutenden Hände zusammen. Blut tropfte in die Flamme, und es zischte.

»So rein wie diese Flamme ist meine Liebe zu dir«, flüsterte Amanda.

»Ich gehöre dir, in diesem Leben und im nächsten«, entgegnete Tommy.

Dann zupfte Amanda sich ein Haar aus, und auch Tommy riss sich eines vom Kopf. Gemeinsam ließen sie die Haare auf die Flamme fallen.

»Göttin, gewähre uns Schutz und Sicherheit in diesem Leben. Und lass uns auch das nächste Leben zusammen verbringen«, bat Amanda.

»In alle Ewigkeit«, flüsterten sie gemeinsam. Sie beugten

sich vor und küssten sich über der Kerze. Als sich ihre Lippen berührten, fühlte Amanda, wie eine mächtige Welle der Energie durch sie hindurchströmte und ihren Körper wieder verließ.

Als sie sich aufrichtete, starrte Tommy sie mit großen Augen an. »Hast du das gefühlt?«

Sie nickte. »Ich weiß nicht, was es war.«

»Dann hoffen wir mal, dass es uns Glück bringt, denn das käme uns jetzt ziemlich gelegen«, sagte Tommy und schaute über Amandas Schulter.

»Es wird Zeit«, sagte Alex hinter ihr, und sie schrak zusammen.

Zwölf

Brigitte

Tod und Zerstörung bringen wir stets
Böses lässt unser Blut nur jubeln
Haus Deveraux ergreift endlich die Macht
Seht, dies ist unsere größte Stunde

Die Göttin hat uns wieder geeint und
Zu stärkeren Frauen und Männern gemacht
Geschlossen hat sich nun der Kreis
Vorbei der Niedergang der Cahors

Richard, Sasha, Tommy und Philippe: Avalon

»Würde mir irgendjemand bitte noch einmal erklären, warum wir in einem Boot sitzen?«, fragte Tommy.

»Weil das die einzige Möglichkeit ist, nach Avalon zu gelangen«, antwortete Sasha ernst.

»Dank unserer letzten Rettungsaktion haben sie die Insel offensichtlich gegen Teleportation geschützt«, fügte Philippe hinzu.

»Na und, hatte der Mutterzirkel denn keinen Hubschrauber für uns?«

Philippe schüttelte den Kopf, und ihm stand ein Bild

von Tommy vor Augen, der von einer Landekufe hing. »Dann hätten wir doch diese Zeit nicht nutzen können, um uns so viel näherzukommen.«

Tommy zog ein säuerliches Gesicht, und Philippe empfand Mitleid mit ihm. *Er hat Angst um Amanda, und das verstehe ich gut. Eine Hälfte von mir ist verloren, bis wir Nicole endlich wiederfinden.* Grimmig wandte er sich wieder dem Rudern zu.

Ein Dutzend Mal wollten sie das Boot wenden, schafften es jedoch, das nicht zu tun. Zwei Mal wollte das Boot von allein umkehren, doch sie brachten es wieder auf Kurs. All diese Magie war vor vielen Jahren hier gewirkt worden, um zu verhindern, dass jemand zufällig auf die Insel stieß.

Die Zauber, die die Insel verbargen, waren nicht das einzig Merkwürdige, was ihm auffiel. Er ertappte sich immer wieder dabei, dass er über die Schulter schaute, als suchte er etwas im Wasser hinter ihnen. Aber jedes Mal, wenn er hinsah, war da nichts. Trotzdem wurde er das Gefühl nicht los, dass sie irgendwie verfolgt wurden. Er schloss die Augen und streckte tastend seine Gedanken aus, aber er traf nur auf Luft und Meer. Frustriert gab er auf. *Das bilde ich mir nur ein.*

Sie sahen das Ufer erst, als sie schon fast dagegenstießen. Sasha stockte der Atem, und sie murmelte einen Zauber, der es ihnen hoffentlich ermöglichen würde, sicher und unbemerkt zu landen.

Das Boot lief auf Grund. Nachdem ein paar Sekunden lang nichts passiert war, atmeten alle erleichtert auf. Philippe sprang von Bord und vertäute das Boot gemeinsam mit Tommy, damit es nicht vom felsigen Ufer zurück ins Wasser rutschte.

»Kannst du sie spüren?«, fragte Sasha, als sie zu ihnen trat.

Philippe schüttelte frustriert den Kopf. Er warf einen Blick zu Nicoles Vater hinüber. Richard stand ein paar Schritte von ihnen entfernt, und seine ganze Körperhaltung strahlte Anspannung aus.

Er trug ein Scharfschützengewehr auf dem Rücken und hatte jede Menge Munition eingesteckt – und ein paar andere Dinge, die er der Gruppe nicht näher erklärt hatte.

Wir sind tatsächlich im Krieg, dachte Philippe.

Sie standen an einem felsigen Ufer. Ein kaum erkennbarer Pfad führte steil hinauf und wand sich um den Fuß eines Berges herum. Diesen Weg schlug Sasha ein, und die Übrigen folgten ihr. Philippe strengte all seine geistigen Sinne an. *Nicole ist irgendwo auf dieser Insel, und ich sollte sie spüren können.*

Der Pfad führte um den Berg herum aufwärts, und sie stolperten immer wieder über lose Steine, die sich plötzlich unter ihren Füßen zu drehen schienen. »Die ganze Insel ist verflucht«, brummte Tommy, und Philippe musste ihm recht geben.

Schließlich hielten sie auf einem kleinen Plateau an, um sich kurz auszuruhen. Der Pfad teilte sich hier. Ein Weg führte weiter bergauf, der andere wieder abwärts. Ein großer Felsbrocken lag auf dem ansonsten völlig ebenen Boden, und alle außer Richard ließen sich dankbar darauf nieder. Der Wind pfiff an ihnen vorbei und raubte Philippe fast den Atem.

Er berührte Sasha am Arm, und sie wandte sich ihm zu. »Woher weißt du, wohin wir gehen müssen?«, fragte er.

»Ich habe viel Zeit auf dieser Insel verbracht«, erwiderte sie.

»Als Gefangene?«, fragte er.

Sie lächelte schwach. »Ja und nein.«

»Das verstehe ich nicht.«

»Ich bin oft nachts hierhergekommen, im Schlaf. Das waren Astralreisen – mein Körper lag in meinem Zimmer in Paris, während mein Geist hier umherstreifte.«

»Was wolltest du hier?«

Sie schüttelte den Kopf. »Das wusste ich selbst nicht so recht. Ich bin nicht absichtlich hierhergekommen. Zunächst dachte ich, es müsse etwas sein, das ich nutzen könnte, um meinen Söhnen zu helfen. Aber alles, was ich hier je gefunden habe, war das Böse. Als sie Jer hierhergebracht haben, war ich überwältigt vor Kummer … und vor Freude. Ich habe versucht, mit ihm zu sprechen, ihn zu trösten, aber ich glaube, er hat mich nicht gehört. Holly schon. Sie ist eines Nachts gekommen, um Jer zu besuchen.«

»Du warst also diejenige, die ihr gezeigt hat, wo er war«, sagte Philippe.

Sie nickte. »Damals dachte ich, dass ich vielleicht deshalb so lange Zeit jede Nacht hier herumgewandert bin. Wenn ich dadurch meinen Sohn befreien könnte, war es das wert.« Ein gedankenverlorener Ausdruck trat in ihre Augen. »Hier ist irgendetwas, das ich nicht erklären kann …«

Sie verstummte, und Philippe spürte einen eisigen Schauer am ganzen Körper. Sie hatte recht: Hier war irgendetwas. Es fühlte sich uralt an, böse. Es vergiftete alles. Obwohl er direkt neben Sasha saß, konnte er sie kaum fühlen. Das Böse wirkte wie eine Art Filter, der ihre Präsenz sehr stark dämpfte. Er schloss die Augen, versuchte, das Böse zu ignorieren, sich daran vorbeizuschieben, darüber hinauszugreifen … und dann spürte er … »Nicole!«, rief er und sprang auf.

»Sie ist nicht weit weg«, sagte er aufgeregt zu den anderen.

»Wohin?«, fragte Richard mit angespannter Stimme.

»Nach unten«, antwortete Philippe. Er fühlte es ganz deutlich.

Eli war wütend auf sich selbst. *Die Hexe manipuliert mich, es kann gar nicht anders sein.* Doch einem Teil von ihm war das egal, und das machte ihn so wütend. Fantasme hockte in einer Ecke und sah elend und verärgert zugleich aus. *Wahrscheinlich verwirrt es ihn genauso wie mich, dass ich neben einer Cahors-Hexe sitze und nicht versuche, sie umzubringen.*

»Fantasme, finde einen Weg, wie wir hier herauskommen«, befahl er.

Das abscheuliche vogelähnliche Geschöpf stieß ein Kreischen aus und verschwand.

»Endlich allein«, scherzte er.

»Äh, leider nicht«, erwiderte Nicole, die zur rückwärtigen Höhlenwand starrte.

»Was meinst du …«

Und dann sah er die drei Golems aus der Dunkelheit stapfen.

Philippe, Sasha, Richard und Tommy waren nun schon seit fast zwei Stunden auf der Insel. Sie hatten den Pfad nach unten eingeschlagen und standen jetzt auf einer Hügelkuppe mit Blick nach Osten.

»Wo ist sie?«, fragte Sasha, deren Stimme kaum mehr als ein Flüstern war.

»Sie ist hier. Ich kann sie fühlen, und sie hat große Angst«, sagte Philippe. Er hatte die Verbindung zu ihrer Präsenz aufrechterhalten können, seit er sie auf dem Plateau zum ersten Mal gespürt hatte. Da waren sie wahrscheinlich nur etwa hundert Meter von ihr entfernt gewesen, aber das Problem war, dass der gewundene Pfad sie über Umwege hierhergeführt hatte.

In diesem Augenblick war ein lautes Grollen am Fuß des Hügels zu hören, unten am Ufer. Eine große Staubwolke rollte über den Strand, und als sie sich verzog, lagen Eli und Nicole unten im Wasser, und drei gewaltige Kreaturen kamen aus dem Hügel hervor.

»Golems!«, schrie Philippe. Schon rannte Tommy los, er stolperte und rutschte den Hügel hinab auf Nicole zu. Er war noch über hundert Meter von ihr entfernt, als der erste Golem Nicole erreichte. Sie trat nach ihm, doch das nützte nichts. Er beugte sich vor, packte das Vorderteil ihres Gewandes und hob sie daran hoch wie eine Puppe. Ein zweiter Golem grapschte nach Nicoles Beinen, als wollte er sie auseinanderreißen.

»Tut doch etwas, schnell!«, schrie Sasha, der Panik nahe.

In diesem Moment sträubten sich Philippe die Haare im Nacken, und vier weitere Golems rannten an ihm vorbei, direkt auf Tommy zu. Philippe schrie, von Panik erfasst.

Richard war ein wenig weiter oben stehen geblieben und hatte in die andere Richtung geschaut. Bei Philippes Aufschrei wirbelte er herum. Mit einer raschen, geschmeidigen Bewegung schlang er sich das Scharfschützengewehr von der Schulter, legte an und gab zwei Schüsse ab. Es war kaum etwas zu hören, nur ein leises *pffft, pffft,* und zwei Golems stürzten zu Boden. Wo das erste *E* auf ihren Stirnen gestanden hatte, waren jetzt vollkommen runde, kleine Löcher. Philippe erschrak über den Ausdruck beherrschter Wut auf Richards Gesicht. Ehe er und Sasha irgendwie reagieren konnten, rannte Richard an ihnen vorbei. Er war jetzt noch etwa fünfzehn Meter von Tommy entfernt.

Tommy erreichte Nicole in dem Augenblick, als die zwei Golems begannen, aus beiden Richtungen an ihr zu zerren. Er sprang dem, der ihm am nächsten stand, auf den Rücken, hob den rechten Arm und schlang ihn um den Kopf des Golems. Das Monster versuchte, Tommy abzuschütteln, doch dadurch wurde ihm das *E* nur noch schneller von der Stirn gewischt. Während Tommy sich auf dem Rücken des stürzenden Golems zu Boden tragen ließ, pfiffen drei weitere Geschosse durch die Luft, und die Golems, die Tommy fast erreicht hatten, fielen um. Philippe blieb der Mund offen stehen.

Der letzte verbliebene Golem hatte Nicole am Kopf gepackt. *Er wird sie töten.*

Ein weiteres *pfft*, und das letzte Ungeheuer ging zu Boden, ohne Nicole loszulassen. Richard hatte aus vollem Lauf heraus geschossen.

Philippe beobachtete nun Eli, der sich wie in Zeitlupe in eine sitzende Position aufrichtete und die Hände in die Luft reckte. Er konnte sehen, dass Eli die Lippen bewegte, aber nicht hören, was für einen Zauber er wirkte. Richard griff hinter seinen Kopf und zog ein langes, bösartig aussehendes Kampfmesser, das in einem Futteral zwischen den Schulterblättern gesteckt hatte. Es wirbelte durch die Luft und bohrte sich zwischen Elis Beinen in den Boden. Selbst aus dieser Entfernung konnte Philippe sehen, dass Eli aschfahl wurde.

»Bleib schön still sitzen«, donnerte Richard. »Wenn du auch nur zu schnell atmest, bringe ich dich um.«

Philippe stieg mit hämmerndem Herzen den Hügel hinab. Eli saß vollkommen still, er blinzelte nicht einmal.

Tommy rollte von seinem toten Golem herunter und schrie Richard an: »Du hättest sie treffen können.«

»Nein, da waren fünfzehn Zentimeter Platz über ihrem Kopf«, erwiderte Richard, dem Freudentränen übers Gesicht liefen. Er nahm seine Tochter in den Arm, und sie klammerte sich schluchzend an ihn.

Als Philippe angerannt kam, streckte Richard ihm einen Arm entgegen und nahm ihn in die Umarmung mit auf. Philippe berührte Nicoles Arm, und etwas durchfuhr ihn wie ein Stromstoß.

Er schnappte nach Luft und blickte auf ihren geschwollenen Bauch hinab. *Sie ist schwanger!* Die verschiedenen Möglichkeiten schossen ihm durch den Kopf. Er streckte eine zitternde Hand aus und legte sie auf ihren Bauch. *Was für eine Zauberei ist das?* Dann erkannte er mit plötzlicher, niederschmetternder Gewissheit: *Das Baby ist nicht von mir!*

»Wo … wo sind diese anderen Golems hergekommen?«, keuchte Tommy.

»Ich glaube, sie sind uns gefolgt«, antwortete Philippe.

Sasha stand da und beobachtete die ganze Szene. Tote Golems lagen um sie herum verstreut. Sie beugte sich vor, um einen von ihnen leicht zu berühren, und schauderte. »Diese letzten waren nicht hinter Nicole her, sondern hinter dir«, sagte sie mit einem Nicken zu Tommy. »Ich glaube, das sind dieselben, die nach Amanda gesucht haben.«

»Aber wie kann das sein? Amanda ist nicht hier«, protestierte Tommy.

»Das kann sehr gut sein«, erklärte Philippe ruhig. »Wir haben Amandas Essenz vor ihnen abgeschirmt, also haben sie sich an die einzige Person gehalten, die ein Stück von ihr in sich trägt.«

»Ja, du und Amanda seid durch die magische Hochzeit miteinander verbunden. Jeder von euch trägt einen Teil des anderen in sich. Als wir uns von den anderen getrennt haben, konnten die Golems wahrscheinlich Amanda in dir spüren, also haben sie dich verfolgt.«

Tommy schauderte. »Meint ihr, da sind noch mehr?«

Sasha schüttelte den Kopf. »Jer hat gesagt, vier seien hinter Holly her gewesen. Wir wissen, dass diese vier«, sie deutete auf das Schlachtfeld neben ihnen, »es auf Amanda abgesehen hatten. Also können wir wohl davon ausgehen, dass sie in Vierergruppen unterwegs sind. Dagegen spricht, dass nur drei Golems Nicole angegriffen haben.«

»Einer von ihren war schon tot«, sagte Eli leise. »Ich habe ihn noch in der Burg getötet.«

Sasha wandte sich ihm zu und starrte ihn an. »Danke, dass du sie befreit hast.«

»Dank mir nicht«, knurrte er. »Das habe ich weder für dich noch für sie getan. Glaub mir, sobald ich die Chance dazu habe, werde ich euch alle umbringen.«

»Dann würde ich vorschlagen, ihm diese Chance nicht zu geben«, brummte Tommy.

Sasha konnte sehen, dass Philippe dem voll und ganz zustimmte, doch aus Mitgefühl mit ihr blieb er stumm.

Sie blickte auf Eli hinab. Hass glomm in seinen Augen. Er stand langsam auf, den Kopf halb Richard zugewandt, der ihn keine Sekunde aus den Augen ließ. »Der Gehörnte Gott wird euch vernichten, euch alle«, fauchte er.

»Eli! Ich habe dich nicht großgezogen, damit du ein Diener des Bösen wirst.«

»Nein, da hast du recht. Du hast mich überhaupt nicht großgezogen«, erwiderte er barsch. »Nein, du bist abgehauen und hast das Großziehen Dad überlassen. Und jetzt willst du einfach wieder in mein Leben treten und über *mich* urteilen? Wag das ja nicht! *Du* bist diejenige, die verurteilt werden sollte. *Du* hast deine Kinder im Stich gelassen und bist einfach verschwunden! Und jetzt tust du so, als wärst du überrascht und verletzt, weil wir nach unserem Vater kommen. Tja, schon seltsam, wo er doch als Einziger da war. Er hat mir meine ersten Zauber beigebracht, er hat mir gezeigt, wie man ein Auto fährt, und mir gesagt, wie man mit Frauen umgeht. Du hast mich bei ihm gelassen, wohl wissend, was er ist, und jetzt überrascht es dich, was aus mir geworden ist?« Die letzten Worte schrie er mit scharlachrotem Gesicht, und Speichel flog von seinen Lippen.

Er hob die Hände wie zum Angriff. Aus dem Augenwinkel sah Sasha, dass Richard ein weiteres Messer zog, und dann riss plötzlich ein glänzender schwarzer Dämon Eli von den Füßen.

Das Ding ähnelte einer riesigen Küchenschabe, mit Ektoskelett und allem, was dazugehörte. Es krabbelte auf sechs Beinen, drehte sich halb um sich selbst und wollte die gewaltigen Zähne in Elis Hals schlagen. Doch er versetzte dem Ding einen Schlag auf den Kopf, und es wimmerte leise und huschte davon, während er sich hastig aufrappelte.

»Sag schön Auf Wiedersehen«, zischelte eine Stimme irgendwo hinter Sasha. Sie wandte den Kopf und sah eine Nymphe, die mit einer Armbrust auf Eli zielte.

»Nein!«, schrie sie und warf sich mit einem Satz auf Eli, um ihn beiseitezustoßen.

Sie prallte gegen ihn, und sie stürzten gemeinsam zu Boden. Sie spürte, wie der Pfeil in ihren Rücken eindrang und sich durch ihren Körper bis zum Herzen bohrte. Dann nahm sie ein plötzliches, kurzes Rauschen und blendend helles Licht wahr.

Sie landeten auf dem Boden, der aus behauenen Steinen bestand und mit Stroh bedeckt war.

»Willkommen«, schnurrte eine seidenweiche Frauenstimme.

Sasha blickte auf, staunte darüber, dass sie das überhaupt noch konnte, und begann hysterisch zu lachen.

»Wer ist das?«, fragte Eli, dessen Stimme vor Angst bebte.

Eine stattliche Frau mit schwarz-silbernen Gewändern, zarten schwarzen Schleiern und einem silbernen Diadem ragte vor ihm auf. Ihre Lippen verzogen sich. »Ich bin Isabeau aus dem Hause Cahors, und ihr seid mir sehr willkommen.«

»Wo sind sie hin?«, schrie Nicole.

Gerade eben noch waren Eli und Sasha gestürzt. Sie waren auf den Boden geprallt und verschwunden, und im selben Moment hatte es gekracht wie bei einem Überschallknall.

Der Dämon, der Sasha getroffen hatte, taumelte rückwärts; ein Dolch ragte aus seiner Brust. Keuchend und röchelnd brach er zusammen. Tommy hatte sich inzwischen das Kakerlakenwesen geschnappt und ihm mit einem heftigen Ruck den Kopf abgerissen.

Langsam richtete er sich auf. Er sah aus, als sei ihm übel,

und die untere Hälfte seines Gesichts war mit violettem Blut bedeckt.

»Ich bin nicht sicher, aber ich glaube, das könnte etwas mit einem Zauber von Amanda und mir zu tun haben.«

»Erklär uns das«, forderte Philippe.

»Wir haben einen Zauber gewirkt, der dafür sorgen sollte, dass wir am Leben und zusammenbleiben. Als wir fertig waren, haben wir einen Energiestoß gespürt. Gerade eben habe ich ihn wieder gefühlt, kurz bevor die beiden verschwunden sind.«

Nicole wurde plötzlich schlecht. »Vielleicht kann Pablo feststellen, wohin sie verschwunden sind«, keuchte sie, sobald die Woge der Übelkeit abgeebbt war. »Wo sind überhaupt die anderen?«

Sie sah Philippe und Tommy einen raschen Blick wechseln. *Sie überlegen, wie viel sie mir erzählen sollen*, erkannte sie.

»Sie sind auf dem Festland ... Belassen wir es vorerst dabei«, sagte ihr Vater vorsichtig.

Sie blickte zu ihm auf und sah ihn mit neuen Augen. »Du wolltest nie wieder kämpfen, nie wieder deine Spezialausbildung einsetzen. Du wolltest nicht, dass wir wissen, wer oder was du bist, und Mom hat es auch nicht interessiert.«

Sein Gesichtsausdruck bestätigte ihre Vermutung, und sie konnte all den Schmerz fühlen, den er so lange für sich behalten hatte. »Mom fand deine Narben abstoßend und hat dich nie darüber reden lassen, damit deine Seele auch verheilen konnte. Deshalb bist du zu einer stillen Person verblasst, die lieber unbemerkt bleibt. Tja, jetzt ist die Wahrheit heraus, Dad. Du bist ...«

»Psst, Schätzchen. Ist schon gut«, unterbrach er sie. »Du

bist in Sicherheit, das ist alles, was zählt.« Seine Miene war zärtlich, doch dann nahm sie einen Ausdruck grimmiger Entschlossenheit an. »Und jetzt suchen wir deine Schwester.«

Mit ihrem Vater auf der einen und Philippe auf der anderen Seite rappelte Nicole sich zittrig auf. »Meine Männer«, scherzte sie schwach, und die beiden lachten ihr zuliebe.

Sie spürte, wie sich das Baby in ihr bewegte, und verzog das Gesicht. *Was würde ich jetzt nicht für ein Nickerchen geben.* Sie blickte sich rasch um und fragte sich, ob Fantasme inzwischen zurückgekehrt war, doch von dem hässlichen Geschöpf war nichts zu sehen. *Geh und such nach deinem Herrn und nach Sasha,* bat sie den Vogel stumm, obwohl sie wusste, dass er niemals auf sie hören würde.

Frankreich, 13. Jahrhundert

»Wir sind tot«, sagte Sasha, rollte sich auf den Rücken und starrte zu Isabeau hinauf.

»Nein, Madame, keineswegs«, versicherte ihr die Cahors-Hexe, und obgleich sie mittelalterliches Französisch sprach, verstand Sasha jedes Wort.

»Wenn wir nicht tot sind, wo sind wir dann?«, fragte Eli und sah sich argwöhnisch um. »Woher sollen wir wissen, ob …«

»Ihr seid in meiner Heimat, in meiner Zeit.« Die schöne Adlige neigte den Kopf. »In der Burg meines Gemahls, Jean de Deveraux, und seines Vaters, Duc Laurent.«

Sasha setzte sich langsam auf, verwirrt und schwindelig. Sie sah die grauen Mauern, an denen Streitäxte, Speere und Morgensterne hingen. Die Überreste eines Festmahls bedeckten die lange hölzerne Tafel, und der Boden war mit duftenden Binsen bestreut.

»Wir sind in Frankreich, sechshundert Jahre vor unserer Zeit?«, fragte Sasha sie. »Wie konnte das geschehen?«

Ein finsterer Ausdruck huschte über Isabeaus Gesicht, während sie ihren Überraschungsbesuch musterte. »Ein Portal wurde zwischen Eurer Zeit und meiner geöffnet. Ein Missgeschick. Ich trat dennoch hindurch und zog Euch aus Eurer Zeit heraus.«

»Warum?«

»Um Euch das Leben zu retten«, antwortete Isabeau.

Sasha stand langsam auf. Sie wünschte sich so sehr, die andere Frau zu berühren und sich zu vergewissern, dass sie tatsächlich aus Fleisch und Blut war. *Ist sie das, oder ist es ihr Geist? Lebt die Frau noch, oder hat das Massaker bereits stattgefunden?*

Isabeau streckte die Hand aus und berührte Sashas. Ihre Haut war weich und warm. »Ich bin aus Fleisch und Blut«, erklärte sie schlicht. »Man hat mir aufgetragen, nach Euch zu suchen.«

Und dann hörte Sasha sie in ihrem Kopf sprechen. *Er ist ein Deveraux.*

Er ist mein Sohn, entgegnete sie.

»Ihr verehrt die Göttin?«, fragte Isabeau sie laut.

»Ja, das tue ich.«

Dann versteht Ihr meinen Kummer.

»Dein Ehemann. Jean.«

Mein Liebster.

Sasha wurde plötzlich ganz schwindelig. *Ich kann es auf-*

halten, dachte sie. *Ich kann verhindern, dass all diese Dinge passieren.*

»Ihr könnt gar nichts verhindern«, sagte Isabeau, deren Stimme schwer vor Trauer klang. »Ebenso wenig wie ich. Wir können nichts tun als zusehen und beten.«

»Wovon redet ihr beiden?«, fragte Eli und stand auf.

»Von ihrer Zukunft«, flüsterte Sasha.

Isabeau lächelte, und Sasha brach es beinahe das Herz. *Sie weiß es! Irgendwo tief im Innern weiß sie, was sich alles abspielen wird.*

»Ihr beide werdet vor eine Wahl gestellt. Ihr könnt hierbleiben bis zum Ende Eurer Tage oder in Eure eigene Zeit und Eure Heimat zurückkehren.« Sie nickte Sasha zu. »Solltet Ihr Euch zur Rückkehr entscheiden, so werdet Ihr an Eurer Wunde sterben.«

Der Pfeil! Ich hatte also beinahe recht, als ich dachte, ich sei tot.

»In der Tat«, sagte Isabeau zu ihr. »Aber wie lange Ihr hier noch leben werdet, vermag ich nicht zu sagen. Wilde Tage und Nächte werden sich bald ereignen. Von Eurem Schicksal habe ich keine Kenntnis. Mein eigenes …« Sie wandte den Blick ab und seufzte. »Ich glaube, ich könnte die Ereignisse beeinflussen.«

Sasha öffnete überrascht den Mund. »Könnte ich irgendetwas tun, um dir zu helfen? Können wir das gemeinsam verhindern?«

Isabeau starrte sie an. »Ich weiß es nicht«, antwortete sie offen.

»Vielleicht hat die Göttin mich hierhergeschickt«, erklärte Sasha. »So viele werden sterben, wenn die beiden Familien im Feuer aufeinandertreffen, nicht wahr? Wenn wir beide gemeinsam die Zukunft verändern könnten, würde der Oberste Zirkel dann noch an die Macht gelangen? Würde der Mutterzirkel so schwach werden, wenn du und ich gemeinsam unsere Magie wirken würden, jetzt, in deiner Zeit?«

»Ich … ich weiß es nicht«, murmelte Isabeau.

»Was ist mit deiner Mutter?«, fragte Sasha, der vor Aufregung warm wurde. »Würde sie uns beistehen?«

Isabeau lächelte bitter. »Für sie ist das Schicksal aller Menschen in dieser Burg besiegelt. Sie werden alle sterben.«

»Ich bleibe«, erklärte Sasha. »Selbst wenn es uns nicht gelingt, das Bevorstehende zu verhindern – ich werde auch diesmal überleben. Es ist besser, weiterzuleben, ganz gleich, in welchem Jahrhundert. Und seien es nur ein paar Tage, oder Hunderte. Ob wir das Massaker verhindern können oder nicht.«

Eli stand da, und Emotionen, die sie nicht lesen konnte, rangen in ihm. Sie sah ihm den Kampf an, doch sie konnte nichts tun, um ihm zu helfen. Der Tod könnte ihn erwarten, ganz egal, wie er sich entschied. Er konnte bei dem Massaker auf der Burg umkommen, zusammen mit Dutzenden anderen Deveraux, oder in seiner eigenen Zeit von dem Obersten Zirkel oder seinem eigenen Vater ermordet werden.

Sie sah seine Angst, seine Verwirrung, und zum ersten Mal, seit sie fortgegangen war, fühlte sie sich ihm nahe. *Er ist nur ein Kind, das immer noch seinen Weg im Dunkeln sucht,* dachte sie.

Er wandte sich ihr zu, die Augen voller Fragen, die sie nicht beantworten konnte, und es brach ihr beinahe das Herz. Sie streckte die Hand aus und berührte seine Wange, und er ließ es einen Moment lang zu, ehe er den Kopf zurückriss.

Unser aller Leben hat uns auf diesen Augenblick zugeführt, erkannte sie.

Er trat einen Schritt zurück und wandte sich an Isabeau. »Ich kehre zurück.«

Die junge Frau neigte den Kopf.

Er hob die Hand, als bäte er sie zu warten. »Könnt Ihr mich nach London zurückbringen statt nach Avalon?«

Isabeau nickte. »Das Portal wurde ursprünglich in London geschaffen, von zweien, die sich und ihre Liebe für alle Ewigkeit schützen wollten. Ich kann Euch dorthin zurückbringen.«

»Gut.«

»Was hast du vor?«, fragte Sasha.

Er sah ihr in die Augen. »Ich weiß es noch nicht.«

Sie ergriff seine Hand und schluckte schwer, denn auf einmal hatte sie einen Kloß in der Kehle. Sie hatte so viele Jahre lang keinen Anteil an seinem Leben gehabt, aber sie hatte immer die Möglichkeit gesehen, dass sich das ändern könnte. Diese würden sie nun beide verlieren. »Ich werde versuchen, zu dir zu kommen«, flüsterte sie.

Er nickte, sagte aber nichts. Er ließ ihre Hand los, Isabeau machte eine Handbewegung, und mit einem Windstoß war er verschwunden.

Michael Deveraux: London

Es war fast so weit. In wenigen Stunden würde der Windmond aufgehen, und Blut würde fließen. Michael Deveraux lächelte. In ein paar Stunden würde das Haus Deveraux seinen rechtmäßigen Platz auf dem Thron des Obersten Zirkels wieder einnehmen. Sein Ritualgewand flatterte leicht an ihm, als er zum Altar ging. Er hatte mehrere Opfer vorbereitet, um sich den Gehörnten Gott gewogen zu machen, damit er ihm, Michael, seine Gunst gewährte.

Duc Laurent war bei ihm, von Kopf bis Fuß in schwarzes Leder gekleidet und mit einem boshaften Lächeln auf den Lippen. »Heute Nacht wird das Schwarze Feuer unsere Feinde vernichten, und wir werden allen, die sich uns in den Weg stellen, Tod und Vernichtung bringen.«

Wenn man bedachte, dass das Schwarze Feuer zumindest indirekt zum Tod des alten Duc geführt hatte, konnte Michael diesen Mut nur bewundern. »Und du bist sicher, dass mein Sohn dort sein wird?«

Laurent nickte. »Er und die Überreste des Cahors-Covens planen für heute Nacht einen Angriff auf den Obersten Zirkel.«

Michael schüttelte den Kopf über diese dreiste, dumme Idee. »Was glauben sie denn, durch so einen Überfall gewinnen zu können? Sie sind schwach, versprengt, und Holly ist immer noch besessen.« *Zumindest war sie das, als mein Wichtel sie zuletzt gesehen hat.*

Laurent lachte. »Wen kümmert das – wenn sie da sind, können wir sie benutzen.«

Jer ist der Schlüssel, dachte Michael voll bitterer Belustigung. *Deshalb konnten wir in der Schule das Schwarze Feuer beschwören. Eli und ich haben den Zauber gesprochen, aber Jers Anwesenheit war der Schlüssel. Der Sohn, der mir ungehorsam ist und versucht, mit unserer Magie zu brechen, wird die Vernichtung all seiner Freunde herbeiführen. Wie poetisch. Er kann wohl nicht anders. Wir Deveraux sind einfach zum Bösen geboren.*

»Was meinst du dazu, Kleines?«, rief Michael.

Kari kam vom Nebenzimmer herein, schlapp und benommen. »Das ist schön«, sagte sie, obwohl sie offensichtlich keine Ahnung hatte, was schön sein sollte.

»Wie lange willst du sie noch so lassen?«, fragte Laurent und schürzte die Lippen.

»Ach, zumindest noch ein Weilchen.«

»Du solltest sie jetzt töten, noch vor der Schlacht. Dieser Hypnosezauber erfordert einige Konzentration, die du während des Kampfes leicht verlieren könntest.«

Michael zuckte mit den Schultern und lächelte höhnisch. »Sieh sie dir an. Hältst du sie wirklich für gefährlich? Außerdem will ich sie mir für die Feier nach dem Massaker aufheben.«

Der Dreifache Zirkel: London

Jer war nervös. Der Coven war noch nicht bereit dafür, es sowohl mit dem Obersten Zirkel als auch mit seinem Vater aufzunehmen, und doch würden sie in wenigen Stunden gegen beide in den Kampf ziehen. Er befühlte die Narben in seinem Gesicht. Die letzte Schlacht, in die sein Vater verwickelt gewesen war, war für ihn nicht gut ausgegangen.

Jetzt bin ich abscheulich, entstellt, ein Ungeheuer äußerlich wie auch innerlich. Er blickte in sein Herz und fand sich selbst nicht gut genug. Er wusste nicht, welcher Gottheit er dienen sollte, und er war voller Zorn und Bitterkeit.

Wie ich wohl jetzt wäre, wenn ich in einer anderen Familie aufgewachsen wäre, die die Göttin anbetet? Wäre ich mehr wie Alex? Kann er wirklich so gut und rein sein, wie er scheint, oder ist das nur Maskerade?

Antworten auf seine Fragen würde er ohnehin nicht finden, jedenfalls nicht so rechtzeitig, dass sie ihm in der bevorstehenden Schlacht helfen könnten.

»Jer?«

Er blickte auf. Es war Holly. Sie kam ihm verändert vor – älter, stiller. *Das wäre ich auch, wenn ich dasselbe durchgemacht hätte wie sie.*

Sie kam herein und setzte sich neben ihn. Die Sprungfedern der Matratze quietschten leise. In der Dunkelheit konnte sie seine Narben nicht sehen, und dafür war er dankbar. Sie berührte seine Hand, und er zuckte zurück.

»Jer, ich will dir nahe sein. Weise mich nicht zurück.«

»Du verdienst jemanden, der heil und ganz ist«, flüsterte er.

»An dir ist nichts verkehrt«, entgegnete sie, und ihre Stimme brach beinahe.

»Wir wissen beide, dass das nicht stimmt, Holly.«

Sie verschlang die Finger mit seinen, und er jubelte innerlich bei ihrer Berührung. »Ich brauche dich.«

»Du brauchst jemanden, der sich um dich kümmern kann, mit dem du dich nicht im Dunkeln zu verstecken brauchst.«

»Dein Gesicht ist nicht unser Problem«, erwiderte sie, und ihre Stimme klang ein wenig kräftiger. »Sondern deine Angst. Ich habe so grauenvolle Dinge gesehen, dass ich sie nicht einmal in Worte fassen kann. Glaubst du wirklich, ein paar Narben würden mich stören, vor allem, wenn es deine Narben sind?«

»Du weißt nicht, was du willst«, sagte er verbittert. »Du und ich – falls wir etwas miteinander anfangen, wird es für immer sein. ›Bis dass der Tod uns scheidet‹, auch wenn wir selbst diesen Tod herbeiführen. Dafür bist du nicht bereit. Du bist noch ein Kind.«

»Ich bin kein Kind«, widersprach sie laut. »Ich bin eine Frau, aber du bist zu sehr mit deinem Selbstmitleid beschäftigt, um das zu bemerken.«

Er wandte sich ihr zu. Er konnte ihre Augen im Dunkeln schimmern sehen, groß und rund wie die einer Katze. Er sehnte sich nach ihr. Er wollte sie in die Arme schließen und nie wieder loslassen. Er hatte so lange davon geträumt ...

Sie hob die Hand und berührte seine Wange, und er zuckte zurück.

»Weich nicht vor mir zurück. Ich habe keine Angst vor dir, vor uns.«

»Aber ich«, flüsterte er.

»Das brauchst du nicht.«

Dann spürte er ihre Lippen auf seinen, hungrig, fordernd, und er konnte sich ihr nicht mehr verweigern. Er küsste sie mit all der Leidenschaft, die in seinem Herzen und seiner Seele brannte. Ihre Finger zogen an seinem Hemd, knöpften es auf, und dann strichen ihre warmen Hände über seine Brust.

Mit einem Stöhnen schloss er die Augen. *Es wäre so leicht, jetzt mit ihr zu schlafen. Wir haben es uns beide schon lange gewünscht.*

Ja, oui, *nimm sie,* hörte er Jean in seinen Gedanken flüstern. *Sie gehört uns, und wir können sie haben.*

»*Mon amour*«, flüsterte Holly – oder war das Isabeau?

»Du bist das Feuer, das mich verbrennt«, entgegnete er, die Lippen dicht an ihren.

»Wie du mich.«

Holly blickte Jer tief in die Augen und sah die Leidenschaft darin. Sein Gesicht verschwamm vor ihr, als Isabeau die Kontrolle über sie übernahm, während Jean sich Jers bemächtigte. Sie fühlte alles, was Isabeau in ihrem Ehebett mit Jean gefühlt hatte: die Leidenschaft einer Geliebten, das Pflichtbewusstsein einer Braut, die Angst einer Jungfrau. Holly kannte all das, weil die gleichen Emotionen auch sie durchströmten, die gleichen Gefühle ihr Herz und ihren Verstand beherrschten.

Unser Fürst, unser Gemahl, wir müssen bei ihm liegen, befahl Isabeau, deren Stimme klar und deutlich durch Hollys Gedanken hallte.

»Ich liebe dich, Jer«, flüsterte Holly und betrachtete ihn, die Lider halb gesenkt.

Er hielt kurz inne, sah ihr tief in die Augen, und die Welt um sie herum schien stillzustehen. »Ich liebe dich, Holly«, erwiderte er mit so wilder Stimme, dass sie erbebte.

Seine Hände lagen auf ihren Schultern. Sie spürte das Gewicht, und das Herz unter ihrer Bluse brannte. Langsam ließ er die Hände über ihre Brust hinabgleiten. Unwillkürlich bog sie den Rücken durch, um sich seinen Händen entgegenzuschieben. Sein Atem ging jetzt schneller, und sie spürte ihn warm an ihrem Hals.

»Mein Gemahl, *mon homme, mon amour*«, flüsterte sie.

Mit einem Ächzen riss er ihre Bluse auf und streifte sie ihr von den Schultern. Sie schnappte nach Luft, als er eine Spur von Küssen an ihrem Hals hinab bis zu ihren Brüsten zog. Feuer flammte in ihrem Bauch auf, und sie wollte nur noch ihm gehören. Sie wollte sich wie eins mit ihm bewegen, Haut an Haut, wie es schon immer war und immer sein würde. Er schlang die Arme um sie und presste sie an sich.

Und dann schob er sie mit zitternden Händen von sich. »Nein«, stieß er heiser hervor.

Sie fühlte sich, als hätte jemand Eiswasser in ihre Adern gegossen. Sie versuchte, die Hände zu heben und sein Gesicht zu berühren, doch er packte ihre Handgelenke und hielt sie fest.

»Das sind Jean und Isabeau, nicht wir selbst, Holly.«

»Das *sind* wir«, hauchte sie. »Wir waren es, schon immer. Sie können nur die Gefühle ausnutzen, die wir bereits empfinden. Wir gehören zusammen.«

»Ich kann dich nicht in meine finstere Welt hinabziehen. Du verdienst es, im Licht zu leben.«

»Ich will mit dir leben.«

»Nein, wir dürfen das nicht tun, selbst wenn das bedeutet, dass ich für uns beide stark sein muss. Wir müssen aufhören, ehe es kein Zurück mehr gibt.«

Sie stand abrupt auf. Sie spürte, wie sie ihren Schmerz in Wellen verströmte. »Du behauptest, stark zu sein, aber du bist schwach. Ein starker Mann stellt sich seinen Gefühlen, er läuft nicht vor ihnen davon.«

Jer sah hilflos zu, wie sie nach ihrer Bluse griff, sie überzog und das zerrissene Vorderteil unbeholfen zusammenhielt. Sie tat ihm entsetzlich leid. Er konnte ihren Schmerz und ihre Demütigung so deutlich spüren, als fühlte er sie selbst.

Sie wandte sich zum Gehen. Er wollte sie zurückrufen, wusste aber, dass er das nicht durfte. An der Tür blieb sie stehen und drehte sich zu ihm um. Mit zitternder Stimme sagte sie: »Jeraud Deveraux, du bist nichts als ein Feigling.«

Und als sie ging, wusste er, dass sie recht hatte.

Dreizehn

Diana

Endlich nun am Ziel der Reise
Danken wir der allmächtigen Sonne
Wir morden, verstümmeln, denn unser Recht
Ist der Triumph durch Stärke und Macht

Blutend liegen wir im Staub
Göttin, Ihr müsst uns beschützen
Beten wir mit letzter Kraft, doch
Wünscht Ihr uns den Tod, so sei's

Der Dreifache Zirkel: London

Windmond. Nun war er da. Holly wusste nicht, ob sie ängstlich oder erleichtert sein sollte. So oder so, nach dieser Nacht würde es vorbei sein. Alles. Sie blickte auf ihre Hände hinab, die sie verschlungen im Schoß hielt. Es kam ihr immer noch seltsam vor, sie einfach betrachten zu können und zu wissen, dass sie ihr gehorchen würden. Sie atmete tief ein und sammelte sich. Eines hatte sie durch die Besessenheit gelernt, und das war Geduld. *Und wie man ganz still dasitzt.*

So war sie auch jetzt ganz still, wartete und lauschte auf die Stimme der Göttin. Isabeau saß neben ihr, ungeduldig, aber ruhig. Schließlich wandte Holly sich ihr zu. »Wenn er mich nicht will, kann ich nichts dagegen tun.«

»Aber er will dich doch. Du fühlst es, du weißt es genauso gut wie ich.«

»Mag sein«, entgegnete Holly. »Aber er wird schon zu mir kommen müssen.«

Isabeau zischte leise durch die Zähne, sagte jedoch nichts.

Holly blieb noch für ein paar Minuten sitzen, sammelte Kraft, konzentrierte ihre Gedanken und beruhigte ihr Herz. Schließlich stand sie auf. Sie trug einen schwarzen Rollkragenpulli und eine locker sitzende schwarze Hose. Sie hatte sämtlichen Schmuck abgelegt und das Haar zu einem Zopf geflochten, mit silbernen und schwarzen Bändern darin.

Die anderen waren ähnlich angezogen. Sie nahm ihren Platz in dem Kreis ein, den sie im Wohnzimmer des sicheren Hauses gebildet hatten. Kummervoll schaute sie in ihre Gesichter. *Nicht alle werden diese Nacht überleben. Vielleicht keiner von uns.*

Armand begegnete ihrem Blick und nickte ermunternd. Er war in den vergangenen Tagen sehr gut zu ihr gewesen. Als Einziger in der Gruppe verstand er wirklich, was sie durchgemacht hatte.

Nicole lächelte tapfer, doch Hollys Blick blieb am Bauch ihrer Cousine hängen. *Sie sollte nicht kämpfen.* Astarte saß auf ihrem Schoß. Die Katze hatte Nicole gefunden, ehe sie und ihre Retter die Insel verlassen hatten. Nun betrachtete sie Holly, als wüsste sie genau, was vor sich ging und welcher Art das Unternehmen war, auf das sie sich gleich einlassen würden. Philippe saß neben Nicole, eine Hand schützend auf ihrem Bauch, während die andere die Katze streichelte. *Er würde eher sterben als zulassen, dass Nicole etwas geschieht.*

Amanda und Tommy kauerten dicht nebeneinander. *Ihr Zauber hat das Portal geöffnet, durch das Sasha verschwunden ist. Aber ihre Magie allein kann das nicht bewirkt haben. Sie müssen sie mit irgendjemandes Macht verbunden haben, ohne es zu merken. Meine war es nicht, also bleibt nur …*

Alex. Er saß da und begegnete ruhig ihrem Blick. *Wir wissen so wenig über ihn, aber er ist ein Cahors, und er hat uns schon sehr geholfen. Das wahre Ausmaß seiner Fähigkeiten kennen wir jedoch nicht, vielleicht nicht einmal er selbst.*

Neben Alex saß Jer. Holly konnte die Feindseligkeit spüren, die beide ausstrahlten. *Irgendetwas ist zwischen den beiden vorgefallen, von dem die anderen mir nichts erzählt haben. Göttin, lass sie ihren Streit für die nächsten Stunden vergessen.*

Pablo sah sie an, und es war offenkundig, dass er jeden ihrer Gedanken las. Seit ihrer Rückkehr war ihr aufgefallen, dass er nicht einmal mehr so tat, als könnte er das nicht. *Es kann sein, dass wir deine Einblicke noch dringend brauchen werden,* sagte sie zu ihm. Er nickte.

Barbara blickte sich nervös unter den anderen um. *Von uns allen gehört sie am wenigsten hierher, und ich wüsste nicht, wie sie uns helfen könnte. Wahrscheinlich haben wir zu viel geopfert, um sie zu retten, damit sie heute Nacht doch umkommt. Die anderen haben hart mit ihr gearbeitet, ihren Geist wiederhergestellt, und ihr beigebracht, wie sie sich ein wenig schützen kann. Ich hoffe bei der Göttin, dass das reichen wird.*

Blieb noch Richard. Er war ebenfalls ganz in Schwarz gekleidet, hatte sich aber obendrein das Gesicht teilweise schwarz bemalt. So sah er aus wie eine Art Teufel. Er hatte sich außerdem das Haar bis auf einen Fingerbreit abgeschoren, wie beim Militär. Von allen Anwesenden hatte er Holly am meisten überrascht. Alle hatten ihn schon vor langer Zeit abgeschrieben, und das war ein Fehler gewesen. Seine besonderen Fähigkeiten würden sich jetzt als unglaublich nützlich erweisen. Ihr Onkel hatte die letzten zwei Tage damit verbracht, Gebäudepläne des Hauptquartiers und die Sicherheitsvorkehrungen des Obersten Zirkels mit Jer zu besprechen.

Die beiden hatten sich einen Plan ausgedacht, der genial und sehr gewagt war und, so die Göttin wollte, vielleicht sogar funktionieren könnte. Richard saß still da, und es war offensichtlich, dass auch er sich mental vorbereitete. Um ihn herum lag ein kleines Arsenal. Sie hatte nicht gefragt, woher er die Waffen hatte – sie wollte es nicht wissen.

Während Jer und Richard einen Plan für den Angriff ausgearbeitet hatten, waren Alex, Tommy und Philippe damit beschäftigt gewesen, die Waffen magisch aufzupeppen. *Das dürfte Sir William überraschen,* dachte sie. *Ob überhaupt schon mal jemand auf die Idee gekommen ist, Technik und Magie so miteinander zu verbinden, wie wir es getan haben?*

Ihre Armee wartete. Es war eine gute Armee, die ihr treu geblieben war, trotz allem, was sie mit Holly hatte durchmachen müssen. Viele hatten sie verloren, doch diejenigen, die übrig geblieben waren, ließen sich davon nicht abschrecken. Sie waren bereit, für das, was sie als richtig erkannt hatten, zu kämpfen und zu sterben.

»Erklär mir das mit den Waffen noch einmal«, bat Holly leise.

Philippe ließ Nicole und Astarte los und griff nach einem

Geschoss. »Das ist Uranmunition. Sie enthält abgereichertes Uran, und soweit ich weiß, ist ihre Wirkung an sich schon unglaublich. Ein solches Geschoss kann einen Panzer durchschlagen, sich dabei in die reinste Schrapnellbombe verwandeln und alles im Inneren bis zur Unkenntlichkeit zerfetzen.«

»So ist es«, bestätigte Richard.

»Wir haben jedes einzelne Geschoss mit einem Zauber versehen, so dass es auch durch einen magischen Schutzbann dringen kann. Die meisten Banne sind dazu geschaffen, viel größere Dinge abzuhalten – ein Wesen, eine große Waffe oder andere Zauber. Wir haben uns gedacht, dass etwas so Kleines, wenn man es magisch entsprechend verstärkt, eine solche Barriere vielleicht durchdringen könnte.«

»Sehr gut«, sagte Holly beeindruckt.

Philippe legte das Geschoss weg und griff nach einem Gegenstand, der vage an eine Handgranate erinnerte. »Das ist eine Schockgranate. Sie hat keine Splitterwirkung, sondern komprimiert Schallwellen und Luft.«

»Das ist so, wie wenn man die Bässe an der Stereoanlage ganz hochgedreht hat, so dass man sie eher spürt als hört.«

»Wenn der Sound so im Brustbein vibriert?«, fragte Holly.

Philippe nickte. »Die verursachen also Druckwellen, die theoretisch auch durch Banne dringen müssten.«

Philippe legte die Granate weg und hielt stattdessen ein Kampfmesser und einen Schlagstock hoch, wie ihn etwa Polizisten trugen. »Von diesen haben wir nur ein paar. Barbara wird uns die Punkte zeigen, wo ein Treffer am effektivsten ist.«

Barbara? Hollys Augenbrauen schossen in die Höhe, und sie wandte sich zu der Freundin ihrer Eltern um.

Barbara stand auf. Holly sah, dass ihre Hände leicht zitterten. »Tja, wer könnte besser wissen als eine Ärztin, wie man jemanden schlagen muss, um den meisten Schaden anzurichten? Tommy, würdest du mir helfen?«

Tommy stand eifrig auf, und die beiden stellten sich in die Mitte des Kreises. »Zunächst ein paar physiologische Grundlagen«, begann Barbara, und ihre Stimme wurde kräftiger. »Wenn ich das recht verstanden habe, werden die meisten eurer Gegner Männer sein, also werden wir uns erst mit geschlechtsneutralen Techniken befassen und dann mit einigen, die speziell bei Männern wirken. Ein kräftiger Schlag auf die Nase eures Gegners bewirkt, dass er einige Sekunden lang nichts mehr sehen kann. Wenn ihr die Nase richtig hart trefft, kann der Schlag Blut und Knochensplitter in seine Augen treiben, was seine Sicht weiter einschränkt. Wenn ihr es schafft, die Nasenspitze von unten zu treffen, möglichst hart und mit der flachen Hand, schieben sich die gebrochenen Knochen aufwärts ins Gehirn und töten ihn.«

Barbara machte langsam und vorsichtig die Bewegungen nach, die sie beschrieb. Tommy wirkte entschieden unbehaglich. Holly warf einen Blick zu Amanda hinüber. Ihre Cousine war beinahe grün im Gesicht, und einen Moment lang fürchtete Holly, sie würde sich übergeben.

Barbara ignorierte die Reaktionen in der Runde und fuhr fort. »Wenn ihr eure Hand so haltet«, sagte sie und machte es vor, »und den Gegner direkt unterhalb des Brustbeins von unten trefft, zerquetscht ihr sein Herz. Achtet darauf, nicht mit den Fingerspitzen einzudringen, denn sonst könnte eure Hand in der Brusthöhle stecken bleiben.«

Amanda stand auf und floh, eine Hand vor den Mund gepresst. Gleich darauf war aus dem Badezimmer lautes Würgen zu hören. Sogar Holly wurde ein bisschen schlecht, und die Geräusche halfen auch nicht gerade.

»Tretet von der Seite gegen das Knie, und euer Gegner geht sofort zu Boden«, fuhr Barbara fort. »Und jetzt ein paar geschlechtsspezifische Punkte. Männer haben einen Adamsapfel. Wenn ihr den Adamsapfel trefft, bekommt euer Gegner etwa dreißig Sekunden lang kaum noch Luft. Wenn ihr sehr hart zuschlagt, könnt ihr den Kehlkopf verrenken oder quetschen, so dass der Gegner erstickt. Seht ihr, wie unangenehm selbst leichter Druck auf diese Stelle ist?«, kommentierte Barbara, während sie sanft Tommys Adamsapfel mit einem Finger berührte. Tommy wich sofort zurück.

»Also, Männer und Frauen stehen nicht gleich. Frauen stehen aufrechter, während Männer die Schultern leicht nach vorn gebeugt halten. Dadurch ist das Schlüsselbein schlechter geschützt. Wenn ihr es trefft, kann es brechen, und es gibt kaum einen anderen Knochenbruch, der so furchtbare Schmerzen verursacht. Das liegt an der unmittelbaren Nähe zu Kopf und Hals. Die Nerven im Schlüsselbein haben Verbindung sowohl zum Kopf als auch in die Brust, deshalb schaltet der Schmerz die meisten Leute aus.«

Holly merkte, dass sie leicht zu schwitzen begann, und sie wand sich unbehaglich, als sie sich diese Schmerzen vorstellte.

»Also, was jetzt kommt, ist besonders wichtig«, sagte Barbara und hielt inne, um alle der Reihe nach anzusehen.

»Ihr wisst ja, dass ein Tritt in den Schritt für einen Mann extrem schmerzhaft ist. Aber tatsächlich ist es wirkungsvoller, die Hoden mit der Hand zu packen und zu quetschen.«

Jeder Mann im Raum stieß einen Schmerzensschrei aus, und Tommy machte einen Satz rückwärts. »Komm mir nicht zu nahe!«

Amanda, die gerade ins Wohnzimmer zurückgekehrt war, lief wieder hinaus.

Barbara war mit ihrer Lektion fertig und setzte sich. Es dauerte einen Moment, bis sich alle wieder beruhigt hatten, und Holly bemerkte, dass danach sämtliche Männer mit übereinandergeschlagenen Beinen dasaßen.

»Da ist noch etwas«, sagte Philippe, der immer noch sichtlich erschüttert war. Er griff nach zwei Eispickeln. »Richard möchte, dass jeder von uns zwei von diesen Dingern bei sich trägt. Er wird uns später zeigen, wozu.«

Pablo wurde plötzlich leichenblass, und auch er rannte hinaus, die Hände auf die Ohren gepresst.

»Okay«, sagte Holly. »Und jetzt zu eurem Plan.«

Hauptquartier des Obersten Zirkels

Der Plan war simpel – sie würden einfach ins Hauptquartier des Obersten Zirkels hineinmarschieren. Dazu war es natürlich nützlich, dass Michael nicht allein hineingehen würde: James Moore schmuggelte ihn nach drinnen. Dank ihres vereinten Wissens kannten sie jeden Alarmauslöser und jeden schützenden Bann. Mit Duc Laurent und Kari im Schlepptau drangen sie ins Herz des unterirdischen

Königreichs vor, als die letzten Strahlen der untergehenden Sonne die Erde über ihnen berührten. *Sonnenuntergang für das Haus Moore, wie poetisch.*

Es gab erst Ärger, als sie den Thronsaal schon fast erreicht hatten. Wachen entdeckten Michael und schrien Alarm, Schritte hallten durch die Flure, als weitere Hexer herbeirannten, und Michael lächelte, denn er wusste, dass viele von ihnen seine Gefolgsleute waren.

Dann hörte er in der Dunkelheit hinter sich eine Frauenstimme schnurren: »Hallo, Michael. Ich habe schon auf dich gewartet.«

Er warf sich zur Seite, und ein Blitz schoss durch die Luft, wo er eben noch gestanden hatte. Er blickte auf und sah eine junge Hexerin, die ihn boshaft anlächelte.

Eve.

Der Dreifache Zirkel: London

Jer hasste Alex. Der Kerl hatte irgendetwas an sich, was Jer rasend machte. *Vielleicht liegt es daran, dass er gedroht hat, mich beim Wintermond zu töten,* dachte er düster. *Oder dass er alles ist, was ich nicht bin. Er ist, was ich hätte werden können, wenn mein Vater der Göttin und nicht dem Gehörnten Gott dienen würde. Was es auch sei, ich werde ihn nicht aus den Augen lassen. Das dürfte allerdings schwierig werden, da ich vorangehe und er die Nachhut bildet …*

Neben ihm hob Richard die Hand, und Jer blieb stehen und lenkte seine Aufmerksamkeit wieder auf die gegenwärtige Situation. Sie waren bereits durch den äußeren Verteidigungsring in den Straßen Londons gedrungen, mit dem der Oberste Zirkel die Eingänge zum Hauptquartier schützte. Das waren schwache Banne, die eher als eine Art »Magiedetektoren« denn als richtige Barrieren wirkten. Richard hatte sie einfach durchschreiten können, da kein Hexenblut in seinen Adern floss. Auch Jer hatte sie problemlos passiert, wenn auch nicht unbemerkt. Aber er war ein Hexer, also wurde kein Alarm ausgelöst.

Aus dem Nebel traten zwei Männer auf sie zu, beide Hexer. Sie waren als Wachen am Eingang zum unterirdischen Hauptquartier postiert. Jer kannte sie nicht – zum Glück, denn sonst hätten sie womöglich Alarm gegeben, sobald sie ihn erkannten.

»Heil dem Grünen Mann, dem Wächter des Tages«, raunte Jer, als die Männer vor ihm stehen blieben.

»Dieser Boden ist dem Gehörnten Gott geweiht. Wehe dem, der ihn unbefugt betritt.«

»Auch ich bin sein Knecht.«

Befriedigt wandten die beiden Männer sich ab und bedeuteten damit Jer und Richard, ihnen zu folgen. Jer zog die zwei Eispickel aus seinem Gürtel und wartete auf Richards Nicken. Sobald es kam, bewegten sie sich im Gleichklang. Jer hieb dem Mann vor ihm einen Eispickel in jedes Ohr. Der Hexer starb ohne einen Laut, nicht einmal ein Seufzen entfuhr ihm. Jer hielt die Eispickel fest und ließ den Toten langsam zu Boden sinken, so dass kein dumpfer Aufprall irgendjemandes Aufmerksamkeit erregen konnte. Neben ihm machte Richard es genauso. Dann traten sie über die Leichen hinweg und gingen weiter.

Jer zitterte von Kopf bis Fuß. Er hatte zum allerersten Mal einen Menschen getötet, und er glaubte, sich übergeben zu müssen. Er warf einen Blick zu Richard hinüber und sah den stahlharten Ausdruck in dessen Augen. *Für ihn war es nicht das erste Mal, und wenn diese Nacht verläuft wie geplant, wird es auch nicht das letzte Mal sein,* erkannte Jer.

Er schauderte. Adrenalin rauschte durch seine Adern und schärfte all seine Sinne. *Er hätte mich getötet, wenn ich ihn nicht daran gehindert hätte,* sagte er sich, weil er immer noch an den toten Wächter denken musste.

Sie betraten eine schmale Sackgasse. Am Ende befand sich eine niedrige Tür, die so gut mit der Backsteinmauer verschmolz, dass die meisten Leute sie nicht bemerkt hätten. Sie war mit starken Illusionszaubern versehen.

Jer bedeutete Richard mit einem Nicken, dass dies der Eingang war. Er nahm eine der Schockgranaten aus einem Beutel an seinem Gürtel. Er zog den Splint und schleuderte die Handgranate durch die Luft. Mit einem tiefen Krachen explodierte sie an einem der Banne. An den Gebäuden um sie herum klapperten die Fensterscheiben, und Jer spürte die Druckwelle bis in die Knochen. *Das dürfte reichen,* dachte er.

Gleich darauf kam der Rest des Covens herbeigerannt. Als sich keine Portale öffneten und Dämonen ausspien, wurde Jer klar, dass es tatsächlich funktioniert haben musste.

»Also gut, alle rein da, schnell, ehe sie merken, was passiert ist«, wies Jer die anderen an und öffnete die Tür.

Alle drängten hinein. Holly berührte im Vorbeigehen seine Hand. Sobald alle drin waren, trat er ebenfalls ein und schloss die Tür hinter sich.

»›Tief hinab in die Hölle meiner Pein‹«, brummte Alex.

»Wie bitte?«, flüsterte Jer.

»Das ist ein Zitat aus *Das Phantom der Oper*«, erklärte Holly leise.

Sie und Alex wechselten einen Blick, bei dem Jer sich ausgesprochen unwohl fühlte.

»Hört auf mit dem Quatsch«, zischte Nicole.

Jer ging wieder nach vorn und übernahm die Führung durch die verwinkelten Flure. Sie waren kaum dreißig Meter weit gekommen, als die Hölle losbrach.

Plötzlich waren Hexer überall, sie platzten aus Seitengängen und Geheimtüren hervor. Es schien, als kämen sie einfach aus den Wänden. Und dann rannten sie einfach an der Gruppe vorbei und weiter den Gang entlang.

Jer blinzelte. *Was ist das hier, die* Twilight Zone? Dann hörte er es, ein tiefes, lang gezogenes Heulen – das Signal für Eindringlinge. *Aber wenn der Alarm nicht uns gilt, was ist dann hier los?*

Ein weiterer Hexer rumpelte aus einem Seitengang heraus.

»Was ist los?«, schrie Jer.

»Michael Deveraux«, keuchte der Mann. Er warf einen raschen Blick auf Jer und blieb abrupt stehen. »He, du bist doch …«

Ehe er den Satz vollenden konnte, fiel er tot zu Boden, und ein Messer ragte aus seiner Brust. Philippe trat vor, riss die Klinge wieder heraus und wischte das Blut an seiner Kleidung ab.

»Also gut, weiter«, sagte Jer.

»Hast du eine Ahnung, wo die alle hinrennen?«, fragte Holly.

»Zum Thronsaal, nehme ich an«, antwortete er grimmig. »Wäre logisch. Die Deveraux gieren schon seit Generationen danach, diesen Thron von den Moores zurückzuerobern.«

Eli Deveraux stand neben James Moore, und beide beobachteten das Gemetzel. *Ich wusste gar nicht, dass mein Vater so viele Anhänger im Obersten Zirkel rekrutiert hat,* dachte Eli.

Er duckte sich, als ein verirrter Feuerball in der Luft über seinem Kopf explodierte. Langsam richtete er sich auf und wandte sich James zu. »Dir ist doch klar, dass sich um uns niemand schert«, sagte er.

James beäugte ihn kühl. »Wie bitte?«

»Dein Vater und meiner – sie scheren sich einen Dreck um uns. Keiner von beiden konnte je an etwas anderes denken als an sich selbst. Wir werden immer nur Schachfiguren in ihren Spielchen sein.«

Ein Hexer rannte vorbei, in lodernde Flammen gehüllt, und Eli sah ihm einen Moment lang zu, ehe er sich wieder James zuwandte.

»Er hat damit gedroht, mich umzubringen«, sagte James so leise, dass Eli ihn nur mit Mühe verstehen konnte. »Er hat gesagt, es sei an der Zeit, mich für eine Seite zu entscheiden, und wenn ich mich mit deinem Vater zusammentäte, würde er mir bei lebendigem Leib die Haut abziehen. Für den Anfang.«

»Ich glaube, ich bin nur deshalb noch am Leben, weil mein Vater bisher zu faul war, mich zu töten.«

James schnaubte. »Die meinen, wir wären damit zufrieden, unser Leben in ihrem Schatten zu verbringen und nie mehr zu bekommen, als sie uns gewähren.«

»Ich habe es satt, ständig über die Schulter zu schauen. Wir müssen aufhören, einander zu bekämpfen, und stattdessen gegen diejenigen kämpfen, die sich uns entgegenstellen.«

James nickte. »Ja, wir sollten wirklich etwas unternehmen.«

»Einverstanden«, sagte Eli. »Und, James, da wäre noch etwas.«

»Was?«, brummte der andere.

»Wenn das hier fertig ist, will ich, dass du dich von Nicole scheiden lässt.«

Ein Blitz schoss zwischen ihnen hindurch und schlug in die Wand ein. Als der Rauch sich lichtete, drehte James sich ganz zu Eli um. »Mich von ihr scheiden lassen? Ich hatte vor, sie zu töten. Warum?«

»Weil ich sie heiraten will«, sagte Eli, der kaum fassen konnte, dass ihm diese Worte über die Lippen kamen. »Ich glaube, das Kind könnte von mir sein.«

»Genauso gut könnte es von mir sein«, erwiderte James in unterschwellig drohendem Tonfall.

»Das Risiko gehe ich ein«, erklärte Eli und sah ihm fest in die Augen.

Noch vor einer Woche – zum Teufel, vor einer Stunde – hätten sie in einer solchen Situation dem anderen nach dem Leben getrachtet. Doch jetzt nickte James langsam. Er streckte die Hand aus. »Einverstanden. Also dann, schlagen wir ein paar Köpfe ein.«

Holly schnappte unwillkürlich nach Luft, als sie die Szene vor sich sah. Wohin sie auch schaute, überall kämpften Hexer miteinander. *Sie sind so sehr damit beschäftigt, sich gegenseitig umzubringen, dass sie uns nicht einmal bemerken,* dachte sie erstaunt.

Das konnte man von den anderen Geschöpfen der Finsternis nicht behaupten. Die Dämonen, mit denen sie auf dem Weg hierher ständig gerechnet hatten, fielen plötzlich über sie her, als hätten sie nur so lange gewartet, um alle auf einmal angreifen zu können.

»Achtung!«, schrie Holly und schleuderte Feuerbälle von ihren Fingerspitzen. Mehrere Dämonen fielen zu Boden. Einer kam jedoch weiterhin auf sie zu. Er lachte und wirkte recht menschlich, bis auf sein fratzenhaftes Gesicht und die Tatsache, dass die Feuerbälle wirkungslos an ihm zerplatzten.

Ehe Holly sich etwas einfallen lassen konnte, legte Amanda los. Sie stürmte unter lautem Gebrüll vor und wirbelte einen Schlagstock durch die Luft. Einen Moment lang sah sie aus wie ein durchgeknallter Tambourmajor. Doch diese Illusion zerplatzte, als Amanda dem Geschöpf das Ende ihres Schlagstocks gegen die Nase rammte.

Das Ding brüllte vor Schmerz, fiel auf die Knie und fuhr sich mit den Klauenhänden ins Gesicht. Amanda holte noch einmal aus und hieb ihm den Schlagstock von schräg unten an die Nase. Das Geschöpf kippte tot hintenüber.

»Funktioniert«, bemerkte Amanda knapp. Ein weiterer Dämon stürmte brüllend auf sie zu. Amanda drehte sich blitzschnell um und rammte dem Geschöpf die Faust von unten gegen die Brust. Auch dieser Dämon fiel mit einem dumpfen Aufschlag zu Boden. Amanda wandte sich um und nickte Holly kurz zu.

Holly sagte das Erste, was ihr in den Sinn kam: »So ist es gut, mach sie fertig.«

Dann blieb ihr keine Zeit mehr, dazustehen und sich zu wundern, wie ihre Cousine so viele Informationen hatte aufnehmen können, während sie würgend über der Kloschüssel gehangen hatte. Jetzt war Holly an der Reihe, ein paar Dämonen auszuschalten.

Sie wirbelte im Kreis herum und verschoss ganze Wellen von Feuerbällen aus den Fingerspitzen. Ein schriller Schrei ließ sie herumfahren und die Arme hochreißen. *Zu spät!* Ein glänzender schwarzer Dämon, der Rauch und Feuer schnaubte, hatte sie überrumpelt. Dann explodierte er plötzlich direkt vor ihr.

Während Dämonenfetzen zu Boden flatterten, starrte Holly durch den Rauch und entdeckte Eve. Die Hexerin hob die Hand wie zum Salut, ehe sie sich humpelnd wieder dem Kampfgetümmel zuwandte. Holly starrte ihr nach. Sie hatte Eve nur ein Mal kurz gesehen, doch Amanda hatte ihr so viel über die Frau erzählt, dass Holly sie sofort erkannt hatte.

Irgendetwas prallte hart gegen sie, und sie ging zu Boden. Sie blieb einen Moment lang still liegen und rang nach Luft. Als sie aufblickte, erwartete sie, einen Dämon zu sehen, starrte aber stattdessen in das grinsende Gesicht eines Hexers. Er schlug ihren Kopf auf den Boden, und ihr wurde kurz schwarz vor Augen.

Jer stieß den Hexer mit einem seitlichen Hieb von ihr herunter. Amanda kam von hinten und schleuderte dem Mann einen Feuerball direkt ins Gesicht. Er stürzte und wand sich einen Moment lang qualvoll, ehe er starb.

Plötzlich ging so etwas wie eine Druckwelle durch die Luft, und Amanda keuchte laut auf. *Windmond. Wer in dieser Nacht eine Hexe oder einen Hexer tötet, gewinnt deren Macht hinzu,* dachte Holly.

Dann waren Amanda und Jer wieder auf und davon wie

wirbelnde Derwische, die bei jeder Drehung den Tod brachten. Holly blieb noch einen Moment still liegen und versuchte, zu Atem zu kommen, während sie sich einen Überblick verschaffte. Alle schienen sich gut zu schlagen. Sie rappelte sich in eine sitzende Position hoch.

»Holly!«, rief Barbara Davis-Chin. »Alles in Ordnung?«

Holly drehte sich gerade rechtzeitig nach ihr um, um zu sehen, wie ein Dämon hinter Barbara trat und sie mit einem Schlag in zwei Hälften teilte.

»Nein!«, schrie Holly. Entsetzen wogte über sie hinweg. All die Mühe, Barbara zu retten, war vergeblich gewesen.

Eine Hand packte sie am Kragen und riss sie auf die Füße. Sie fuhr herum, einen Feuerball in der Hand.

»Immer in Bewegung bleiben!«, schrie Richard sie an, das Gesicht wenige Fingerbreit vor ihrem.

Sie nickte, benommen vor Kummer. Richard klopfte ihr auf die Schulter und wandte sich wieder dem Kampf zu.

Als Holly sich umdrehte, sah sie eine ganze Wand von Hexern auf sich zustürmen. Plötzlich wurden sie alle zurückgeschleudert wie von einem Windstoß erfasst. Aus dem Augenwinkel sah sie Alex mit erhobenen Händen dastehen. Die Hexer krachten an die gegenüberliegende Wand und wurden daran förmlich zerschmettert. Blut und Knochensplitter flogen durch die Luft. Eine flimmernde Welle zog von dort durch den Raum zu Alex. Das war der Moment, in dem die Macht der toten Hexer auf ihn überging.

Holly schüttelte erstaunt den Kopf und wandte sich zur Seite, um einen gehörnten Dämon zu attackieren, der eine Hand um Pablos Kehle geschlungen hatte. Sie griff das Geschöpf an, und es ließ Pablo fallen. Dann legte sie all ihre Wut in jeden Schlag und prügelte weiter darauf ein, bis es zu Boden sackte. Sie wusste nicht, ob es tot oder nur bewusstlos war, also trat sie einen Schritt zurück und grillte es zur Sicherheit mit einem Feuerball.

Es gab noch viele Dämonen zu bekämpfen, und Holly entfesselte ihre ganze Wut gegen sie. Ab und zu erhaschte sie einen Blick auf die anderen und wusste zumindest, dass sie noch am Leben waren.

Sie fällte einen Dämon und drehte sich gerade rechtzeitig um, um zu sehen, wie Tommy einem weiteren den Kopf abriss. Sie hörte das Gewehr krachen, mit dem Richard ein Monster nach dem anderen erlegte. Sie explodierten, sehr grotesk und effektvoll, und bespritzten alle mit Blut und Schleim. Holly fiel auf, dass Richard nur dann auf Dämonen feuerte, wenn sich dahinter eine Wand befand – er achtete darauf, nicht auf Dämonen zu schießen, die vor einem Mitglied des Covens standen.

Keuchend ließ sie den Blick über die toten Dämonen schweifen. Sie wechselte einen Blick mit den anderen, und die schüttelten die Köpfe. Sie wussten auch nicht, ob das alle gewesen waren.

Jer bedeutete ihnen, ihm zu folgen, und gleich darauf betraten sie einen weiteren Raum. Mitten darin stand Michael Deveraux.

»Jer!«, schrie jemand.

Dann rannte Kari auf sie zu. Michael Deveraux musste sie ebenfalls gehört haben, denn er blickte auf und winkte Holly spöttisch zu. Seinem Sohn rief er entgegen: »Willkommen, Jer. Der Teufel soll dich holen.«

Er schleuderte eine Metallkugel auf Jer. Holly schrie einen Gegenzauber, konnte die Kugel aber nicht ablenken.

Kari wandte den Kopf, sah das Geschoss kommen und warf sich vor Jer. Es traf sie mitten in die Brust und explodierte, und Kari prallte rücklings gegen Jer.

Er fing sie auf, fiel auf die Knie und ließ Kari sacht zu Boden sinken. Ihr Kopf lag auf seinem Bein, und sie starrte mit weit aufgerissenen Augen zu ihm hoch. Um sie herum begann die Schlacht von Neuem, Hollys Coven gegen die Gefolgsleute seines Vaters, doch das war ihm egal. Ihn kümmerte nur der Schatten, der durch Karis Augen zog.

Kari lag in seinen Armen, seine Hände und sein Gesicht waren mit ihrem Blut beschmiert. »Jer«, keuchte sie und blickte zu ihm auf.

Sein Vater hatte versucht, ihn umzubringen, und Kari hatte sich geopfert, um ihn zu retten.

»Psst, ist schon gut. Jetzt wird alles wieder gut«, log er und starrte auf das hinab, was von ihrem Brustkorb übrig war.

»Nein, wird es nicht«, keuchte sie. »Es tut mir so leid. Ich habe mich geirrt, und ich hatte Angst. Ich dachte, du seist tot. Ich wollte doch nie etwas anderes, als dich zu lieben, mit dir zusammen zu sein.«

»Das wirst du, Kari, ich verspreche es. Das wird wieder«, entgegnete er mit zitternder Stimme. Er versuchte, ihr den Schmerz zu nehmen und heilende Wärme durch seine Hände zu leiten, doch es gelang ihm nicht. Deveraux-Hände konnten nur den Tod spenden.

Sie flüsterte: *»Je suis la belle Karienne. Mon cœur … mon cœur, il s'appelle Karienne. Ah, Jean … mon Jean …«*

»Oui, ma belle«, hörte er sich auf Französisch antworten, und tief in seinem Innern fand er Liebe für sie. *»Vis, ma petite.«*

Ihre Augen verloren den Glanz, und er fühlte sich, als sterbe er selbst. Er war so grausam zu ihr gewesen, hatte sie so schlecht behandelt. Er hatte sie einmal geliebt, oder zumindest hatte er das geglaubt. Sie war oberflächlich und eingebildet gewesen, aber nicht mehr als er selbst. Und als es darauf angekommen war, war sie da gewesen. *Sie war immer da, selbst wenn ich mich geweigert habe, es zu sehen*, erkannte er. Er hatte das Gefühl, nicht mehr atmen zu können, weil ihm das Herz in der Brust zusammengepresst wurde. »Halt durch«, flehte er sie an, obwohl er wusste, dass sie nicht weiterleben konnte.

»Töte mich, Jer«, flüsterte sie. »Überlasse meine Magie nicht deinem Vater.«

»Das kann ich nicht«, schluchzte er.

»Doch, bitte. Für mich«, wisperte sie.

Seine Tränen fielen auf ihre Wangen.

Sie hob die Hand und berührte sein vernarbtes Gesicht. Ihre Finger waren kalt. »Du bist so schön«, hauchte sie. »Wie Jean.«

Er drehte ihre Hand um und küsste sie. Dann zog er den Dolch aus seinem Gürtel und schnitt ihr die Kehle durch.

Der Hauch eines Lächelns lag auf ihren Lippen. Dann fiel ihre Hand schlaff herab, und im nächsten Moment war sie fort. Er konnte nichts tun, um sie zurückzuholen. Er spürte, wie ihre magischen Kräfte von ihr zu ihm flossen, ihn stärkten und ihm einen blassen Trost brachten. *Ein Teil von ihr wird immer bei mir sein.*

Karienne.

Eli sah Jer und Holly in den Thronsaal kommen, doch die waren sein geringstes Problem. Eli manövrierte sich näher an seinen Vater heran, der schon fast den Totenkopf-Thron erreicht hatte. Nur vier Wachen standen noch zwischen Michael und dem Anführer des Obersten Zirkels. Eli riskierte einen Blick zu Sir William und sah James an dessen Seite. Michael Deveraux wedelte mit der linken Hand, und drei Wachen flogen durch die Luft. Mit der rechten schleuderte er dem vierten Wächter einen Feuerball in die Brust.

Und dann stand Eli neben seinem Vater vor dem Thron. Sir William hatte seine dämonische Gestalt angenommen, und seine Fratze war ein grausiger Anblick.

»Deveraux!«, brüllte er. »Dafür werdet Ihr bezahlen.«

»Das glaube ich nicht«, erwiderte Michael mit einem arroganten Lachen.

Eli zog seinen Athame aus dem Gürtel. »Doch, Vater, ich fürchte schon.«

Michael drehte sich mit überraschter Miene zu ihm um. In diesem Moment stieß Eli den Athame schräg unter Michaels Brustbein und in sein Herz. Aus dem Augenwinkel sah er, dass James das Gleiche bei Sir William tat.

Michael brach zusammen, einen Ausdruck fassungslosen Erstaunens auf dem Gesicht. Blut quoll über seine Lippen, die sich bewegten, als versuche er zu sprechen.

Eli kniete sich neben ihn. »Weshalb so überrascht, Dad? Du warst derjenige, der mir das Töten beigebracht hat. Und noch etwas hast du mich gelehrt: ›Wenn du nicht willst, dass man dir etwas tut, so füg es als Erster dem anderen zu.‹« Er beugte sich vor und küsste seinen Vater auf die Stirn, ehe er den Dolch ein wenig drehte und herauszog.

Gleich darauf brachen Michael Deveraux' Augen, und er war nicht mehr. Eine Woge magischer Macht durchflutete Eli. Das war die Macht seines Vaters gewesen, und jetzt gehörte sie Eli – nicht als seinem Erben, sondern als seinem Mörder.

Eli stand zittrig auf, als ein Dröhnen durch den Thronsaal hallte. Er hob den Blick und sah James, der sich auf Knien über Sir William beugte. Der Leichnam zuckte heftig. Sir Williams Augen quollen hervor und sprangen aus ihren Höhlen. Seine Brust weitete sich, zog sich zusammen und platzte dann auf. Seine Haut bekam Risse und dampfte, und dann zog sich ein abscheulich aussehender Dämon an langen Klauen aus Sir Williams Brust heraus und heulte laut. Er war schwarz und ledrig, und sobald er sich befreit hatte, begannen sich zahlreiche skelettartige Glieder mit mehrfachen Gelenken auszuklappen wie an einem Taschenschirm. Mit knackenden, schabenden Geräuschen entfaltete sich das Ding, bis der lange eidechsenähnliche Kopf die Decke des Thronsaals streifte.

Der Dämon hatte Augen wie eine Schlange, gelblich glimmend, mit einem winzigen dunklen Punkt in der Mitte. Seine Zunge war schwarz und gespalten. Er züngelte ein Mal, zwei Mal damit nach James, der den Angriff mit Feuerbällen abwehrte. Einer davon blieb unter dem Auge des Monsters stecken und brannte dort weiter – das Geschöpf schien ihn gar nicht zu bemerken.

Es brüllte und warf den Kopf zurück. Sir Williams Lachen donnerte aus seinem Maul, so laut, dass die Wände erbebten. Dann sprang es auf gewaltigen Klauenfüßen los, durchquerte mit drei Schritten den Saal und verschwand durch die hintere Wand.

Der Totenkopf-Thron barst von oben bis unten auf, die Schreie Tausender sterbender Tiere strömten heraus, und alle hielten inne und starrten dorthin.

Eli wog seinen Athame noch einen Moment lang in der Luft, ehe er ihn nach James warf. Im gleichen Augenblick schleuderte auch James seine Klinge. Eli fiel, den Dolch in der Schulter. Er drehte langsam den Kopf und sah, dass auch James zu Boden gegangen war. Er lag halb über dem verstümmelten Leichnam seines Vaters.

Eli wandte sich ab. *Bastard.* Dann wurde langsam alles schwarz um ihn.

Völliges Chaos brach aus. Hexer rannten zu ihren gefallenen Anführern, während Holly mit offenem Mund dastand. Dann drehte sie sich nach Nicole um. Ihre Cousine war leichenblass und presste eine Hand auf den Bauch. Nicole geriet ins Wanken, und Holly musste entsetzt zusehen, wie ihre Knie nachgaben und sie wie in Zeitlupe fiel.

Philippe warf sich nach vorn, schlug unter Nicole auf den Boden, hob die Arme und fing sie auf, so dass sein Körper ihren Fall dämpfte. »Sie bekommt das Kind«, rief er.

Holly drehte sich nach den Überresten des Totenkopf-Throns um. Ihre Gegner waren tot, das Hauptquartier des Obersten Zirkels ein Schlachtfeld. *Zeit zu gehen, solange wir können,* dachte sie, *ehe die Übrigen sich uns zuwenden.*

Zu spät, erkannte sie beinahe augenblicklich, als mehrere Hexer ganz in der Nähe plötzlich Feuerbälle in ihre Richtung schleuderten. Sie hob die Hände, um eine Barriere zu errichten, doch ehe sie dazu kam, fegte ein Windstoß durch den Raum und löschte die Feuerbälle.

»Alle raus!«, brüllte Alex mit einer Stimme, die grollte und hallte wie ein Donnerschlag. Er stand im Herzen seines Sturms, und seine Augen schillerten wie von Blitzen.

Holly brauchte nicht erst Nicoles Aufschrei zu hören,

um mit dieser Idee vollauf einverstanden zu sein. Philippe und Armand hoben Nicole hoch und rannten los, hinter Richard her, der die Flucht anführte.

Pablo, Tommy und Amanda folgten ihnen dicht auf den Fersen. Jer stand reglos da und starrte wie unter Schock zum Thron hinüber. Holly berührte ihn an der Schulter. *Was empfindet er wohl beim Tod seines Vaters? Freude, Trauer oder beides? Das weiß nur er allein,* dachte sie. »Gehen wir«, drängte sie ihn.

Er ließ sich von ihr aus dem Saal in den Gang führen. Sie konnte Alex hören, der hinter ihnen die Nachhut bildete.

Der Weg hinaus würde schwieriger sein als der hinein, musste sie bald erkennen. Dämonen krochen aus den Wänden hervor. Doch dann tat es einen seltsamen, irgendwie saugenden Schlag, und die Dämonen waren plötzlich gefangen, wie von einer unsichtbaren Kraft an den Wänden festgenagelt. Sie spürte nur einen leichten Lufthauch.

Wind, erkannte sie. *Alex hält sie uns irgendwie vom Leib.*

Während sie die scheinbar endlosen Gänge entlangrannten, flogen ihre Gedanken nach vorn zu Nicole. Sie konnte den Schmerz ihrer Cousine spüren. Er strahlte in Wellen von ihr ab, und ihre Schreie hallten von Wänden, Decke und Böden wider. *Nicole ist stark, aber keiner von uns weiß, was sie bei dieser Geburt erwartet.*

Dann standen sie auf einmal vor dem Ausgang. Alle stürmten hinaus auf die Straße, an die frische Luft. Alex knallte die Tür hinter sich zu und murmelte einen Zauber, um sie zu verbarrikadieren.

Holly sog japsend die klare, kühle Luft ein und lauschte dem Keuchen der anderen. Der Gestank von Tod und Fäulnis hing noch in ihren Kleidern und ihrem Haar, und sie fürchtete, dass keine Dusche der Welt etwas daran ändern würde.

Eine Wolke zog über den Himmel, und direkt über ihnen kam plötzlich der Vollmond hervor und schien auf sie herab. *Windmond, und fast alle von uns sind noch am Leben, der Göttin sei Dank.*

Als sie in ihre Zuflucht zurückkehrten, hatte Holly das Gefühl, eine Ewigkeit sei vergangen, seit sie das Haus verlassen hatten. Nicole lag oben in einem der Schlafzimmer. Armand kümmerte sich um sie und hatte alle anderen außer Richard mit einem besorgten Gesichtsausdruck hinausgeschickt.

Ich kann noch gar nicht glauben, dass es vorbei ist, dachte Holly. *Michael Deveraux ist endlich tot. Ich bin sicher vor ihm, und frei – wir alle. Wir haben es geschafft. Ich bin zwar ein bisschen unbefriedigt, weil er nicht von meiner Hand gestorben ist, aber auch irgendwie erleichtert.*

»Es ist noch nicht vorbei«, verkündete Alex, stand auf und stellte sich vor die versammelte Gruppe. »Michael Deveraux und der Oberste Zirkel waren nur die Spitze des Eisbergs. Es gibt Tausende Coven auf dieser Welt und in einigen anderen, und nicht alle verehren die Göttin. Für jeden gefallenen Michael Deveraux steht ein Dutzend anderer bereit, um seinen Platz einzunehmen.«

Und Sir William ist entkommen, dachte Holly.

»Ja, allerdings«, sagte Alex und sah sie an. Dann erklärte er den Übrigen: »Ich gehöre zum Tempel der Luft. Mein Coven und ich kämpfen seit Jahren gegen jene, die sich der finsteren Magie verschrieben haben.«

»Du meinst, das heute Nacht war nichts Neues für dich?«, fragte Amanda.

»Nicht wirklich«, sagte er mit undurchdringlicher Miene. »Ich und andere aus dem Hause Cahors haben im Namen des Guten und des Lichts schon viele Schlachten geschlagen.«

»Andere Cahors?«, fragte Holly erstaunt. »Aber wir ...«

Er nickte. »Wir vier sind nicht die einzigen Nachfahren des Hauses Cahors. Es gibt noch viel, viel mehr, und wir alle kämpfen darum, die Zirkel zusammenzubringen und die Coventry in eine neue Ära des Friedens zu führen.«

»Du hast Luna nichts davon erzählt«, sagte Amanda vorwurfsvoll. »Du hast sie glauben lassen, du wüsstest nichts über deine Herkunft.«

»Ja, das stimmt«, sagte er. »Der Mutterzirkel ist schwach. Ich halte nicht viel von denen.«

»Ich habe reichlich Erfahrung mit Leuten, die ›die Coventry führen‹ wollen, und zwar nur schlechte«, mischte Jer sich ein.

»Deine Erfahrungen stammen ausschließlich von der dunklen Seite der Magie«, entgegnete Alex, und es war offensichtlich, dass die beiden inzwischen keine Freunde geworden waren. »Schließ dich uns an und hilf uns, anderen das Licht zu bringen. So kannst du das Böse in deiner Familie wiedergutmachen.«

»Das glaube ich nicht«, erwiderte Jer. »So nicht.«

»Der Oberste Zirkel und der Mutterzirkel sind nur zwei Coven in einer viel größeren Welt. Die Zeit der uralten Streitigkeiten ist vorbei. Zirkel brauchen einander nicht mehr zu bekämpfen. Häuser brauchen einander nicht mehr zu bekämpfen«, sagte Alex nachdrücklich. »Nicht einmal deines und meines«, fügte er hinzu und sah Jer direkt an.

»Ich habe das Kämpfen satt«, meldete sich Holly leise zu Wort. »Aber ich kann nicht zulassen, dass andere wie Michael Deveraux frei herumlaufen und jeden töten, der ihnen in die Quere kommt.«

»Du wärst in unserem Coven willkommen, Holly«, sagte Alex und fixierte sie mit bohrendem Blick. »Du hast in dieser Schlacht viel verloren, und du bist so hart geworden. Aber du musst nicht so bleiben. Wir können dir helfen. Wir können dir den Glauben wiedergeben.«

Plötzlich liefen Holly Tränen übers Gesicht. Sie *war* innerlich verhärtet, ihr Herz ein Stein. Und dennoch … Tränen. Sie waren magisch, ein Wunder. »Ist das überhaupt möglich?«, hörte sie sich fragen.

Alex kam und setzte sich neben sie. Er nahm ihre Hand und sah ihr tief in die Augen, und sie spürte seine Hitze, seine Kraft. Seine Macht.

»Es *ist* möglich, Holly. Wir können dir helfen, und du wiederum kannst uns helfen. Du könntest meine Hohepriesterin werden, und ich wäre dein langer Arm des Gesetzes. Zusammen könnten wir voller Kraft und Mitgefühl herrschen. Stell dir nur vor, was wir *zusammen* erreichen könnten.«

Und als er das sagte, wusste sie, warum er dieses Wort so betonte. *Zusammen.* Sie riss sich von seinen Augen los und wandte sich zu Jer um.

Ihre Blicke trafen sich, und einen Moment lang, nur einen kurzen Augenblick, sah sie … etwas. Und dann war es weg – erloschen oder verborgen, das konnte sie nicht sagen.

Jer schüttelte verbittert den Kopf.

Und Hollys Herz wurde wieder hart.

Alex hielt immer noch ihre Hand. Wärme durchströmte ihre Haut, und wohin sie gelangte, stellte sich auch ihr Gefühl wieder ein. Alex bot ihr etwas an, das Jer ihr nicht geben konnte – oder vielmehr wollte.

Alex ließ ihre Hand los und stand auf. Holly spürte Amandas Blick wie einen körperlichen Druck, aber sie war noch nicht bereit, ihrer Cousine in die Augen zu schauen.

Doch als Amanda sprach, wandte sie sich an die ganze Gruppe. »Wir haben unseren Teil für die Coventry geleistet. Wir haben unsere Schlacht geschlagen. Tommy und ich brauchen Zeit, um uns zu erholen und einfach nur zusammen zu sein. Und wenn ich ehrlich bin, weiß ich nicht, ob wir je bereit sein werden, wieder zu kämpfen.«

Holly riskierte einen Blick zu ihr. Amanda saß da, einen Arm mit Tommys verschlungen, und Tommy nickte zustimmend. *Sie sind sich so nahe, so verliebt. Wie es wohl wäre, jemandem so verbunden zu sein?* Sie schaute zu Jer hinüber. *Wenn ich auf ihn warte, werde ich das vielleicht nie erfahren.*

»Ich verstehe«, sagte Alex. »Nicole sollte ebenfalls zurückbleiben. Sie hat ein Kind großzuziehen – ein ganz besonderes Kind, wenn mich nicht alles täuscht.«

Holly neigte den Kopf zur Seite und fragte sich, was er damit meinte. Er ging aber nicht weiter darauf ein, und sie wusste, dass dies nicht der passende Zeitpunkt war, um auf mehr zu drängen.

Philippe räusperte sich. »Die Überlebenden des spanischen Zirkels werden sich deinem anschließen.«

»Aber dein Herz ist zerrissen«, erwiderte Alex.

Philippe nickte. »Ich will kämpfen, aber ich muss auch bei Nicole bleiben.«

»Dann musst du eine Entscheidung treffen, denn du kannst nicht beides tun«, sagte Alex.

»Ich gehe aus«, verkündete Jer abrupt, schnappte sich seine Jacke und ging zur Tür.

Holly sah ihm bekümmert nach.

Einen Moment lang schwiegen alle. Holly hörte ihren eigenen Herzschlag. Der Laut klang so ungewohnt, dass sie sich fragte, ob es vielleicht eine Zeitlang stehen geblieben war … seit sie Nicoles erste Katze Hecate getötet hatte …

»Also, Holly von den Cahors, was wirst du tun?«, fragte Alex sie.

Sie sah ihn an und spürte, dass ihr die Hitze in die Wangen stieg. Sie liebte Jer, aber er war verdorben. Er hatte die Finsternis so lange verehrt, dass seine Seele noch schlimmere Narben trug als sein Körper.

Allerdings gilt das auch für mich.

Sie sah Alex an. Seine Offenheit war erfrischend, und er bot ihr eine Chance, sich zu heilen, eine Beziehung mit jemandem, der die Göttin anbetete, wie sie es tat, und einen Platz in den Reihen, die gegen das Böse kämpften.

Sein Gesicht strahlte vor unnatürlicher Schönheit, und sie wusste, wie leicht es wäre, »ja« zu sagen und mit ihm zu gehen. Sie hatte es satt, stets auf verlorenem Posten zu kämpfen, und die Vorstellung, dass sie auf der Seite der Sieger stehen könnte, fühlte sich gut an. Sie blickte zu Pablo und Armand hinüber. Sie vertraute den beiden, und sie würden Alex folgen. *Ich werde nicht allein sein müssen.* Sie blickte in Alex' Augen und erkannte, dass sie nie wieder allein sein würde.

Er reichte ihr die Hand.

Epilog

Anne-Louise war schon lange fort. Ihr Körper lag still, doch ihr Geist suchte Antworten auf so viele Fragen. Wisper, die Katze, strich langsam um sie herum, darauf bedacht, nicht auf die Frau zu treten. Sie sollte bald zurückkehren, mit Antworten auf alte Fragen und noch mehr neuen Fragen, als sie würde zählen können.

Schließlich stieg Wisper vorsichtig auf Anne-Louises Brust. Die Katze setzte sich langsam hin wie eine ägyptische Göttin, die auf ihren Tribut wartet.

Dann kam Anne-Louise mit einem Keuchen zu sich. Ihr Körper zuckte, und sie riss die Augen auf. Blut sickerte aus Wunden, die sich wie durch Zauberei an ihrem Körper auftaten.

Anne-Louise sah sich einen Moment lang orientierungslos um, bis ihr Blick auf Wisper fiel. »Du?«, fragte sie.

Die Katze neigte hoheitsvoll den Kopf.

»Wir müssen die anderen erreichen und sie warnen«, keuchte Anne-Louise. »Wir müssen ihnen sagen, dass das *nicht Alex Carruthers ist.*«

Danksagungen

Zuallererst gilt mein Dank Debbie Viguié – für deine Freundschaft, dein Talent und deine Hingabe. Deinem Mann Scott – für seine Schulter, sein Ohr und seine Weisheit. Lisa Clancy und Lisa Gribbin bei Simon & Schuster – danke für all eure Mühe, beim Lektorat und darüber hinaus. Meine große Achtung und Zuneigung gilt meinem Agenten Howard Morhaim und seinem Assistenten Ryan Blitstein. Ich bin so dankbar für meine vielen Freundinnen und Freunde: Dal, Steve, Lydia, Art, Jeff, Maryelizabeth, Melissa Mia, Von und Wes, Angela und Pat und Liz Cratty Engstrom. Kym, du bist das wahre It-Girl. Ich danke euch.

N.H.

Ich danke meiner Freundin und Coautorin Nancy Holder – du bist einmalig! Mein Dank gilt wie immer auch dem fabelhaften Team Lisa Clancy und Lisa Gribbin bei Simon & Schuster – was würden wir nur ohne euch tun? Danke, Lindsay Keilers, für deine Freundschaft. Danke, Morris Skupinsky und Julie Gentile, für all eure Liebe und Unterstützung und den Glück bringenden Vertrags- und Signierstift! Ich danke der Super-Bibliothekarin Rebecca Collacott (entschuldige, dass ich deine geheime Identität preisgegeben habe!). Und ich danke Michael, Sabrina und vor allem Whisper.

D.V.